CLASSIQUES LAROUSSE

Collection fondée en 1933 par FÉLIX GUIRAND
continuée par
LÉON LEJEALLE (1949 à 1968) et JEAN-POL CAPUT (1969 à 1972)
Agrégés des Lettres

GUSTAVE FLAUBERT

TROIS CONTES

UN CŒUR SIMPLE
LA LÉGENDE DE
SAINT-JULIEN L'HOSPITALIER
HÉRODIAS

avec une Notice biographique, une Notice historique et littéraire,
des Notes explicatives, une Documentation thématique,
des Jugements, un Questionnaire et des Sujets de devoirs,

par
MAURICE BRUÉZIÈRE
Agrégé des Lettres
Professeur au Lycée Condorcet

édition remise à jour

W9-CIH-468

LIBRAIRIE LAROUSSE

17, rue du Montparnasse, 75298 PARIS

RÉSUMÉ CHRONOLOGIQUE
DE LA VIE DE FLAUBERT
1821-1880

1821 — **Naissance à Rouen** de Gustave Flaubert (12 décembre), fils du docteur Achille-Cléophas Flaubert, chirurgien-chef de l'hôtel-Dieu de Rouen (1784-1846), et de Justine-Caroline Fleuriot (1794-1872). Le fils aîné, Achille, est né en 1813.

1824 — Naissance de Caroline Flaubert, sœur de Gustave.

1832 — Gustave Flaubert entre au Collège royal (lycée de Rouen), où il fera ses études.

1834 — Flaubert rédige au collège le journal *Art et progrès*. — Il a pour camarade Louis Bouilhet. — A Trouville, il fait la connaissance de l'amiral anglais Collier et de ses deux filles, Gertrude et Harriet. — Il écrit *la Mort de Marguerite de Bourgogne*.

1835 — Il insère dans *Art et progrès* le *Voyage en enfer*.

1836 — Il écrit de nombreux récits : *Un parfum à sentir*, *la Femme du monde*, *la Peste à Florence*, *Bibliomanie*, *Rage et impuissance*, *Chronique normande du Xe siècle*. — A Trouville, **il conçoit une grande passion** pour la compagne de Maurice Schlésinger, éditeur de musique. — Il commence les *Mémoires d'un fou*.

1837 — *Rêve d'enfer*, *la Main de fer*. — Sa première œuvre imprimée, *Une leçon d'histoire naturelle : genre commis*, paraît dans le *Colibri*, journal de Rouen. — Il imagine le *Garçon*, prototype d'Homais.

1838 — *Loys XI*, drame en 5 actes. *Agonies*, *Pensées sceptiques*, *la Danse des morts*, *Ivre et mort*. — Flaubert termine les *Mémoires d'un fou*, dédiés à Alfred Le Poittevin, son ami d'enfance (première ébauche de *l'Education sentimentale*).

1839 — *Smarh*, première esquisse de *la Tentation de saint Antoine*.

1840 — Flaubert est reçu bachelier. — Voyage en Corse avec le docteur Cloquet.

1841 — Il tire au sort un bon numéro qui le dispense du service militaire; il s'inscrit à la faculté de droit de Paris.

1842 — Installé à Paris, il fait la connaissance de Maxime Du Camp. — Il écrit *Novembre*.

1843 — Echec à l'examen de droit. — Il se lie avec la famille Pradier, fréquente les Collier et les Schlésinger. — Début de *l'Education sentimentale*, première version.

1844 — Au cours d'un voyage à Pont-l'Evêque, **premiers symptômes d'une maladie nerveuse**, qui l'oblige à abandonner ses études. — Le docteur Flaubert achète la maison de Croisset.

1845 — Flaubert achève *l'Education sentimentale*, première version. — Mariage de Caroline Flaubert avec Emile Hamard.

***

1846 — Flaubert perd successivement son père et sa sœur. Secondé par sa propre mère, il élèvera la fille de sa sœur. — Au cours d'un voyage à Paris, il rencontre Louise Colet, qui devient sa maîtresse. — Il se met à *la Tentation de saint Antoine*.

© *Librairie Larousse*, 1973.   ISBN 2-03-870053-2

1847 — Voyage à pied en Bretagne et en Normandie avec Maxime Du Camp; les notes de ce voyage paraîtront sous le titre *Par les champs et par les grèves*.

1848 — Flaubert accourt à Paris dès les premières nouvelles de la révolution de février. — Il se brouille avec Louise Colet.

1849 — Lecture de *la Tentation de saint Antoine* à Du Camp et à Bouilhet. — Première idée de *Madame Bovary*. — Départ pour l'Orient avec Du Camp; embarquement à Marseille (4 novembre).

1850-1851 — Voyage en Orient : Egypte, Beyrouth, Jérusalem, Rhodes, Constantinople, Athènes, l'Italie; retour en juin 1851. — Flaubert, **retiré à Croisset avec sa mère et sa nièce**, travaille à *Madame Bovary*. — Au cours d'un voyage à Paris, il assiste au coup d'Etat du 2 décembre. — Réconciliation avec Louise Colet.

1852-1853 — Correspondance suivie avec Louise Colet.

1854 — Rupture définitive avec Louise Colet.

1856 — Flaubert termine **Madame Bovary** (30 avril) et l'expédie à Du Camp (31 mai). Le roman paraît d'octobre à décembre dans la *Revue de Paris*.

1857 — **Poursuites judiciaires** contre Flaubert. Le 31 janvier, le procès a lieu : plaidoirie de maître Sénard. Le 7 février, **acquittement; le livre paraît en librairie.**

1858 — Voyage en Tunisie pour préparer *Salammbô*.

1862 — Publication de **Salammbô**. — Flaubert met en chantier *l'Éducation sentimentale*.

1863 — *Le Château des cœurs*, théâtre.

1869 — Flaubert fréquente la princesse Mathilde, le prince Napoléon. — Mort de Louis Bouilhet. — *L'Éducation sentimentale* paraît le 17 novembre. Flaubert passe les fêtes de Noël à Nohant, chez George Sand.

1870 — Flaubert lieutenant dans la garde nationale de Croisset, mais sans participer aux hostilités.

1872 — Mort de Mᵐᵉ Flaubert mère.

1873 — *Le Candidat*, pièce de théâtre.

1874 — Echec du *Candidat*. Flaubert fait paraître *la Tentation de saint Antoine* chez Charpentier. — Il réunit une énorme documentation pour les *Trois Contes* et pour *Bouvard et Pécuchet* (ce dernier livre paraîtra en 1881). — Graves ennuis de santé.

1876 — Mort de Louise Colet.

1877 — Publication des **Trois Contes**.

1880 — **Mort** subite de Flaubert (8 mai) à **Croisset.**

Flaubert avait trente-huit ans de moins que Stendhal, vingt-deux ans de moins que Balzac, dix-neuf ans de moins que Hugo, dix-huit ans de moins que Mérimée, dix-sept ans de moins que Sainte-Beuve et George Sand.
Il avait le même âge que Baudelaire; il avait un an de plus qu'Edmond de Goncourt, dix-neuf ans de plus que Zola et Alphonse Daudet, et vingt-neuf ans de plus que Maupassant.

GUSTAVE FLAUBERT ET SON TEMPS

	la vie et l'œuvre de Flaubert	le mouvement intellectuel et artistique	les événements historiques
1821	Naissance de Gustave Flaubert à Rouen (12 décembre).	Ch. Nodier : Smarra, H. de Saint-Simon : Du système industriel. W. Scott : Kenilworth. Weber : le Freischütz.	Ministère Villèle. Mouvements libéraux en Italie, écrasés par les Autrichiens. Début de la guerre d'indépendance en Grèce.
1838	Mémoires d'un fou, non publiés.	V. Hugo : Ruy Blas. Lamartine : la Chute d'un ange. E. A. Poe : Arthur Gordon Pym.	Coalition contre le ministère Molé. Mort de Talleyrand.
1842	Installation à Paris. Début de l'amitié avec Maxime Du Camp. Rédaction de Novembre, non publié.	V. Hugo : le Rhin. Aloysius Bertrand : Gaspard de la nuit. E. Sue : les Mystères de Paris. H. de Balzac : Ursule Mirouet; préface de la Comédie humaine. Chassériau : la Toilette d'Esther.	Ministère Guizot (formé depuis 1840). Loi organisant les chemins de fer français. Protectorat français à Tahiti.
1846	Début de la liaison avec Louise Colet.	G. Sand : la Mare au diable. H. de Balzac : la Cousine Bette. H. Berlioz : la Damnation de Faust. Le Verrier établit l'existence de Neptune.	Retour au pouvoir de Palmerston : rupture de l'entente franco-anglaise. Avènement de Pie IX.
1848	Il assiste à la révolution de février à Paris.	Mort de Chateaubriand; publication des Mémoires d'outre-tombe. Dumas fils : la Dame aux camélias (roman). E. Brontë : les Hauts de Hurlevent. Schumann : Manfred.	Mouvements révolutionnaires et libéraux en France, en Italie et en Allemagne. Echec de la plupart de ces tentatives.
1856	Madame Bovary.	V. Hugo : les Contemplations. Champfleury : Monsieur de Boisdhyver. H. Taine : Essai sur Tite-Live. Mrs. Browning : Aurora Leigh. R. Wagner : la Walkyrie.	Congrès de Paris et traité de paix qui met fin à la guerre de Crimée en garantissant l'intégrité de l'Empire ottoman contre les prétentions russes.

	Flaubert	Vie littéraire et artistique	Histoire
1862	Salammbô.	V. Hugo : les Misérables, E. Fromentin : Dominique. Leconte de Lisle : Poèmes barbares. E. Manet : Lola de Valence. Carpeaux : Ugolin et ses fils.	Campagne du Mexique : siège de Puebla par les troupes françaises. Bismarck, premier ministre de Prusse. Guerre de Sécession aux Etats-Unis.
1869	L'Education sentimentale.	P. Verlaine : Fêtes galantes. V. Hugo : L'homme qui rit. Lautréamont : les Chants de Maldoror. A. Daudet : les Lettres de mon moulin. Carpeaux : la Danse. R. Wagner : l'Or du Rhin.	Mesures libérales de Napoléon III. Inauguration du canal de Suez. Ouverture du concile du Vatican.
1872	Mort de Mᵐᵉ Flaubert mère.	V. Hugo : l'Année terrible. A. Daudet : Tartarin de Tarascon.	Réaction après l'échec de la Commune de Paris : loi contre l'Internationale. Début du Kulturkampf.
1874	La Tentation de saint Antoine.	Barbey d'Aurevilly : les Diaboliques. V. Hugo : Quatrevingt-Treize. C. Franck : Rédemption. Moussorgsky : Boris Godounov.	Après l'échec de la tentative de restauration monarchique, mise en place des structures républicaines.
1877	Trois Contes.	E. Zola : l'Assommoir. E. de Goncourt : la Fille Elisa. V. Hugo : la Légende des siècles (2ᵉ série). A. Rodin : l'Âge d'airain. R. Wagner : Parsifal.	Crise du 16 mai. Le président Mac-Mahon renvoie le ministère Jules Simon. Dissolution de la Chambre, élections républicaines. Guerre russo-turque.
1880	Mort de Flaubert à Croisset (8 mai).	G. de Maupassant : Boule-de-Suif, dans les Soirées de Médan. E. Zola : Nana. A. Daudet : Numa Roumestan. Dostoïevsky : les Frères Karamazov. A. Rodin : le Penseur. Ebert découvre le bacille de la typhoïde. Invention de la bicyclette.	Décrets contre les congrégations en France (mars). Ministère Jules Ferry (septembre) : institution de l'enseignement primaire laïque.

BIBLIOGRAPHIE SOMMAIRE

———

René Dumesnil   *Flaubert, l'homme et l'œuvre* (Paris, Desclée, 1933). — *La Vocation de Gustave Flaubert* (Paris, Gallimard, 1961).

Albert Thibaudet   *Gustave Flaubert* (Paris, N. R. F., 1935).

Maurice Nadeau   *Gustave Flaubert écrivain* (Paris, Denoël, 1969 ; nouv. éd., Lettres modernes, 1980).

Jean-Paul Sartre   *l'Idiot de la famille. Gustave Flaubert de 1821 à 1857* (Paris, Gallimard, 1971-1972).

Victor Brombert   *Flaubert par lui-même* (Paris, Seuil, 1971).

Maurice Bardèche   *l'Œuvre de Flaubert d'après ses carnets..., sa correspondance inédite* (Paris, les Sept Couleurs, 1974).

TROIS CONTES
1877

NOTICE

Ce qui se passait entre 1875 et 1877. — EN POLITIQUE. En France : *Présidence de Mac-Mahon. Vote des trois lois constitutionnelles* (1875). *Election à la Chambre d'une majorité nettement républicaine* (1876). *Ministère Jules Simon (décembre* 1876). *Crise du 16 mai* (1877). *Dissolution de la Chambre* (25 juin 1877). *Elections législatives, renvoyant une nouvelle majorité républicaine (octobre* 1877). *Formation du ministère Dufaure, qui consacre la défaite du parti conservateur (décembre* 1877). — En Allemagne : *Lutte de Bismarck contre les catholiques (Kulturkampf) et contre les socialistes.* — En Angleterre : *Ministère Disraeli.* — Politique internationale : *Crise d'Orient* (1876-1877), *puis ouverture de la guerre de Turquie* (1877-1878).

EN LITTÉRATURE. En France : *Mort de T. Corbière* (1875). *Mallarmé :* l'Après-midi d'un faune (1876). *Leconte de Lisle : traduction de Sophocle* (1877). *Mort de G. Sand* (1876). *Zola :* Conquête de Plassans (1875), la Faute de l'abbé Mouret (1875), l'Assommoir (1877). *Alphonse Daudet :* Jack (1876), le Nabab (1877). *Edm. de Goncourt :* la Fille Élisa (1877). *Alexandre Dumas fils :* l'Étrangère (1876). *Labiche :* les Trente Millions de Gladiator (1875). *Renan :* Dialogues philosophiques (1876). *Taine :* l'Ancien Régime (1875). *Fromentin :* les Maîtres d'autrefois (1876).

DANS LES LITTÉRATURES ÉTRANGÈRES. *Tolstoï :* Anna Karénine (1877). *Nietzsche :* Considérations inactuelles (1872-1876).

DANS LES ARTS ET DANS LES SCIENCES. Peinture : *Mort de Corot* (1875) *et de Courbet* (1877). *Puvis de Chavannes :* Sainte Geneviève (1876). *G. Moreau :* l'Apparition (1876). *Sisley :* l'Inondation à Port-Marly (1876). *Renoir :* le Moulin de la Galette (1876). *E. Manet :* Portrait de Faure dans le rôle d'Hamlet (1877). *Cl. Monet :* le Bassin d'Argenteuil; la Gare Saint-Lazare. — Sculpture : *Mort de Carpeaux* (1875). *Rodin :* l'Age d'airain (1877). — Musique : *Mort de Bizet* (1875). *Lalo :* Symphonie espagnole (1875). *Wagner :* première représentation de la Tétralogie à Bayreuth (1876). *Saint-Saëns :* Samson et Dalila (1877). — Sciences : *Bell invente le téléphone* (1876); *Edison, le phonographe* (1877).

Circonstances de composition et de publication. — Le 13 août 1875, c'est-à-dire moins de deux mois avant d'entreprendre les *Trois Contes*, Flaubert écrivait à Zola : « Je commence une lugubre vieillesse. » Et certes, les raisons de craindre l'avenir ne manquaient pas alors au pauvre écrivain. La mort de sa mère, survenue le 6 avril 1872, l'avait réduit à une solitude quasi complète, encore aggravée, peu de temps après, par la disparition de vieux compagnons d'armes tels que Théophile Gautier et Ernest Feydeau. Le dur effort qu'avait nécessité la refonte de *la Tentation de saint Antoine*, l'épuisant travail de documentation qu'exigeait *Bouvard et Pécuchet* alors sur le chantier, l'échec du *Candidat* enfin, avaient ébranlé sa santé au point de faire reparaître les crises nerveuses dont il avait souffert dans sa jeunesse. La défaite de 1870, amèrement ressentie, l'avènement d'un régime où il redoutait d'être écrasé entre une « bourgeoisie stupide » et une « démagogie hideuse », avaient encore élargi le cercle de son pessimisme. Le coup de grâce lui fut donné par la faillite d'Ernest Commanville, le mari de sa nièce Caroline, qu'il sauva du déshonneur, mais au prix de sa propre ruine et au risque de devoir compter sur sa plume pour assurer désormais sa vie.

Aussi bien est-ce un homme accablé qui, le 16 septembre 1875, arrive à Concarneau, où l'attend un de ses bons amis : le naturaliste Georges Pouchet. L'intention de Flaubert, en entreprenant ce voyage, était d'échapper à l'atmosphère d'angoisse où il « agonisait » et de reposer un peu sa « pauvre cervelle endolorie ». Projet modeste, en somme, mais rapidement couronné de succès. L'écrivain ne tarde pas, en effet, à retrouver appétit et sommeil ; il prend des bains, fait des promenades en bateau, regarde son compagnon disséquer des animaux marins. Bref, il se « calme », et sent bientôt le goût d'écrire se réveiller en lui. Va-t-il en profiter pour se remettre à *Bouvard et Pécuchet ?* Non, c'est une tâche qu'il juge « trop difficile » et à laquelle il renonce provisoirement pour se tourner (fin septembre-début octobre) vers un travail très différent : « une petite bêtise moyenâgeuse[1] », comme il dit, une « niaiserie » qui comptera « une trentaine de pages » et qui ne sera ni plus ni moins que *la Légende de saint Julien l'Hospitalier*.

A vrai dire, on le verra plus loin, Flaubert reprenait là un sujet fort ancien. Et l'on pourrait croire que l'œuvre, mûrie de longue date, allait couler de source. Il n'en fut rien, et les premières pages surtout coûtèrent à leur auteur beaucoup de peine. Commencée au début d'octobre 1875, la *Légende* fut achevée vers la mi-février de l'année suivante, c'est-à-dire après plus de quatre mois de labeur acharné.

A peine a-t-il terminé son premier conte que Flaubert annonce son dessein d'en composer un second. Il va même si vite en besogne

---

1. Lettre à G. Sand (11 décembre 1875).

que, dès le Iᵉʳ mars 1876, il est prêt à écrire l'*Histoire d'un cœur simple*, dont il a déjà dressé le scénario. Mais, auparavant, il veut revoir les lieux où se déroule l'action du nouveau recit et, au mois d'avril, il va faire un bref pèlerinage à Pont-l'Évêque et à Honfleur : il en revient « abreuvé de tristesse », mais la mèmoire ravivée par le « bain de souvenirs » dans lequel il s'est plongé. Et la mort même de George Sand[1], qu'il aimait comme une mère et à « l'intention exclusive » de qui il avait entrepris *Un cœur simple*, ne put inter-rompre son élan : il manifeste imperturbablement « un grand désir de pioche ». On le voit dès lors redoubler d'efforts : il enrichit sa documentation, écrit sans relâche, allant jusqu'à recommencer douze fois la même page et la hurlant « comme un gorille dans le silence du cabinet[2] ». Enfin, le 17 août 1876, il peut crier victoire : le conte a été achevé et recopié dans la nuit même.

Comme dévoré de fièvre créatrice, Flaubert n'avait même pas mis le point final à sa « Félicité » qu'il manifestait, dès le mois d'avril, l'intention d'écrire « l'Histoire de saint Jean-Baptiste ». « Ce n'est encore qu'à l'état de rêve, mandait-il alors à Mᵐᵉ Des Genettes, mais j'ai bien envie de creuser cette idée-là. Si je m'y mets, cela ferait trois contes, de quoi publier à l'automne un volume assez drôle. » Aussi le voyons-nous, moins d'une semaine après avoir terminé *Un cœur simple*, se jeter dans son nouveau projet avec sa fougue coutumière : « Aujourd'hui, j'ai nettoyé ma table », confie-t-il, le 25 août, à sa nièce Caroline. « Elle est maintenant couverte de livres relatifs à *Hérodias* ; et, ce soir, j'ai commencé mes lectures. » Celles-ci vont être considérables, sans proportion avec les dimensions du conte. N'importe : au prix d'un effort cyclopéen, il a, au bout de deux mois, accumulé assez de notes pour annoncer à Maupassant, dans une lettre du 25 octobre, que déjà il « débrouille son plan » et que, « dans sept ou huit jours », il va s'attaquer à la rédaction proprement dite. Il y éprouve, comme toujours, mille difficultés ; mais, comme il « travaille démesuré-ment », « à table et dans son lit », au point de ne dormir « presque plus du tout[3] », il progresse assez rapidement : le 9 décembre, il a terminé la première partie d'*Hérodias* ; à Noël, il est au milieu ; et le 3 février 1877, il en a fini.

L'œuvre achevée, il ne reste plus qu'à la publier. Ce qui ne tarde pas : du 12 au 19 avril, *Un cœur simple* paraît en feuilleton au *Moniteur* ; et *Saint Julien* connaît le même sort, du 19 au 22, dans *le Bien public*. Le 24, enfin, les *Trois Contes*, rassemblés en volume, sortent de chez l'éditeur Charpentier.

Un cœur simple. — De tous les ouvrages de Flaubert, *Un cœur simple* est sans doute celui où s'expriment de la façon la plus appa-rente les sentiments d'humanité de l'impassible écrivain. Il est

1. Juin 1876; 2. Lettre du 7 août 1876; 3. Lettre de janvier 1877.

curieux de constater que le mérite initial en revient à George Sand.
Ayant, en effet, reproché à son vieil ami de « faire de la désolation
à plaisir[1] », elle le piqua au jeu et lui insuffla l'idée de composer
une œuvre d'un genre pour lui tout nouveau : c'est-à-dire « un
récit d'homme sensible, où, sans prêcher la bonté, sans l'annoncer
par des phrases d'auteur, il la fît apparaître dans les gestes incons-
cients de la plus humble et de la plus obscure créature[2] ». George
Sand mourut malheureusement trop tôt pour assister à l'achèvement du conte qu'elle avait inspiré : du moins avait-elle incliné
Flaubert à entrouvrir pour une fois son cœur.

L'écrivain y éprouva d'autant moins de répugnance que sa ruine
toute récente, en le forçant à vendre des biens de famille auxquels
il tenait beaucoup, avait réveillé dans sa mémoire un passé mal
endormi. Aussi ne s'étonnera-t-on pas de découvrir, dans *Un cœur
simple*, assez de souvenirs personnels pour qu'un flaubertiste
éminent, M. Gérard-Gailly, n'ait pas craint d'affirmer ceci : « On
pourrait, derrière chaque phrase, retrouver mille sources, identifier
tel profil, tel petit fait, faire saillir telle coutume du lieu et du
moment, reconnaître tel tableau d'église, tel buisson, tel bouquet
d'arbres[3]. » — On se bornera, ici, à indiquer quelques rapproche-
ments particulièrement saisissants. Mme Aubain, par exemple,
ressemble, par beaucoup de traits, à une tante de Flaubert,
Mme Allais, qui, elle aussi, passa la plus grande partie de son
existence à Pont-l'Évêque. Paul et Virginie, ses enfants, ce sont
l'écrivain et sa sœur Caroline, prématurément disparue, et dont
la mort, comme celle de Mme Aubain, causa un immense
chagrin à sa mère. En Félicité, selon M. René Dumesnil, revit un
double souvenir : celui d'une « fille mère, nommée Léonie », que
Flaubert avait connue chez des amis de Trouville, et celui d'une
servante de famille, « Mlle Julie, un cœur simple et bon, qui, jusqu'à
l'extrême vieillesse, resta près de son maître, à Croisset ». Le perroquet lui-même eut pour premier modèle un volatile de même
espèce, que le capitaine Barbey, un ami de l'écrivain, avait rapporté
de ses voyages. Il paraît inutile de pousser plus loin la démonstra-
tion : pour écrire *Un cœur simple*, Flaubert n'eut qu'à puiser dans
la foule de ses propres souvenirs.

Il n'abandonna pas pour autant sa méthode de travail favorite.
Et il accumula les documents les plus variés. Ici, il prend des
notes sur « les psaumes, litanies, cantiques chantés par la procession
quand meurt Félicité »; là, sur « les symptômes de la pneumonie
et de la pleurésie », ainsi que sur le « traitement de ces maladies »;
ailleurs, sur le détail « du cérémonial de l'office divin ». Mais c'est
au sujet du perroquet qu'il se surpasse dans sa manie de l'exactitude : il consulte des ouvrages spécialisés, va à Rouen visiter le
muséum d'histoire naturelle, en rapporte un « amazoni » empaillé

---

1. Lettre de décembre 1875; 2. Gérard-Gailly : *Flaubert et les fantômes de
Trouville* ; 3. *Flaubert et les fantômes de Trouville.*

qu'on lui a prêté et qu'il place sur sa table de travail afin de s'en « emplir l'âme »! — Au surplus, nous avons conservé de l'œuvre un plan, un scénario détaillé et trois ébauches successives, qui indiquent assez avec quelle conscience, et aussi quelle méfiance à l'endroit de ses souvenirs, l'écrivain travailla.

Au total, et bien que Flaubert se soit refusé à conclure lui-même pour laisser ce soin au lecteur, le conte n'est objectif qu'en apparence. D'ailleurs, en le résumant lui-même dans une lettre à Mme Des Genettes, l'auteur n'a point manqué de souligner ses intentions secrètes : « L'*Histoire d'un cœur simple*, écrit-il, est tout bonnement le récit d'une vie obscure, celle d'une pauvre fille de campagne, dévote mais mystique, dévouée sans exaltation et tendre comme du pain frais. Elle aime successivement un homme, les enfants de sa maîtresse, un neveu, un vieillard qu'elle soigne, puis son perroquet; quand le perroquet est mort, elle le fait empailler et, en mourant à son tour, elle confond le perroquet avec le Saint-Esprit. Cela n'est nullement ironique comme vous le supposez, mais au contraire très sérieux et très triste. Je veux apitoyer, faire pleurer les âmes sensibles, en étant une moi-même[1]. » L'aveu ne laisse place à aucun doute : dans cette œuvre d'autobiographie contrôlée qu'est *Un cœur simple* transparaît jusqu'à l'évidence une pitié désespérée, qui pourrait bien être le dernier mot de la philosophie de Flaubert.

La Légende de saint Julien l'Hospitalier. — Quand Flaubert entreprit *la Légende de saint Julien l'Hospitalier*, ce fut d'abord pour « s'occuper à quelque chose », « pour voir s'il était capable de faire encore une phrase[2] »; ce fut aussi pour échapper aux tracas qui l'accablaient alors en se plongeant, comme il le déclare lui-même, « dans un milieu plus propre que le monde moderne[3] ».

En réalité, il souhaitait également, et avec peut-être plus d'ardeur encore, mettre enfin à exécution un projet qui le poursuivait depuis sa jeunesse. Plus précisément, depuis qu'en 1846, lors d'une excursion faite en compagnie de Maxime Du Camp, il avait aperçu, dans l'église de Caudebec-en-Caux, une petite statue de saint Julien l'Hospitalier. L'œuvre n'avait pas grande valeur artistique; mais elle représentait un personnage dont un des vitraux de la cathédrale de Rouen, maintes fois contemplé par Flaubert, retraçait l'histoire en une trentaine de scènes. L'idée de faire revivre cette série d'aventures commença dès lors de germer dans l'esprit de l'écrivain et ne le quitta jamais complètement. Deux témoignages au moins en font foi. Le premier est une lettre adressée à Louis Bouilhet le 1er juin 1856 : Flaubert y révèle à son ami les lectures de toutes sortes qu'il a entreprises sur le moyen âge dans l'intention d'écrire bientôt une vie de saint Julien. Le second, ce sont ces

---

1. Lettre du 19 juin 1876; **2.** Lettre du 3 octobre 1875; **3.** Lettre du 11 décembre 1875.

« trente-trois pages de notes » prises pendant l'été de 1874, à Kaltbad, en Suisse, où l'auteur de *la Tentation de saint Antoine* est allé se reposer sur le conseil des médecins, mais où, vite gagné par un ennui « gigantesque », il a une curieuse façon de vaincre le désœuvrement : il « compulse des ouvrages de vénerie », recueille mille renseignements « sur le milan, le gerfaut, la corneille, le faucon, les chiens, les cerfs, les loups, etc.[1] ». Aussi ne faut-il pas trop le croire quand, à l'automne 1875, à la veille de commencer *la Légende de saint Julien l'Hospitalier*, il présente cette tâche nouvelle « comme un pensum » : il médite également d'y utiliser la riche moisson de lectures et de notes dont il se sait déjà nanti.

Les sources livresques auxquelles il a puisé le sujet même de son conte, Flaubert n'en a jamais fait mystère. Il est le premier à les indiquer à sa nièce, à qui il conseille, si elle veut connaître l'histoire de saint Julien, de la lire dans *la Légende dorée*, ou encore dans l'*Essai sur la peinture sur verre*, d'E.-H. Langlois. A vrai dire, c'est à ce dernier ouvrage qu'il semble avoir emprunté le plus largement : consacré à une description minutieuse du fameux vitrail de la cathédrale de Rouen, dont la vue semble avoir été à l'origine même du conte de Flaubert, il contient, en effet, plus de détails que n'en donnait la relation de *la Légende dorée*. Mais il ne s'agit là que d'un mérite secondaire, et les quelques pages de Langlois pouvaient, au mieux, constituer un canevas commode pour l'écrivain. Aussi celui-ci ne se fit-il pas faute, non seulement d'en enrichir de broderies somptueuses la trame originelle, mais encore, sur plusieurs points, d'y apporter les plus heureux changements. Signalons-en deux, parmi les plus caractéristiques. Le premier tient au parricide dont Julien se rend coupable : dans les récits dont s'est inspiré Flaubert, l'assassin ne découvre pas lui-même qu'il a tué ses parents ; il l'apprend de la bouche de sa femme ; l'effet en est beaucoup moins pathétique. Autre innovation, plus significative encore : la transfiguration finale de Julien, qui, au lieu de monter au ciel quelque temps seulement après la visite du lépreux sauveur, se trouve emporté vers le firmament en une apothéose triomphale. — Quant au souvenir que l'auteur de *Saint Julien* aurait pu garder de *la Légende du beau Pécopin et de la belle Bauldour*, de Victor Hugo, il s'est fait lui-même justice à ce sujet dans une lettre à Louis Bouilhet : « J'ai relu *Pécopin*, écrit-il ; je n'ai aucune peur de la ressemblance. » — Assurance légitime : les deux récits sont aussi différents l'un de l'autre que possible. Affirmons même sans crainte l'écrasante supériorité de celui de Flaubert, autrement plus dense, plus coloré, plus dramatique.

Avec ses notes de détail l'écrivain en a usé tout aussi librement. Dieu sait pourtant si elles étaient nombreuses et empruntées aux traités les mieux documentés : *la Chasse de Gaston Phœbus*, comte

---

1. Cf. Marie-Jeanne Durry : *Flaubert et ses projets inédits.*

de Foy, le Livre du Roy Modus et de la Reine Ratio, l'Essai de vénerie de Lecomte Gravier, par exemple. Dans tous ces ouvrages Flaubert avait puisé mille indications. Les unes ayant trait aux différentes races de chiens, à leurs qualités, à leurs dons; les autres se rappo.-tant à la façon dont se chasse le cerf, ou encore à l'art de prendre au piège les loups, les renards, les sangliers. La fauconnerie avait également fait l'objet des recherches les plus sourcilleuses. Et quand les traités spécialisés ne lui suffisaient pas, c'était auprès de son ami Edmond Laporte, grand chasseur s'il en fut jamais, que Flaubert quêtait des renseignements plus précis.

On retrouve là l'habituelle conscience professionnelle de l'auteur; ou, plus exactement, son besoin de découvrir dans la lecture un élément qui « excite » l'imagination. Aussi bien compose-t-il une alchimie assez étrange avec les matériaux qu'il a accumulés : il les « amalgame », les « contracte », comme dit Mᵐᵉ M.-J. Durry, avec une inégalable sûreté de main. A une pâte assez informe, il ajoute le puissant levain de son art et de son style. Il « habille de pourpre et d'or[1] » le document brut, initial. Il le transforme de la même manière qu'aux dernières pages du récit il transfigure son lépreux... Au reste, quand il fut question de publier une édition de luxe de *la Légende de saint Julien l'Hospitalier*, il se refusa à toute illustration autre que la reproduction du vitrail de Rouen, parce qu'il pensait que la confrontation de l'image et du texte ferait éclater son originalité : « En les comparant, on se serait dit : « Je n'y comprends rien. Comment a-t-il tiré ceci de cela[2] ? » Problème curieux, en effet, et, en somme, sans solution, même pour qui connaît les différentes étapes du travail de l'écrivain.

Hérodias. — Déjà apologiste de saint Julien, Flaubert devait l'être encore de saint Jean-Baptiste. Mais un apologiste étrange, bien décidé cette fois « à ne pas édifier », et moins attiré sans doute par la sainteté du personnage que par les circonstances qui entourèrent la mort du prophète. Lui-même, d'ailleurs, dès le 19 juin 1876, c'est-à-dire environ quatre mois avant d'aborder son troisième et dernier conte, exprime sans ambages ses intentions dans une lettre adressée à Mᵐᵉ Des Genettes. Il y précise, en effet, ceci : « L'histoire d'Hérodias, telle que je la comprends, n'a aucun rapport avec la religion. Ce qui me séduit là-dedans, c'est la mine officielle d'Hérode (qui était un vrai préfet) et la figure farouche d'Hérodias, une sorte de Cléopâtre et de Maintenon. La question des races dominait tout. »

Ainsi, c'est une sorte de tableau historique, ethnologique même, que Flaubert entendait tirer du sujet qu'il avait choisi Et s'il est vrai que la Judée d'Hérode lui offrait, à cet égard, une matière de premier choix, on peut se demander d'où lui vint l'idée d'y

1. Cf. Marcel Schwob : *Spicilège ;* **2.** Lettre du 16 février 1879.

recourir. Assurément — nous le savons par M. Du Camp — la vue, sur « l'un des portails latéraux de la cathédrale de Rouen », d'un tympan, qui représente, à côté de la décollation de saint Jean-Baptiste, la danse de Salomé, fut le motif déterminant[1]. Mais la cause profonde fut sans doute la nostalgie que l'écrivain avait rapportée de son voyage de 1850 sur les bords du Nil, et dont il ne guérit jamais complètement : il y avait découvert ces pays semi-fabuleux où, comme en Judée, les civilisations d'Orient et d'Occident viennent à la fois se combattre et se fondre ; il en avait aussi gardé l'impérissable souvenir de la petite almée, qui, un soir, à Esneh, « avait dansé pour lui la danse de l'abeille, au son triste des rebfalleh[2] », et qu'il était, comme à miracle, invité à reconnaître dans le « grand scarabée » de pierre de la sculpture rouennaise.

Pour enrichir et développer la douzaine de versets qui, dans les Évangiles de Marc et de Matthieu, content un peu sèchement l'histoire des derniers jours du prophète, il ne semblait pas, à premier examen, que Flaubert eût à faire un grand effort de préparation. Il avait, en 1850, visité les lieux mêmes du drame et rapporté de son voyage des notes extrêmement copieuses ; la composition de *Salammbô* l'avait longuement familiarisé avec l'atmosphère orientale ; enfin, le haut-relief de la cathédrale de Rouen lui offrait une source d'inspiration supplémentaire. Pourtant, fidèle à sa méthode habituelle, il ne commença pas d'écrire avant d'avoir réuni une documentation assez étendue pour couvrir cinquante-sept feuillets de grand format ! Il emprunta de tous côtés : aux Saintes Écritures comme aux textes profanes, aux Anciens (à Flavius Josèphe et à Suétone, notamment) comme aux spécialistes les plus avertis de son temps. Il mena, sur chacun de ses personnages, une enquête des plus minutieuses. Il recueillit mille informations de détail sur ces questions de races, de mœurs, de religions, qui contribuent pour une large part à créer la couleur historique du récit. Il s'inquiéta de situer si précisément le décor de l'action que la lecture du récent ouvrage d'A. Parent sur Machærous ne lui suffit pas : il consulta le savant orientaliste qu'était Clermont-Ganneau sur le point de savoir si telle des villes contemplées par Hérode dans les premières pages du conte était « visible ou non » du haut de la citadelle. Il fit également faire des recherches à son ami Baudry sur les constellations où Phanuel lit la mort prochaine de saint Jean. Il y a plus : il alla jusqu'à regretter de n'avoir pas sous les yeux « une tête humaine fraîchement coupée[3] » pour mieux décrire celle du Baptiste après la décollation...

En réalité, tout ce luxe d'information obéissait à une cause précise Flaubert avait peur intense, ou, pour reprendre ses propres termes, « une venette biblique de retomber dans les effets produits par *Salammbô* ». Car, précisait-il, les « personnages sont

1. Voir l'illustration, p. 82; 2. René Dumesnil; 3. Lettre du 28 février 1877.

de la même race, et c'est un peu le même milieu[1] ». Mais, s'il est certain que le rapprochement s'impose, il y a aussi de grandes différences entre le roman publié en 1862 et le conte paru en 1877. En quinze ans, l'art de Flaubert a beaucoup évolué : il est devenu plus sobre, plus vivant, plus humain. En un mot, il a atteint plus de vérité. Taine jugeait ainsi *Hérodias :* « C'est aussi fort et plus allégé que *Salammbô.* » On ne peut mieux situer les deux œuvres, ni mesurer plus exactement le progrès accompli de l'une à l'autre. D'une reconstitution archéologique souvent un peu laborieuse on passe, comme l'a éloquemment souligné Drumont, à « une page d'histoire instructive, terrible, émouvante ».

Intérêt littéraire des « Trois Contes ». — Les *Trois Contes* furent accueillis avec un enthousiasme à peu près unanime. Et d'abord par les amis de l'auteur : Leconte de Lisle félicita Flaubert d'avoir fait d'*Un cœur simple* « une merveille de netteté, d'observation infaillible et de certitude d'expression »; Laure de Maupassant « d'avoir ciselé *Saint Julien* à la manière des maîtres joailliers d'autrefois »; Taine de lui en avoir plus appris « sur les alentours, les origines et le fond du christianisme » avec « les quatre-vingts pages d'*Hérodias* » que Renan avec tous ses gros ouvrages. La critique ne fut pas moins chaleureuse. Banville, toujours un peu grandiloquent, salua dans les *Trois Contes* « trois chefs-d'œuvre absolus et parfaits, créés avec la puissance d'un poète sûr de son art et dont il ne faut parler qu'avec la respectueuse admiration due au génie ». Drumont aurait voulu qu'on s'arrêtât devant chacune des trois nouvelles comme « devant quelque toile de maître ». Fourcaud loua « le style superbe » de l'écrivain, « les grandes images saisissantes » et « les descriptions étincelantes » dont il avait émaillé son recueil. Saint-Valry découvrit l'heureuse expression de « réalisme idéal » pour caractériser l'admirable combinaison d'exactitude et de poésie dont est fait l'art des *Trois Contes*. Seul Brunetière, aveuglé par le parti pris, trouva que Flaubert n'avait encore rien « exécuté de plus faible ».

Ce concert d'éloges, où même la fausse note finale n'introdui. qu'une dissonance dépourvue d'écho, parce qu'on peut la croire inspirée par une partialité excessive contre l'école réaliste, ne laisse pas de nous surprendre un peu aujourd'hui. Il est même permis de se demander si la critique, qui avait fait souvent grise mine à d'autres œuvres, pourtant capitales, de Flaubert, ne voulut pas racheter ses erreurs de jugement en couvrant de louanges excessives l'écrivain vieillissant...

Quoi qu'il en soit de cette hypothèse, ce n'est certainement pas manquer de respect à l'auteur de *Madame Bovary*, de *l'Education sentimentale*, de *la Tentation de saint Antoine* même, que de préférer

1. Lettre du 27 septembre 1876.

ces romans de haut vol à l'art, somme toute mineur, des *Trois Contes*. Ceux-ci semblent, en effet, passibles d'au moins deux reproches. Le premier, c'est de rassembler très arbitrairement trois personnages, ou, plutôt, trois moments de l'histoire qui n'ont aucun rapport entre eux; c'est de n'être unis par aucun autre lien que la puissante personnalité de l'auteur et la virtuosité de son écriture; c'est, en un mot, de n'avoir pas d'unité profonde. A ce grief de forme, il faut en joindre un second, qui, lui, touche à l'inspiration même de l'œuvre : on dirait plus justement à l'absence d'inspiration vraiment neuve. *Un cœur simple* n'est guère que la réduction à l'échelon domestique de *Madame Bovary*, et *Hérodias* n'est pas beaucoup plus qu'une transposition en miniature de *Salammbô*. Quant à *la Légende de saint Julien l'Hospitalier*, elle demeure surtout comme un très brillant exercice de style, un morceau de bravoure un peu gratuite. Alors ? Sans vouloir minimiser à l'excès l'importance d'un recueil, dont il ne faut pas oublier qu'il fut le dernier des ouvrages publiés du vivant de Flaubert, il semble plus équitable, précisément, d'y chercher comme un message ultime, un testament littéraire, ou, pour reprendre les termes de Saint-Valry, une « sorte de synthèse finale des idées, du talent, des procédés artistiques » de l'écrivain. C'est assez dire, et l'éloge n'est pas mince, que la lecture des *Trois Contes* constitue la meilleure des introductions à l'œuvre entier du maître de Croisset.

Les chiffres en gras entre parenthèses dans le texte renvoient aux Questions en fin de volume.

UN CŒUR SIMPLE

I

Pendant un demi-siècle, les bourgeoises de Pont-l'Évêque[1] envièrent à Mme Aubain sa servante Félicité.

Pour cent francs par an, elle faisait la cuisine et le ménage, cousait, lavait, repassait, savait brider un cheval, engraisser les volailles, battre le beurre, et resta fidèle à sa maîtresse, — qui cependant n'était pas une personne agréable.

Elle avait épousé un beau garçon sans fortune, mort au commencement de 1809[2], en lui laissant deux enfants très jeunes avec une quantité de dettes. Alors elle vendit ses immeubles, sauf la ferme de Toucques et la ferme de Geffosses[3], dont les rentes montaient à 5 000 francs tout au plus, et elle quitta sa maison de Saint-Melaine pour en habiter une autre moins dispendieuse, ayant appartenu à ses ancêtres et placée derrière les halles.

Cette maison[4], revêtue d'ardoises, se trouvait entre un passage et une ruelle aboutissant à la rivière. Elle avait intérieurement des différences de niveau qui faisaient trébucher. Un vestibule étroit séparait la cuisine de la *salle*[5] où Mme Aubain se tenait tout le long du jour, assise près de la croisée dans un fauteuil de paille. Contre le lambris[6], peint en blanc, s'alignaient huit chaises d'acajou. Un vieux piano supportait, sous un baromètre, un tas pyramidal de boîtes et de cartons. Deux bergères de tapisserie[7] flanquaient la cheminée en marbre jaune et de style Louis XV. La pendule, au milieu, représentait un temple de Vesta[8], —

---

1. *Pont-l'Évêque* : sous-préfecture du Calvados, sur la Touques, à une quarantaine de kilomètres de Caen. Flaubert connaissait très bien cette petite ville, où d'ailleurs sa mère était née ; 2. Noter le souci de précision chronologique de Flaubert ; 3. *Toucques et Geffosses* : fermes situées à une dizaine de kilomètres de Pont-l'Évêque, et ayant appartenu à la mère de Flaubert ; 4. On peut, aujourd'hui même, la voir à Pont-l'Évêque ; 5. *Salle* : pièce principale du rez-de-chaussée ; 6. *Lambris* : revêtement de menuiserie sur les murs de la salle ; 7. *Bergères de tapisserie* : fauteuils larges et profonds, recouverts de tapisserie ; 8. *Temple de Vesta* : temple, en forme de rotonde, consacré à la déesse du feu chez les Romains.

et tout l'appartement sentait un peu le moisi, car le plancher était plus bas que le jardin.

Au premier étage, il y avait d'abord la chambre de « Madame », très grande, tendue d'un papier à fleurs pâles, et contenant le portrait de « Monsieur » en costume de muscadin[1]. Elle communiquait avec une chambre plus petite, où l'on voyait deux couchettes d'enfants, sans matelas. Puis venait le salon, toujours fermé, et rempli de meubles recouverts d'un drap. Ensuite un corridor menait à un cabinet d'étude; des livres et des paperasses garnissaient les rayons d'une bibliothèque entourant de ses trois côtés un large bureau de bois noir. Les deux panneaux en retour disparaissaient sous des dessins à la plume, des paysages à la gouache[2] et des gravures d'Audran[3], souvenirs d'un temps meilleur et d'un luxe évanoui. Une lucarne au second étage éclairait la chambre de Félicité, ayant vue sur les prairies★(1).

Elle se levait dès l'aube, pour ne pas manquer la messe, et travaillait jusqu'au soir sans interruption; puis, le dîner étant fini, la vaisselle en ordre et la porte bien close, elle enfouissait la bûche sous les cendres et s'endormait devant l'âtre, son rosaire à la main. Personne, dans les marchandages, ne montrait plus d'entêtement. Quant à la propreté, le poli de ses casseroles faisait le désespoir des autres servantes. Économe, elle mangeait avec lenteur, et recueillait du doigt sur la table les miettes de son pain, — un pain de douze livres, cuit exprès pour elle, et qui durait vingt jours.

En toute saison elle portait un mouchoir d'indienne[4] fixé dans le dos par une épingle, un bonnet lui cachant les cheveux, des bas gris, un jupon rouge, et par-dessus sa camisole un tablier à bavette, comme les infirmières d'hôpital.

Son visage était maigre et sa voix aiguë. A vingt-cinq ans, on lui en donnait quarante. Dès la cinquantaine, elle ne marqua plus aucun âge; — et, toujours silencieuse, la taille droite et les gestes mesurés, semblait une femme en bois, fonctionnant d'une manière automatique★(2).

---

1. *Muscadin* : nom donné, en 1793, aux royalistes vêtus avec trop de recherche; 2. *Gouache* : peinture où l'on emploie des substances colorantes détrempées dans une eau additionnée de gomme et de miel; 3. *Audran* : sans doute Gérard Audran (1640-1703), un des plus célèbres graveurs du XVIIe siècle; 4. *Mouchoir d'indienne* : fichu de coton. L'indienne est une variété de cotonnade, originairement fabriquée aux Indes.

II

Elle avait eu, comme une autre, son histoire d'amour.

Son père, un maçon, s'était tué en tombant d'un échafaudage. Puis sa mère mourut, ses sœurs se dispersèrent, un fermier la recueillit, et l'employa toute petite à garder les vaches dans la campagne. Elle grelottait sous des haillons, buvait à plat ventre l'eau des mares, à propos de rien était battue, et finalement fut chassée pour un vol de trente sols[1], qu'elle n'avait pas commis. Elle entra dans une autre ferme, y devint fille de basse-cour, et, comme elle plaisait aux patrons, ses camarades la jalousaient.

Un soir du mois d'août (elle avait alors dix-huit ans), ils l'entraînèrent à l'assemblée[2] de Colleville. Tout de suite elle fut étourdie, stupéfaite par le tapage des ménétriers[3], les lumières dans les arbres, la bigarrure des costumes, les dentelles, les croix d'or, cette masse de monde sautant à la fois. Elle se tenait à l'écart modestement, quand un jeune homme d'apparence cossue, et qui fumait sa pipe les deux coudes sur le timon d'un banneau[4], vint l'inviter à la danse. Il lui paya du cidre[5], du café, de la galette[6], un foulard, et, s'imaginant qu'elle le devinait, offrit de la reconduire. [...]

Un autre soir, sur la route de Beaumont, elle voulut dépasser un grand chariot de foin qui avançait lentement, et en frôlant les roues elle reconnut Théodore. [...]

Aussitôt il parla des récoltes et des notables de la commune, car son père avait abandonné Colleville pour la ferme des Écots, de sorte que maintenant ils se trouvaient voisins. « Ah ! » dit-elle. Il ajouta qu'on désirait l'établir. Du reste, il n'était pas pressé, et attendait une femme à son goût. Elle baissa la tête. Alors il lui demanda si elle pensait au mariage. Elle reprit, en souriant, que c'était mal de se moquer. « Mais non, je vous jure ! » et du bras gauche il lui entoura la taille ; elle marchait soutenue par son étreinte ; ils se ralentirent. Le vent était mou[7], les étoiles brillaient, l'énorme charretée de foin oscillait devant eux ; et les quatre chevaux, en traînant leurs pas, soulevaient

---

1. *Trente sols* : c'est-à-dire une somme infime ; **2.** *Assemblée* : fête de village ; **3.** *Ménétriers* : violoneux de campagne ; **4.** *Banneau* : petit tombereau ; **5.** Nous sommes en Normandie ; **6.** *Galette* : gâteau rustique ; **7.** *Le vent était mou.* Flaubert avait d'abord écrit : « Le vent était lourd. » En quoi la correction est-elle heureuse ?

de la poussière. Puis, sans commandement, ils tournèrent à droite. Il l'embrassa encore une fois. Elle disparut dans l'ombre.

Théodore, la semaine suivante, en obtint des rendez-vous.

Ils se rencontraient au fond des cours, derrière un mur, sous un arbre isolé. Elle n'était pas innocente à la manière des demoiselles, [...] mais la raison et l'instinct de l'honneur l'empêchèrent de faillir. Cette résistance exaspéra l'amour de Théodore, si bien que pour le satisfaire (ou naïvement peut-être) il proposa de l'épouser. Elle hésitait à le croire. Il fit de grands serments.

Bientôt il avoua quelque chose de fâcheux : ses parents, l'année dernière, lui avaient acheté un homme[1]; mais d'un jour à l'autre on pourrait le reprendre; l'idée de servir l'effrayait. Cette couardise fut pour Félicité une preuve de tendresse; la sienne en redoubla. Elle s'échappait la nuit, et parvenue au rendez-vous, Théodore la torturait avec ses inquiétudes et ses instances.

Enfin, il annonça qu'il irait lui-même à la Préfecture prendre des informations, et les apporterait dimanche prochain, entre onze heures et minuit.

Le moment arrivé, elle courut vers l'amoureux.

A sa place, elle trouva un de ses amis.

Il lui apprit qu'elle ne devait plus le revoir. Pour se garantir de la conscription[2], Théodore avait épousé une vieille femme très riche, Mme Lehoussais, de Toucques.

Ce fut un chagrin désordonné. Elle se jeta par terre, poussa des cris, appela le bon Dieu, et gémit toute seule dans la campagne jusqu'au soleil levant. Puis elle revint à la ferme, déclara son intention d'en partir; et, au bout du mois, ayant reçu ses comptes, elle enferma tout son petit bagage dans un mouchoir, et se rendit à Pont-l'Évêque★(3).

Devant l'auberge, elle questionna une bourgeoise en capelin²[3] de veuve, et qui précisément cherchait une cuisinière. La jeune fille ne savait pas grand'chose, mais paraissait avoir tant de bonne volonté et si peu d'exigences, que Mme Aubain finit par dire :

« Soit, je vous accepte! »

1. Pour faire le service militaire à sa place; 2. *Conscription* : tirage au sort, par lequel on désignait les futurs soldats. Les hommes mariés étaient dispensés de service; 3. *Capeline* : coiffure de femme, couvrant la tête et descendant sur les épaules.

Félicité, un quart d'heure après, était installée chez elle.

D'abord elle y vécut dans une sorte de tremblement que lui causaient « le genre de la maison » et le souvenir de « Monsieur », planant sur tout! Paul et Virginie[1], l'un âgé de sept ans, l'autre de quatre à peine, lui semblaient formés d'une matière précieuse; elle les portait sur son dos comme un cheval, et Mme Aubain lui défendit de les baiser à chaque minute, ce qui la mortifia. Cependant elle se trouvait heureuse. La douceur du milieu avait fondu sa tristesse.

Tous les jeudis, des habitués venaient faire une partie de boston[2]. Félicité préparait d'avance les cartes et les chaufferettes[3]. Ils arrivaient à huit heures bien juste, et se retiraient avant le coup de onze.

Chaque lundi matin, le brocanteur qui logeait sous l'allée étalait par terre ses ferrailles. Puis la ville se remplissait d'un bourdonnement de voix, où se mêlaient des hennissements de chevaux, des bêlements d'agneaux, des grognements de cochons, avec le bruit sec des carrioles dans la rue. Vers midi, au plus fort du marché, on voyait paraître sur le seuil un vieux paysan de haute taille, la casquette en arrière, le nez crochu, et qui était Robelin, le fermier de Geffosses. Peu de temps après, — c'était Liébard, le fermier de Toucques, petit, rouge, obèse, portant une veste grise et des houseaux[4] armés d'éperons.

Tous deux offraient à leur propriétaire des poules ou des fromages. Félicité invariablement déjouait leurs astuces; et ils s'en allaient pleins de considération pour elle.

A des époques indéterminées, Mme Aubain recevait la visite du marquis de Gremanville[5], un de ses oncles, ruiné par la crapule[6] et qui vivait à Falaise[7] sur le dernier lopin de ses terres. Il se présentait toujours à l'heure du déjeuner, avec un affreux caniche dont les pattes salissaient tous les meubles. Malgré ses efforts pour paraître gentilhomme jusqu'à soulever son chapeau chaque fois qu'il disait : « Feu

---

1. Souvenir évident du roman de Bernardin de Saint-Pierre (1787). — En outre, on reconnaît aisément Flaubert et sa jeune sœur, de trois ans sa cadette, dans ces deux enfants séparés par une différence d'âge identique; **2.** *Boston* : jeu qui se joue à quatre, avec 52 cartes; **3.** *Chaufferettes* : sortes de boîtes, qu'on remplissait de braise pour se chauffer les pieds; **4.** *Houseau* : guêtre de toile ou de cuir, montant haut et formant botte; **5.** On reconnaît dans ce personnage un arrière-grand-oncle de Flaubert, le conseiller Charles-François Fouet de Crémanville, de qui le nom même a été à peine modifié; **6.** *Crapule* (au sens du latin *crapula*) : débauche, orgie; **7.** *Falaise* : sous-préfecture du département du Calvados.

mon père », l'habitude l'entraînant, il se versait à boire coup sur coup, et lâchait des gaillardises. Félicité le poussait dehors poliment : « Vous en avez assez, monsieur de Gremanville! A une autre fois! » Et elle refermait la porte.

Elle l'ouvrait avec plaisir devant M. Bourais[1], ancien avoué. Sa cravate blanche et sa calvitie, le jabot[2] de sa chemise, son ample redingote brune, sa façon de priser en arrondissant le bras, tout son individu lui produisait ce trouble où nous jette le spectacle des hommes extraordinaires.

Comme il gérait les propriétés de « Madame », il s'enfermait avec elle pendant des heures dans le cabinet de « Monsieur », et craignait toujours de se compromettre, respectait infiniment la magistrature, avait des prétentions au latin.

Pour instruire les enfants d'une manière agréable, il leur fit cadeau d'une géographie en estampes[3]. Elles représentaient différentes scènes du monde, des anthropophages coiffés de plumes, un singe enlevant une demoiselle, des Bédouins dans le désert, une baleine qu'on harponnait, etc.

Paul donna l'explication de ces gravures à Félicité. Ce fut même toute son éducation littéraire.

Celle des enfants était faite par Guyot, un pauvre diable employé à la Mairie, fameux pour sa belle main[4], et qui repassait son canif sur sa botte[5]★(4).

Quand le temps était clair, on s'en allait de bonne heure à la ferme de Geffosses[6].

La cour est en pente, la maison dans le milieu; et la mer, au loin, apparaît comme une tache grise.

Félicité retirait de son cabas[7] des tranches de viande froide, et on déjeunait dans un appartement faisant suite à la laiterie. Il était le seul reste d'une habitation de plaisance, maintenant disparue. Le papier de la muraille en lambeaux tremblait aux courants d'air. Mme Aubain penchait son front, accablée de souvenirs; les enfants n'osaient plus parler. « Mais jouez donc! » disait-elle; ils décampaient.

Paul montait dans la grange, attrapait des oiseaux, faisait des ricochets sur la mare, ou tapait avec un bâton les grosses futailles qui résonnaient comme des tambours.

    1. Il y eut, effectivement, une famille Bourais à Pont-l'Évêque; **2.** *Jabot :* garniture de dentelle attachée à l'ouverture de la chemise; **3.** *Estampe :* image imprimée, après avoir été gravée sur cuivre ou sur bois; **4.** C'est-à-dire : pour sa belle écriture; **5.** Ce détail a la précision de la chose vue; **6.** *Ferme de Geffosses.* Cf. p. 17, note 3. La description de Flaubert est d'une rigoureuse exactitude; **7.** *Cabas :* panier plat, fait de paille, de jonc ou d'étoffe.

Virginie donnait à manger aux lapins, se précipitait pour cueillir des bluets, et la rapidité de ses jambes découvrait ses petits pantalons brodés.

Un soir d'automne, on s'en retourna par les herbages.

La lune à son premier quartier éclairait une partie du ciel, et un brouillard flottait comme une écharpe sur les sinuosités de la Toucques[1]. Des bœufs, étendus au milieu du gazon, regardaient tranquillement ces quatre personnes passer. Dans la troisième pâture[2] quelques-uns se levèrent, puis se mirent en rond devant elles. « Ne craignez rien ! » dit Félicité ; et, murmurant une sorte de complainte, elle flatta sur l'échine celui qui se trouvait le plus près ; il fit volte-face, les autres l'imitèrent. Mais, quand l'herbage suivant fut traversé, un beuglement formidable s'éleva. C'était un taureau, que cachait le brouillard. Il avança vers les deux femmes. Mme Aubain allait courir. « Non ! non ! moins vite ! » Elles pressaient le pas cependant, et entendaient par derrière un souffle sonore qui se rapprochait. Ses sabots, comme des marteaux, battaient l'herbe de la prairie ; voilà qu'il galopait maintenant ! Félicité se retourna, et elle arrachait à deux mains des plaques de terre qu'elle lui jetait dans les yeux. Il baissait le mufle, secouait les cornes et tremblait de fureur en beuglant horriblement. Mme Aubain, au bout de l'herbage avec ses deux petits, cherchait éperdue comment franchir le haut bord. Félicité reculait toujours devant le taureau, et continuellement lançait des mottes de gazon qui l'aveuglaient, tandis qu'elle criait : — « Dépêchez-vous ! dépêchez-vous ! »

Mme Aubain descendit le fossé, poussa Virginie, Paul ensuite, tomba plusieurs fois en tâchant de gravir le talus, et à force de courage y parvint.

Le taureau avait acculé Félicité contre une claire-voie[3] ; sa bave lui rejaillissait à la figure, une seconde de plus il l'éventrait. Elle eut le temps de se couler entre deux barreaux, et la grosse bête, toute surprise, s'arrêta*(5).

Cet événement, pendant bien des années, fut un sujet de conversation à Pont-l'Évêque. Félicité n'en tira aucun orgueil, ne se doutant même pas qu'elle eût rien fait d'héroïque.

---

1. *Toucques* ou *Touques* : fleuve côtier, qui traverse la vallée d'Auge et se jette dans la Manche à Trouville ; 2. *Pâture* : herbage fermé de clôtures ; 3. *Claire-voie* : barrière rustique, faite de pièces de bois espacées.

Virginie l'occupait exclusivement; — car elle eut, à la suite de son effroi, une affection nerveuse, et M. Poupart[1], le docteur, conseilla les bains de mer de Trouville[2].

Dans ce temps-là, ils n'étaient pas fréquentés. Mme Aubain prit des renseignements, consulta Bourais, fit des préparatifs comme pour un long voyage.

Ses colis partirent la veille, dans la charrette de Liébard. Le lendemain, il amena deux chevaux dont l'un avait une selle de femme, munie d'un dossier de velours; et sur la croupe du second un manteau roulé formait une manière de siège. Mme Aubain y monta, derrière lui. Félicité se chargea de Virginie, et Paul enfourcha l'âne de M. Lechaptois[3], prêté sous la condition d'en avoir grand soin.

La route était si mauvaise que ses huit kilomètres exigèrent deux heures. Les chevaux enfonçaient jusqu'aux paturons[4] dans la boue, et faisaient pour en sortir de brusques mouvements des hanches; ou bien ils butaient contre les ornières; d'autres fois, il leur fallait sauter. La jument de Liébard, à de certains endroits, s'arrêtait tout à coup. Il attendait patiemment qu'elle se remît en marche; et il parlait des personnes dont les propriétés bordaient la route, ajoutant à leur histoire des réflexions morales. Ainsi, au milieu de Toucques[5], comme on passait sous des fenêtres entourées de capucines, il dit, avec un haussement d'épaules : « En voilà une Mme Lehoussais, qui au lieu de prendre un jeune homme[6]... » Félicité n'entendit pas le reste; les chevaux trottaient, l'âne galopait; tous enfilèrent un sentier, une barrière tourna, deux garçons parurent, et l'on descendit devant le purin, sur le seuil même de la porte.

La mère Liébard, en apercevant sa maîtresse, prodigua les démonstrations de joie. Elle lui servit un déjeuner où il y avait un aloyau[7], des tripes, du boudin, une fricassée de poulet, du cidre mousseux, une tarte aux compotes et des prunes à l'eau-de-vie, accompagnant le tout de poli-

---

1. *M. Poupart* : personnage réel, que M. Gérard-Gailly a identifié avec le Dr Giffard, de Trouville; 2. *Trouville* : station balnéaire, sur la Manche, à 12 kilomètres de Pont-l'Evêque. A l'époque, ce n'était qu'un petit port sans importance. Flaubert avait l'habitude de s'y rendre, depuis son enfance, en compagnie de ses parents et de sa sœur Caroline; 3. *M. Lechaptois.* Flaubert avait d'abord écrit M. Lestiboudois. Mais, ayant déjà donné ce nom au bedeau d'Yonville, dans *Madame Bovary*, il le modifia quelque peu; 4. *Paturon* : partie du bas de la jambe du cheval, comprise entre le boulet et le sabot; 5. *Toucques.* Commune du Calvados, sur le fleuve du même nom; 6. *Un jeune homme.* Cf. p. 20; 7. *Aloyau* : morceau de bœuf coupé le long des reins.

tesses à Madame qui paraissait en meilleure santé, à Mademoiselle devenue « magnifique », à M. Paul singulièrement « forci[1] », sans oublier leurs grands-parents défunts que les Liébard avaient connus, étant au service de la famille depuis plusieurs générations. La ferme avait, comme eux, un caractère d'ancienneté. Les poutrelles du plafond étaient vermoulues, les murailles noires de fumée, les carreaux gris de poussière. Un dressoir[2] en chêne supportait toutes sortes d'ustensiles, des brocs, des assiettes, des écuelles d'étain, des pièges à loup, des forces pour les moutons ; une seringue énorme fit rire les enfants. Pas un arbre des trois cours qui n'eût des champignons à sa base, ou dans ses rameaux une touffe de gui. Le vent en avait jeté bas plusieurs. Ils avaient repris par le milieu ; et tous fléchissaient sous la quantité de leurs pommes. Les toits de paille, pareils à du velours brun et inégaux d'épaisseur, résistaient aux plus fortes bourrasques. Cependant la charretterie[4] tombait en ruines. Mme Aubain dit qu'elle aviserait, et commanda de reharnacher les bêtes*(6).

On fut encore une demi-heure avant d'atteindre Trouville. La petite caravane mit pied à terre pour passer les *Écores[5]* ; c'était une falaise surplombant des bateaux ; et trois minutes plus tard, au bout du quai, on entra dans la cour de l'*Agneau d'or[6]*, chez la mère David.

Virginie, dès les premiers jours, se sentit moins faible, résultat du changement d'air et de l'action des bains. Elle les prenait en chemise, à défaut d'un costume ; et sa bonne la rhabillait dans une cabane de douanier qui servait aux baigneurs.

L'après-midi, on s'en allait avec l'âne au delà des Roches-Noires, du côté d'Hennequeville[7]. Le sentier, d'abord, montait entre des terrains vallonnés comme la pelouse d'un parc, puis arrivait sur un plateau où alternaient des pâturages et des champs en labour. A la lisière du chemin, dans le fouillis des ronces, des houx se dressaient ; çà et là, un grand arbre mort faisait sur l'air bleu des zigzags avec ses branches.

---

1. *Forci* : grossi. Appartient au langage populaire ; **2.** *Dressoir* : meuble, étagère pour mettre la vaisselle ; **3.** *Forces* : grands ciseaux servant à tondre les moutons ; **4.** *Charretterie* : remise à charrettes ; **5.** « Vers 1830, la falaise des Écores, à l'entrée de Trouville, s'avançait jusqu'à la rivière. » (Ed. Maynial) ; **6.** C'est à l'*Agneau d'or* que descendait la famille Flaubert. Le nom même des tenanciers de l'auberge n'a pas été modifié par l'écrivain ; **7.** *Hennequeville* : village qui se trouve à la sortie de Trouville, sur la route qui conduit à Honfleur.

Presque toujours on se reposait dans un pré, ayant Deauville à gauche, le Havre à droite et en face la pleine mer. Elle était brillante de soleil, lisse comme un miroir, tellement douce qu'on entendait à peine son murmure; des moineaux cachés pépiaient, et la voûte immense du ciel recouvrait tout cela. Mme Aubain, assise, travaillait à son ouvrage de couture; Virginie près d'elle tressait des joncs; Félicité sarclait des fleurs de lavande; Paul, qui s'ennuyait, voulait partir.

D'autres fois, ayant passé la Toucques en bateau, ils cherchaient des coquilles. La marée basse laissait à découvert des oursins, des godefiches[1], des méduses; et les enfants couraient, pour saisir des flocons d'écume que le vent emportait. Les flots endormis, en tombant sur le sable, se déroulaient le long de la grève; elle s'étendait à perte de vue, mais du côté de la terre avait pour limite les dunes la séparant du *Marais*[2], large prairie en forme d'hippodrome[3]. Quand ils revenaient par là, Trouville, au fond sur la pente du coteau, à chaque pas grandissait, et avec toutes ses maisons inégales semblait s'épanouir dans un désordre gai.

Les jours qu'il faisait trop chaud, ils ne sortaient pas de leur chambre. L'éblouissante clarté du dehors plaquait des barres de lumière entre les lames des jalousies. Aucun bruit dans le village. En bas, sur le trottoir, personne. Ce silence épandu augmentait la tranquillité des choses. Au loin, les marteaux des calfats[4] tamponnaient des carènes[5], et une brise lourde apportait la senteur du goudron.

Le principal divertissement était le retour des barques. Dès qu'elles avaient dépassé les balises[6], elles commençaient à louvoyer[7]. Leurs voiles descendaient aux deux tiers des mâts; et, la misaine[8] gonflée comme un ballon, elles avançaient, glissaient dans le clapotement des vagues, jusqu'au milieu du port, où l'ancre tout à coup tombait. Ensuite le bateau se plaçait contre le quai. Les matelots jetaient

---

1. *Godefiche :* nom local, servant à désigner un coquillage plus communément appelé ormeau ou ormier; 2. « Une grande partie du Marais appartenait aux Flaubert. » (R. Dumesnil); 3. « Description prophétique : c'est là qu'on aménagera le célèbre champ de courses. » (R. Dumesnil); 4. *Calfats :* ouvriers qui garnissent d'étoupe, de poix et de goudron les fentes de la coque, afin de la rendre parfaitement étanche; 5. *Carène :* partie inférieure du navire, comprenant la quille et les flancs jusqu'à fleur d'eau; 6. *Balises :* ouvrages en bois, en fer, ou en maçonnerie servant à guider les navires dans les endroits dangereux ou les passages difficiles; 7. *Louvoyer :* tirer des bordées, naviguer en zigzag pour remonter le vent; 8. *Misaine :* basse voile, du mât de misaine (mât fixé à l'avant).

par-dessus le bordage des poissons palpitants; une file
de charrettes les attendait, et des femmes en bonnet de
coton s'élançaient pour prendre les corbeilles et embrasser
leurs hommes*(**7**).

Une d'elles, un jour, aborda Félicité, qui peu de temps
après entra dans la chambre, toute joyeuse. Elle avait
retrouvé une sœur; et Nastasie Barette[1], femme Leroux,
apparut, tenant un nourrisson à sa poitrine, de la main droite
un autre enfant, et à sa gauche un petit mousse les poings
sur les hanches et le béret sur l'oreille.

Au bout d'un quart d'heure, Mme Aubain la congédia.
On les rencontrait toujours aux abords de la cuisine, ou
dans les promenades que l'on faisait. Le mari ne se montrait
pas.

Félicité se prit d'affection pour eux. Elle leur acheta
une couverture, des chemises, un fourneau; évidemment
ils l'exploitaient. Cette faiblesse agaçait Mme Aubain, qui
d'ailleurs n'aimait pas les familiarités du neveu, — car il
tutoyait son fils; — et, comme Virginie toussait et que la
saison n'était plus bonne, elle revint à Pont-l'Évêque.

M. Bourais l'éclaira sur le choix d'un collège. Celui de
Caen passait pour le meilleur. Paul y fut envoyé; et fit
bravement ses adieux, satisfait d'aller vivre dans une maison
où il aurait des camarades.

Mme Aubain se résigna à l'éloignement de son fils, parce
qu'il était indispensable. Virginie y songea de moins en
moins. Félicité regrettait son tapage. Mais une occupation
vint la distraire; à partir de Noël, elle mena tous les jours
la petite fille au catéchisme.

III

Quand elle avait fait à la porte une génuflexion, elle
s'avançait sous la haute nef entre la double ligne des chaises,
ouvrait le banc de Mme Aubain, s'asseyait, et promenait
ses yeux autour d'elle[2].

Les garçons à droite, les filles à gauche, emplissaient
les stalles du chœur; le curé se tenait debout près du
lutrin; sur un vitrail de l'abside, le Saint-Esprit dominait

---

1. Personnage réel. Elle s'appelait, en réalité, « la Barbette »; **2.** « Flaubert
décrit ici l'église Saint-Michel de Pont-l'Évêque. » (Ed. Maynial.)

la Vierge; un autre la montrait à genoux devant l'Enfant-Jésus, et, derrière le tabernacle, un groupe en bois représentait saint Michel terrassant le dragon.

Le prêtre fit d'abord un abrégé de l'Histoire Sainte. Elle croyait voir le paradis, le déluge, la tour de Babel, des villes tout en flammes[1], des peuples qui mouraient, des idoles renversées; et elle garda de cet éblouissement le respect du Très-Haut et la crainte de sa colère. Puis, elle pleura en écoutant la Passion. Pourquoi l'avaient-ils crucifié, lui qui chérissait les enfants, nourrissait les foules, guérissait les aveugles, et avait voulu, par douceur, naître au milieu des pauvres, sur le fumier d'une étable? Les semailles, les moissons, les pressoirs, toutes ces choses familières dont parle l'Évangile, se trouvaient dans sa vie; le passage de Dieu les avait sanctifiées; et elle aima plus tendrement les agneaux par amour de l'Agneau[2], les colombes à cause du Saint-Esprit*(8).

Elle avait peine à imaginer sa personne; car il n'était pas seulement oiseau, mais encore un feu, et d'autres fois un souffle. C'est peut-être sa lumière qui voltige la nuit aux bords des marécages[3], son haleine qui pousse les nuées, sa voix qui rend les cloches harmonieuses; et elle demeurait dans une adoration, jouissant de la fraîcheur des murs et de la tranquillité de l'église.

Quant aux dogmes, elle n'y comprenait rien, ne tâcha même pas de comprendre. Le curé discourait, les enfants récitaient, elle finissait par s'endormir; et se réveillait tout à coup, quand ils faisaient en s'en allant claquer leurs sabots sur les dalles.

Ce fut de cette manière, à force de l'entendre, qu'elle apprit le catéchisme, son éducation religieuse ayant été négligée dans sa jeunesse; et dès lors elle imita toutes les pratiques de Virginie, jeûnait comme elle, se confessait avec elle. A la Fête-Dieu, elles firent ensemble un reposoir.

La première communion la tourmentait d'avance. Elle s'agita pour les souliers, pour le chapelet, pour le livre, pour les gants. Avec quel tremblement elle aida sa mère à l'habiller!

Pendant toute la messe, elle éprouva une angoisse.

---

1. Sans doute Sodome et Gomorrhe; 2. *Agneau :* Jésus-Christ; 3. Flaubert pense ici aux feux follets, qu'on voit souvent brûler à la surface des lieux marécageux.

M. Bourais lui cachait un côté du chœur; mais juste en face, le troupeau des vierges portant des couronnes blanches par-dessus leurs voiles abaissés formait comme un champ de neige; et elle reconnaissait de loin la chère petite à son cou plus mignon et son attitude recueillie. La cloche tinta. Les têtes se courbèrent; il y eut un silence. Aux éclats de l'orgue, les chantres et la foule entonnèrent l'*Agnus Dei*[1]; puis le défilé des garçons commença; et, après eux, les filles se levèrent. Pas à pas, et les mains jointes, elles allaient vers l'autel tout illuminé, s'agenouillaient sur la première marche, recevaient l'hostie successivement, et dans le même ordre revenaient à leurs prie-Dieu. Quand ce fut le tour de Virginie, Félicité se pencha pour la voir; et, avec l'imagination que donnent les vraies tendresses, il lui sembla qu'elle était elle-même cette enfant; sa figure devenait la sienne, sa robe l'habillait, son cœur lui battait dans la poitrine; au moment d'ouvrir la bouche, en fermant les paupières, elle manqua s'évanouir*(9).

Le lendemain, de bonne heure, elle se présenta dans la sacristie, pour que M. le curé lui donnât la communion. Elle la reçut dévotement, mais n'y goûta pas les mêmes délices.

Mme Aubain voulait faire de sa fille une personne accomplie; et, comme Guyot ne pouvait lui montrer ni l'anglais ni la musique, elle résolut de la mettre en pension chez les Ursulines[2] d'Honfleur[3].

L'enfant n'objecta rien. Félicité soupirait, trouvant Madame insensible. Puis elle songea que sa maîtresse, peut-être, avait raison. Ces choses dépassaient sa compétence.

Enfin, un jour, une vieille tapissière[4] s'arrêta devant la porte; et il en descendit une religieuse qui venait chercher Mademoiselle. Félicité monta les bagages sur l'impériale[5], fit des recommandations au cocher, et plaça dans le coffre six pots de confitures et une douzaine de poires, avec un bouquet de violettes.

1. *Agnus Dei* : prière chantée vers la fin de la messe, et commençant par les mots « Agnus Dei »; 2. Fondé en 1506 en Italie, pour les soins des malades et l'instruction des jeunes filles, l'ordre des Ursulines s'établit en France au début du XVIIe siècle; 3. *Honfleur* : port de pêche du Calvados, à l'embouchure de la Seine, à 23 kilomètres. La propre mère de Flaubert avait été élevée dans un pensionnat religieux, situé à Honfleur; 4. *Tapissière* : voiture légère, ouverte sur les côtés, mais couverte par un toit; 5. *Impériale* : toit d'une diligence, d'un omnibus, etc.

Virginie, au dernier moment, fut prise d'un grand sanglot; elle embrassait sa mère qui la baisait au front en répétant « Allons! du courage! du courage! » Le marchepied se releva, la voiture partit.

Alors Mme Aubain eut une défaillance; et le soir tous ses amis, le ménage Lormeau, Mme Lechaptois, *ces*[1] demoiselles Rochefeuille, M. de Houppeville et Bourais se présentèrent pour la consoler.

La privation de sa fille lui fut d'abord très douloureuse. Mais trois fois la semaine elle en recevait une lettre, les autres jours lui écrivait, se promenait dans son jardin, lisait un peu, et de cette façon comblait le vide des heures.

Le matin, par habitude, Félicité entrait dans la chambre de Virginie, et regardait les murailles. Elle s'ennuyait de n'avoir plus à peigner ses cheveux, à lui lacer ses bottines, à la border dans son lit, — et de ne plus voir continuellement sa gentille figure, de ne plus la tenir par la main quand elles sortaient ensemble. Dans son désœuvrement, elle essaya de faire de la dentelle. Ses doigts trop lourds cassaient les fils; elle n'entendait à rien[2], avait perdu le sommeil, suivant son mot, était « minée »*(**10**).

Pour « se dissiper[3] », elle demanda la permission de recevoir son neveu Victor[4].

Il arrivait le dimanche après la messe, les joues roses, la poitrine nue, et sentant l'odeur de la campagne qu'il avait traversée. Tout de suite, elle dressait son couvert. Ils déjeunaient l'un en face de l'autre; et, mangeant elle-même le moins possible pour épargner la dépense, elle le bourrait tellement de nourriture qu'il finissait par s'endormir. Au premier coup des vêpres, elle le réveillait, brossait son pantalon, nouait sa cravate, et se rendait à l'église, appuyée sur son bras dans un orgueil maternel*(**11**).

Ses parents le chargeaient toujours d'en tirer quelque chose, soit un paquet de cassonade[5], du savon, de l'eau-de-vie, parfois même de l'argent. Il apportait ses nippes à raccommoder; et elle acceptait cette besogne, heureuse d'une occasion qui le forçait à revenir.

---

1. Noter le sens de ce démonstratif : ce qu'il a de particulier et de savoureux; **2.** *Elle n'entendait à rien* : elle ne prêtait attention à rien; **3.** *Se dissiper* : trouver un dérivatif; **4.** Dans la première « Éducation sentimentale », Flaubert nous parle d'un personnage identique : le neveu du patron de l'*Aimable-Constance*, qui, lui aussi, est mort de la fièvre jaune à La Havane; **5.** *Cassonade* : sucre grossier et roux.

Au mois d'août, son père l'emmena au cabotage[1].

C'était l'époque des vacances. L'arrivée des enfants la consola. Mais Paul devenait capricieux, et Virginie n'avait plus l'âge d'être tutoyée, ce qui mettait une gêne, une barrière entre elles.

Victor alla successivement à Morlaix, à Dunkerque et à Brighton[2]; au retour de chaque voyage, il lui offrait un cadeau. La première fois, ce fut une boîte en coquilles; la seconde, une tasse à café; la troisième, un grand bonhomme en pain d'épice. Il embellissait, avait la taille bien prise, un peu de moustache, de bons yeux francs, et un petit chapeau de cuir, placé en arrière comme un pilote. Il l'amusait en lui racontant des histoires mêlées de termes marins.

Un lundi, 14 juillet 1819 (elle n'oublia pas la date), Victor annonça qu'il était engagé au long cours[3], et, dans la nuit du surlendemain, par le paquebot de Honfleur, irait rejoindre sa goélette[4], qui devait démarrer[5] du Havre prochainement. Il serait, peut-être, deux ans parti.

La perspective d'une telle absence désola Félicité; et pour lui dire encore adieu, le mercredi soir, après le dîner de Madame, elle chaussa des galoches, et avala les quatre lieues qui séparaient Pont-l'Évêque de Honfleur.

Quand elle fut devant le Calvaire, au lieu de prendre à gauche, elle prit à droite, se perdit dans des chantiers, revint sur ses pas; des gens qu'elle accosta l'engagèrent à se hâter. Elle fit le tour du bassin rempli de navires, se heurtait contre des amarres; puis le terrain s'abaissa, des lumières s'entrecroisèrent, et elle se crut folle, en apercevant des chevaux dans le ciel.

Au bord du quai, d'autres hennissaient, effrayés par la mer. Un palan[6] qui les enlevait les descendait dans un bateau, où des voyageurs se bousculaient entre les barriques de cidre, les paniers de fromage, les sacs de grain; on entendait chanter des poules, le capitaine jurait; et un mousse restait accoudé sur le bossoir[7], indifférent à tout cela. Félicité,

1. *Cabotage :* navigation marchande, qui se fait à faible distance des côtes; 2. *Brighton :* port important, sur la côte méridionale anglaise ; 3. C'est-à-dire pour un voyage dans les pays lointains ; 4. *Goélette :* petit bâtiment rapide, à deux mâts ; 5. *Démarrer :* au sens propre du terme : larguer les amarres pour quitter le port; 6. *Palan :* assemblage de poulies et de cordes pour soulever des fardeaux; 7. *Bossoir :* pièce de bois ou de fer, placée en saillie à l'avant du bateau, pour porter l'ancre.

qui ne l'avait pas reconnu, criait : « Victor ! » ; il leva la tête ;
elle s'élançait, quand on retira l'échelle tout à coup.

Le paquebot, que des femmes halaient en chantant,
sortit du port. Sa membrure[1] craquait, les vagues pesantes
fouettaient sa proue. La voile avait tourné, on ne vit plus
personne ; — et, sur la mer argentée par la lune, il faisait une
tache noire qui pâlissait toujours, s'enfonça, disparut★(12).

Félicité, en passant près du Calvaire, voulut recommander
à Dieu ce qu'elle chérissait le plus ; et elle pria pendant
longtemps, debout, la face baignée de pleurs, les yeux vers
les nuages. La ville dormait, des douaniers se promenaient ;
et de l'eau tombait sans discontinuer par les trous de l'écluse,
avec un bruit de torrent. Deux heures sonnèrent.

Le parloir n'ouvrirait pas avant le jour. Un retard, bien
sûr, contrarierait Madame ; et, malgré son désir d'embrasser
l'autre enfant, elle s'en retourna. Les filles de l'auberge
s'éveillaient, comme elle entrait dans Pont-l'Évêque.

Le pauvre gamin durant des mois allait donc rouler[2]
sur les flots ! Ses précédents voyages ne l'avaient pas effrayée.
De l'Angleterre et de la Bretagne, on revenait ; mais l'Amérique, les Colonies, les Iles[3], cela était perdu dans une
région incertaine, à l'autre bout du monde.

Dès lors, Félicité pensa exclusivement à son neveu.
Les jours de soleil, elle se tourmentait de la soif ; quand
il faisait de l'orage, craignait pour lui la foudre. En écoutant
le vent qui grondait dans la cheminée et emportait les
ardoises, elle le voyait battu par cette même tempête, au
sommet d'un mât fracassé, tout le corps en arrière, sous
une nappe d'écume ; ou bien, — souvenir de la géographie
en estampes[4] —, il était mangé par les sauvages, pris dans
un bois par des singes, se mourait le long d'une plage
déserte. Et jamais elle ne parlait de ses inquiétudes★(13).

Mme Aubain en avait d'autres sur sa fille.

Les bonnes sœurs trouvaient qu'elle était affectueuse,
mais délicate. La moindre émotion l'énervait[5]. Il fallut
abandonner le piano.

Sa mère exigeait du couvent une correspondance réglée.
Un matin que le facteur n'était pas venu, elle s'impatienta ;

---

1. *Membrure :* ensemble des couples d'un navire, c'est-à-dire des pièces
courbes qui montent symétriquement de la quille jusqu'au plat-bord ;
2. *Rouler,* au sens propre : être ballotté ; **3.** Les Antilles, essentiellement ;
4. *La géographie en estampes.* Cf. p. 22, note 3 ; **5.** *Enerver,* au sens premier :
abattre, enlever toute énergie.

et elle marchait dans la salle, de son fauteuil à la fenêtre. C'était vraiment extraordinaire! depuis quatre jours, pas de nouvelles!

Pour qu'elle se consolât par son exemple, Félicité lui dit :
« Moi, madame, voilà six mois que je n'en ai reçu!...
— De qui donc?... »
La servante répliqua doucement :
« Mais... de mon neveu!
— Ah! votre neveu! » Et, haussant les épaules, Mme Aubain reprit sa promenade, ce qui voulait dire : « Je n'y pensais pas!... Au surplus, je m'en moque! un mousse, un gueux, belle affaire!... tandis que ma fille... Songez donc!... »★**(14)**.

Félicité, bien que nourrie dans la rudesse, fut indignée contre Madame, puis oublia.

Il lui paraissait tout simple de perdre la tête à l'occasion de la petite.

Les deux enfants avaient une importance égale; un lien de son cœur les unissait, et leurs destinées devaient être la même.

Le pharmacien lui apprit que le bateau de Victor était arrivé à la Havane[1]. Il avait lu ce renseignement dans une gazette.

A cause des cigares, elle imaginait la Havane un pays où l'on ne fait pas autre chose que de fumer, et Victor circulait parmi les nègres dans un nuage de tabac. Pouvait-on « en cas de besoin » s'en retourner par terre? A quelle distance était-ce de Pont-l'Évêque? Pour le savoir, elle interrogea M. Bourais.

Il atteignit son atlas, puis commença des explications sur les longitudes; et il avait un beau sourire de cuistre devant l'ahurissement de Félicité. Enfin, avec son porte-crayon, il indiqua dans les découpures d'une tache ovale un point noir, imperceptible, en ajoutant : « Voici. » Elle se pencha sur la carte; ce réseau de lignes coloriées fatiguait sa vue, sans lui rien apprendre; et Bourais, l'invitant à dire ce qui l'embarrassait, elle le pria de lui montrer la maison où demeurait Victor. Bourais leva les bras, il éternua, rit énormément; une candeur pareille excitait sa joie; et Félicité n'en comprenait pas le motif, — elle qui s'attendait

---

1. *La Havane* : capitale de l'île de Cuba, réputée pour son tabac et ses cigares.

peut-être à voir jusqu'au portrait de son neveu, tant son intelligence était bornée★(**15**)!

Ce fut quinze jours après que Liébard, à l'heure du marché comme d'habitude, entra dans la cuisine, et lui remit une lettre qu'envoyait son beau-frère. Ne sachant lire aucun des deux, elle eut recours à sa maîtresse.

Mme Aubain, qui comptait les mailles d'un tricot, le posa près d'elle, décacheta la lettre, tressaillit, et, d'une voix basse, avec un regard profond :

« C'est un malheur... qu'on vous annonce. Votre neveu... »

Il était mort. On n'en disait pas davantage.

Félicité tomba sur une chaise, en s'appuyant la tête à la cloison, et ferma ses paupières, qui devinrent roses tout à coup. Puis, le front baissé, les mains pendantes, l'œil fixe, elle répétait par intervalles :

« Pauvre petit gars! pauvre petit gars! »

Liébard la considérait en exhalant des soupirs. Mme Aubain tremblait un peu.

Elle lui proposa d'aller voir sa sœur, à Trouville.

Félicité répondit, par un geste, qu'elle n'en avait pas besoin.

Il y eut un silence. Le bonhomme Liébard jugea convenable de se retirer.

Alors elle dit :

« Ça ne leur fait rien, à eux! »

Sa tête retomba; et machinalement elle soulevait, de temps à autre, les longues aiguilles sur la table à ouvrage.

Des femmes passèrent dans la cour avec un bard[1] d'où dégouttelait du linge.

En les apercevant par les carreaux, elle se rappela sa lessive; l'ayant coulée[2] la veille, il fallait aujourd'hui la rincer; et elle sortit de l'appartement.

Sa planche et son tonneau étaient au bord de la Toucques. Elle jeta sur la berge un tas de chemises, retroussa ses manches, prit son battoir; et les coups forts qu'elle donnait s'entendaient dans les autres jardins à côté. Les prairies étaient vides, le vent agitait la rivière; au fond, de grandes herbes s'y penchaient, comme des chevelures de cadavres flottant dans l'eau. Elle retenait sa douleur, jusqu'au soir fut très brave; mais, dans sa chambre, elle s'y abandonna,

---

1. *Bard* : sorte de brancard ou de civière pour le transport des lourds fardeaux; **2.** *Couler la lessive* : répandre la lessive, c'est-à-dire une solution aqueuse de potasse et de soude, sur le linge.

à plat ventre sur son matelas, le visage dans l'oreiller, et les deux poings contre les tempes*(**16**).

Beaucoup plus tard, par le capitaine de Victor lui-même, elle connut les circonstances de sa fin. On l'avait trop saigné à l'hôpital, pour la fièvre jaune[1]. Quatre médecins le tenaient à la fois. Il était mort immédiatement, et le chef avait dit :
« Bon ! encore un ! »

Ses parents l'avaient toujours traité avec barbarie. Elle aima mieux ne pas les revoir ; et ils ne firent aucune avance, par oubli, ou endurcissement de misérables.

Virginie s'affaiblissait.

Des oppressions, de la toux, une fièvre continuelle et des marbrures aux pommettes décelaient quelque affection profonde. M. Poupart avait conseillé un séjour en Provence. Mme Aubain s'y décida, et eût tout de suite repris sa fille à la maison, sans le climat de Pont-l'Évêque.

Elle fit un arrangement avec un loueur de voitures, qui la menait au couvent chaque mardi. Il y a dans le jardin une terrasse d'où l'on découvre la Seine. Virginie s'y promenait à son bras, sur les feuilles de pampre tombées. Quelquefois le soleil traversant les nuages la forçait à cligner ses paupières, pendant qu'elle regardait les voiles au loin et tout l'horizon, depuis le château de Tancarville[2] jusqu'aux phares du Havre. Ensuite on se reposait sous la tonnelle. Sa mère s'était procuré un petit fût d'excellent vin de Malaga[3] ; et, riant à l'idée d'être grise, elle en buvait deux doigts, pas davantage.

Ses forces reparurent. L'automne s'écoula doucement. Félicité rassurait Mme Aubain. Mais, un soir qu'elle avait été aux environs faire une course, elle rencontra devant la porte le cabriolet de M. Poupart ; et il était dans le vestibule. Mme Aubain nouait son chapeau.

« Donnez-moi ma chaufferette[4], ma bourse, mes gants ; plus vite donc ! »

Virginie avait une fluxion de poitrine[5] ; c'était peut-être désespéré.

---

1. *Fièvre jaune* : maladie infectieuse, qui sévissait alors à l'état endémique dans le golfe du Mexique ; 2. *Tancarville* : commune située à l'entrée de l'estuaire de la Seine, à une trentaine de kilomètres du Havre ; 3. *Malaga* : port de la côte sud de l'Espagne, sur la Méditerranée. Les vins de Malaga sont fort estimés ; 4. *Chaufferette*. Cf. p. 21, note 3 ; 5. *Fluxion de poitrine* : expression vieillie pour désigner une affection des poumons, en général une pneumonie ou une broncho-pneumonie.

« Pas encore ! » dit le médecin ; et tous deux montèrent dans la voiture, sous des flocons de neige qui tourbillonnaient. La nuit allait venir. Il faisait très froid.

Félicité se précipita dans l'église, pour allumer un cierge. Puis elle courut après le cabriolet, qu'elle rejoignit une heure plus tard, sauta légèrement par derrière, où elle se tenait aux torsades[1], quand une réflexion lui vint : « La cour n'était pas fermée ! si des voleurs s'introduisaient ? » Et elle descendit.

Le lendemain, dès l'aube, elle se présenta chez le docteur. Il était rentré, et reparti à la campagne. Puis elle resta dans l'auberge, croyant que des inconnus apporteraient une lettre. Enfin, au petit jour, elle prit la diligence de Lisieux[2].

Le couvent se trouvait au fond d'une ruelle escarpée. Vers le milieu, elle entendit des sons étranges, un glas de mort. « C'est pour d'autres », pensa-t-elle ; et Félicité tira violemment le marteau[3].

Au bout de plusieurs minutes, des savates se traînèrent, la porte s'entre-bâilla, et une religieuse parut.

La bonne sœur avec un air de componction[4] dit qu' « elle venait de passer ». En même temps, le glas de Saint-Léonard redoublait.

Félicité parvint au second étage.

Dès le seuil de la chambre, elle aperçut Virginie étalée sur le dos, les mains jointes, la bouche ouverte, et la tête en arrière sous une croix noire s'inclinant vers elle, entre les rideaux immobiles, moins pâles que sa figure. Mme Aubain, au pied de la couche qu'elle tenait dans ses bras, poussait des hoquets d'agonie. La supérieure était debout, à droite. Trois chandeliers sur la commode faisaient des taches rouges, et le brouillard blanchissait les fenêtres. Des religieuses emportèrent Mme Aubain.

Pendant deux nuits, Félicité ne quitta pas la morte. Elle répétait les mêmes prières, jetait de l'eau bénite sur les draps, revenait s'asseoir, et la contemplait. A la fin de la première veille, elle remarqua que la figure avait jauni, les lèvres bleuirent, le nez se pinçait, les yeux s'enfonçaient. Elle les baisa plusieurs fois ; et n'eût pas éprouvé un immense

---

1. *Torsades :* sorte de cordelières, auxquelles s'accroche Félicité ; **2.** *Lisieux :* sous-préfecture du Calvados, à 42 kilomètres de Caen ; **3.** *Marteau :* heurtoir fixé à l'extérieur d'une porte ; **4.** *Air de componction :* air de gravité, de recueillement.

étonnement si Virginie les eût rouverts; pour de pareilles âmes le surnaturel est tout simple. Elle fit sa toilette, l'enveloppa de son linceul, la descendit dans sa bière, lui posa une couronne, étala ses cheveux. Ils étaient blonds, et extraordinaires de longueur à son âge. Félicité en coupa une grosse mèche[1], dont elle glissa la moitié dans sa poitrine, résolue à ne jamais s'en dessaisir.

Le corps fut ramené à Pont-l'Évêque, suivant les intentions de Mme Aubain, qui suivait le corbillard, dans une voiture fermée.

Après la messe, il fallut encore trois quarts d'heure pour atteindre le cimetière. Paul marchait en tête et sanglotait. M. Bourais était derrière, ensuite les principaux habitants, les femmes, couvertes de mantes[2] noires, et Félicité. Elle songeait à son neveu, et, n'ayant pu lui rendre ces honneurs, avait un surcroît de tristesse, comme si on l'eût enterré avec l'autre.

Le désespoir de Mme Aubain fut illimité.

D'abord elle se révolta contre Dieu, le trouvant injuste de lui avoir pris sa fille, — elle qui n'avait jamais fait de mal, et dont la conscience était si pure! Mais non! elle aurait dû l'emporter dans le Midi. D'autres docteurs l'auraient sauvée! Elle s'accusait, voulait la rejoindre, criait en détresse au milieu de ses rêves. Un, surtout, l'obsédait. Son mari, costumé comme un matelot, revenait d'un long voyage, et lui disait en pleurant qu'il avait reçu l'ordre d'emmener Virginie. Alors ils se concertaient pour découvrir une cachette quelque part.

Une fois, elle rentra du jardin, bouleversée. Tout à l'heure (elle montrait l'endroit) le père et la fille lui étaient apparus l'un auprès de l'autre, et ils ne faisaient rien; ils la regardaient.

Pendant plusieurs mois, elle resta dans sa chambre, inerte. Félicité la sermonnait doucement; il fallait se conserver pour son fils, et pour l'autre[3], en souvenir « d'elle ».

« Elle »? reprenait Mme Aubain, comme se réveillant. « Ah! oui!... oui!... Vous ne l'oubliez pas! » Allusion au cimetière, qu'on lui avait scrupuleusement défendu.

Félicité tous les jours s'y rendait.

1. A la fin de *l'Éducation sentimentale*, on voit, également, Mme Arnoux se couper une longue mèche de cheveux, qu'elle donne à Frédéric en signe d'adieu; 2. *Mantes :* sans doute, de grands voiles de deuil; 3. M. Aubain.

A quatre heures précises, elle passait au bord des maisons, montait la côte, ouvrait la barrière, et arrivait devant la tombe de Virginie. C'était une petite colonne de marbre rose, avec une dalle dans le bas, et des chaînes autour enfermant un jardinet. Les plates-bandes disparaissaient sous une couverture de fleurs. Elle arrosait leurs feuilles, renouvelait le sable, se mettait à genoux pour mieux labourer la terre. Mme Aubain, quand elle put y venir, en éprouva un soulagement, une espèce de consolation*(**17**).

Puis des années s'écoulèrent, toutes pareilles et sans autres épisodes que le retour des grandes fêtes : Pâques, l'Assomption, la Toussaint. Des événements intérieurs faisaient une date, où l'on se reportait plus tard. Ainsi, en 1825, deux vitriers badigeonnèrent le vestibule; en 1827, une portion du toit, tombant dans la cour, faillit tuer un homme. L'été de 1828, ce fut à Madame d'offrir le pain bénit[1]; Bourais, vers cette époque, s'absenta mystérieusement; et les anciennes connaissances peu à peu s'en allèrent : Guyot, Liébard, Mme Lechaptois, Robelin, l'oncle Gremanville, paralysé depuis longtemps.

Une nuit, le conducteur de la malle-poste[2] annonça dans Pont-l'Évêque la Révolution de Juillet[3]. Un sous-préfet nouveau, peu de jours après, fut nommé : le baron de Larsonnière, ex-consul en Amérique, et qui avait chez lui, outre sa femme, sa belle-sœur avec trois demoiselles, assez grandes déjà. On les apercevait sur leur gazon, habillées de blouses flottantes; elles possédaient un nègre et un perroquet. Mme Aubain eut leur visite, et ne manqua pas de la rendre. Du plus loin qu'elles paraissaient, Félicité accourait pour la prévenir. Mais une chose était seule capable de l'émouvoir, les lettres de son fils.

Il ne pouvait suivre aucune carrière, étant absorbé dans les estaminets. Elle lui payait ses dettes; il en refaisait d'autres; et les soupirs que poussait Mme Aubain, en tricotant près de la fenêtre, arrivaient à Félicité, qui tournait son rouet[4] dans la cuisine.

Elles se promenaient ensemble le long de l'espalier; et causaient toujours de Virginie, se demandant si telle

1. La distribution du pain bénit, à la grand-messe, était réservée aux personnes riches, ou au moins aisées, de la paroisse ; **2.** *Malle-poste :* voiture chargée du service des dépêches ; **3.** La révolution de juillet 1830 : elle chassa Charles X, qui fut remplacé par Louis-Philippe ; **4.** *Rouet :* machine à roue, mue par une pédale, et servant jadis à filer le chanvre et le lin.

chose lui aurait plu, en telle occasion ce qu'elle eût dit probablement.

Toutes ses petites affaires occupaient un placard dans la chambre à deux lits. Mme Aubain les inspectait le moins souvent possible. Un jour d'été, elle se résigna; et des papillons s'envolèrent de l'armoire.

Ses robes étaient en ligne sous une planche où il y avait trois poupées, des cerceaux, un ménage[1], la cuvette qui lui servait. Elles retirèrent également les jupons, les bas, les mouchoirs, et les étendirent sur les deux couches, avant de les replier. Le soleil éclairait ces pauvres objets, en faisait voir les taches, et des plis formés par les mouvements du corps. L'air était chaud et bleu, un merle gazouillait, tout semblait vivre dans une douceur profonde. Elles retrouvèrent un petit chapeau de peluche, à longs poils, couleur marron; mais il était tout mangé de vermine. Félicité le réclama pour elle-même. Leurs yeux se fixèrent l'une sur l'autre, s'emplirent de larmes; enfin la maîtresse ouvrit ses bras, la servante s'y jeta; et elles s'étreignirent, satisfaisant leur douleur dans un baiser qui les égalisait.

C'était la première fois de leur vie, Mme Aubain n'étant pas d'une nature expansive. Félicité lui en fut reconnaissante comme d'un bienfait, et désormais la chérit avec un dévouement bestial et une vénération religieuse*(18).

La bonté de son cœur se développa.

Quand elle entendait dans la rue les tambours d'un régiment en marche, elle se mettait devant la porte avec une cruche de cidre, et offrait à boire aux soldats. Elle soigna des cholériques[2]. Elle protégeait les Polonais[3]; et même il y en eut un qui déclarait la vouloir épouser. Mais ils se fâchèrent; car un matin, en rentrant de l'angélus, elle le trouva dans sa cuisine, où il s'était introduit, et accommodé une vinaigrette qu'il mangeait tranquillement.

Après les Polonais, ce fut le père Colmiche, un vieillard passant pour avoir fait des horreurs en 93[4]. Il vivait au bord de la rivière, dans les décombres d'une porcherie. Les gamins le regardaient par les fentes du mur, et lui jetaient des cailloux qui tombaient sur son grabat, où il

1. *Ménage :* jeu d'enfant, se composant de menus objets de ménage; 2. Allusion à la grande épidémie de choléra, qui sévit dans toute la France en 1832; 3. Un grand nombre d'entre eux avaient cherché refuge en France, après le soulèvement malheureux de la Pologne contre la Russie en 1830; 4. *En 93 :* sous la Terreur (cf. le roman de V. Hugo : *Quatrevingt-treize*).

gisait, continuellement secoué par un catarrhe[1], avec des cheveux très longs, les paupières enflammées, et au bras une tumeur plus grosse que sa tête. Elle lui procura du linge, tâcha de nettoyer son bouge[2], rêvait à l'établir dans le fournil[3], sans qu'il gênât Madame. Quand le cancer eut crevé, elle le pansa tous les jours, quelquefois lui apportait de la galette, le plaçait au soleil sur une botte de paille; et le pauvre vieux, en bavant et en tremblant, la remerciait de sa voix éteinte, craignait de la perdre, allongeait les mains dès qu'il la voyait s'éloigner. Il mourut; elle fit dire une messe pour le repos de son âme★(**19**).

Ce jour-là, il lui advint un grand bonheur : au moment du dîner, le nègre[4] de Mme de Larsonnière se présenta, tenant le perroquet dans sa cage, avec le bâton, la chaîne et le cadenas. Un billet de la baronne annonçait à Mme Aubain que, son mari étant élevé à une préfecture, ils partaient le soir; et elle la priait d'accepter cet oiseau, comme un souvenir, et en témoignage de ses respects.

Il occupait depuis longtemps l'imagination de Félicité, car il venait d'Amérique, et ce mot lui rappelait Victor, si bien qu'elle s'en informait auprès du nègre. Une fois même elle avait dit : « C'est Madame qui serait heureuse de l'avoir ! »

Le nègre avait redit le propos à sa maîtresse, qui, ne pouvant l'emmener, s'en débarrassait de cette façon.

IV

Il s'appelait Loulou. Son corps était vert, le bout de ses ailes rose, son front bleu, et sa gorge dorée.

Mais il avait la fatigante manie de mordre son bâton, s'arrachait les plumes, éparpillait ses ordures, répandait l'eau de sa baignoire; Mme Aubain, qu'il ennuyait, le donna pour toujours à Félicité.

Elle entreprit de l'instruire; bientôt il répéta : « Charmant garçon! Serviteur, monsieur! Je vous salue, Marie! » Il etait placé auprès de la porte, et plusieurs s'étonnaient qu'il

---

1. *Catarrhe :* terme de médecine : quintes de toux; **2.** *Bouge :* logement malpropre, taudis; **3.** *Fournil :* pièce attenant au four, et où se pétrit la pâte; **4.** Son maître avait sans doute ramené ce perroquet d'Amérique, où il avait été consul.

ne répondît pas au nom de Jacquot, puisque tous les perroquets s'appellent Jacquot. On le comparait à une dinde, à une bûche : autant de coups de poignard pour Félicité! Étrange obstination de Loulou, ne parlant plus du moment qu'on le regardait!

Néanmoins il recherchait la compagnie; car le dimanche, pendant que *ces*[1] demoiselles Rochefeuille, M. de Houppeville et de nouveaux habitués : Onfroy l'apothicaire, M. Varin et le capitaine Mathieu, faisaient leur partie de cartes, il cognait les vitres avec ses ailes, et se démenait si furieusement qu'il était impossible de s'entendre.

La figure de Bourais, sans doute, lui paraissait très drôle. Dès qu'il l'apercevait il commençait à rire, à rire de toutes ses forces. Les éclats de sa voix bondissaient dans la cour, l'écho les répétait, les voisins se mettaient à leurs fenêtres, riaient aussi; et, pour n'être pas vu du perroquet, M. Bourais se coulait le long du mur, en dissimulant son profil avec son chapeau, atteignait la rivière, puis entrait par la porte du jardin; et les regards qu'il envoyait à l'oiseau manquaient de tendresse.

Loulou avait reçu du garçon boucher une chiquenaude[2], s'étant permis d'enfoncer la tête dans sa corbeille; et depuis lors il tâchait toujours de le pincer à travers sa chemise. Fabu menaçait de lui tordre le cou, bien qu'il ne fût pas cruel, malgré le tatouage de ses bras et ses gros favoris. Au contraire! il avait plutôt du penchant pour le perroquet, jusqu'à vouloir, par humeur joviale, lui apprendre des jurons. Félicité, que ces manières effrayaient, le plaça dans la cuisine. Sa chaînette fut retirée, et il circulait par la maison.

Quand il descendait l'escalier, il appuyait sur les marches la courbe de son bec, levait la patte droite, puis la gauche; et elle avait peur qu'une telle gymnastique ne lui causât des étourdissements. Il devint malade, ne pouvait plus parler ni manger. C'était sous sa langue une épaisseur[3], comme en ont les poules quelquefois. Elle le guérit, en arrachant cette pellicule avec ses ongles. M. Paul, un jour, eut l'imprudence de lui souffler aux narines la fumée d'un

---

1. *Ces.* Cf. p. 30, note 1; 2. *Chiquenaude :* coup donné avec le médius replié contre le pouce, puis détendu brusquement; 3. La maladie dont il est question ici s'appelle la pépie. On la guérit en arrachant la « pellicule » qui s'est formée sous la langue de l'oiseau.

cigare; une autre fois que Mme Lormeau l'agaçait du bout de son ombrelle, il en happa la virole[1]; enfin, il se perdit*(20).

Elle l'avait posé sur l'herbe pour le rafraîchir, s'absenta une minute; et, quand elle revint, plus de perroquet! D'abord elle le chercha dans les buissons, au bord de l'eau et sur les toits, sans écouter sa maîtresse qui lui criait : « Prenez donc garde! vous êtes folle! » Ensuite elle inspecta tous les jardins de Pont-l'Évêque; et elle arrêtait les passants. « Vous n'auriez pas vu, quelquefois, par hasard, mon perroquet? » A ceux qui ne connaissaient pas le perroquet, elle en faisait la description. Tout à coup, elle crut distinguer derrière les moulins, au bas de la côte, une chose verte qui voltigeait. Mais au haut de la côte, rien! Un porte-balle[2] lui affirma qu'il l'avait rencontré tout à l'heure, à Saint-Melaine, dans la boutique de la mère Simon. Elle y courut. On ne savait pas ce qu'elle voulait dire. Enfin elle rentra, épuisée, les savates en lambeaux, la mort dans l'âme; et, assise au milieu du banc, près de Madame, elle racontait toutes ses démarches, quand un poids léger lui tomba sur l'épaule, Loulou! Que diable avait-il fait? Peut-être qu'il s'était promené aux environs!

Elle eut du mal à s'en remettre, ou plutôt ne s'en remit jamais.

Par suite d'un refroidissement, il lui vint une angine; peu de temps après, un mal d'oreilles. Trois ans plus tard, elle était sourde; et elle parlait très haut, même à l'église. Bien que ses péchés auraient pu[3] sans déshonneur pour elle, ni inconvénient pour le monde, se répandre à tous les coins du diocèse, M. le curé jugea convenable de ne plus recevoir sa confession que dans la sacristie.

Des bourdonnements illusoires[4] achevaient de la troubler. Souvent sa maîtresse lui disait : « Mon Dieu! comme vous êtes bête! » elle répliquait : « Oui, Madame », en cherchant quelque chose autour d'elle.

Le petit cercle de ses idées se rétrécit encore, et le carillon des cloches, le mugissement des bœufs n'existaient plus. Tous les êtres fonctionnaient avec le silence des fantômes.

---

1. *Virole :* petit anneau de métal enserrant le manche de l'ombrelle; **2.** *Porteballe :* mercier ambulant; **3.** *Auraient pu.* On attendrait plutôt : *eussent pu ;* **4.** *Illusoires :* qui lui faisaient illusion, n'étant provoqués par aucun phénomène extérieur.

Un seul bruit arrivait maintenant à ses oreilles, la voix du perroquet.

Comme pour la distraire, il reproduisait le tic tac du tournebroche[1], l'appel aigu d'un vendeur de poisson, la scie du menuisier qui logeait en face; et, aux coups de la sonnette, imitait Mme Aubain : « Félicité! la porte! la porte! »

Ils avaient des dialogues, lui, débitant à satiété les trois phrases de son répertoire, et elle, y répondant par des mots sans plus de suite, mais où son cœur s'épanchait. Loulou, dans son isolement, était presque un fils, un amoureux★(21). Il escaladait ses doigts, mordillait ses lèvres, se cramponnait à son fichu; et, comme elle penchait son front en branlant la tête à la manière des nourrices, les grandes ailes du bonnet et les ailes de l'oiseau frémissaient ensemble.

Quand des nuages s'amoncelaient et que le tonnerre grondait, il poussait des cris, se rappelant peut-être les ondées de ses forêts natales. Le ruissellement de l'eau excitait son délire; il voletait éperdu, montait au plafond, renversait tout, et par la fenêtre allait barboter dans le jardin; mais revenait vite sur un des chenets, et, sautillant pour sécher ses plumes, montrait tantôt sa queue, tantôt son bec.

Un matin du terrible hiver de 1837, qu'elle l'avait mis devant la cheminée, à cause du froid, elle le trouva mort, au milieu de sa cage, la tête en bas, et les ongles dans les fils de fer. Une congestion l'avait tué, sans doute? Elle crut à un empoisonnement par le persil; et, malgré l'absence de toutes preuves, ses soupçons portèrent sur Fabu.

Elle pleura tellement que sa maîtresse lui dit : « Eh bien! faites-le empailler! »

Elle demanda conseil au pharmacien, qui avait toujours été bon pour le perroquet.

Il écrivit au Havre. Un certain Fellacher se chargea de cette besogne. Mais, comme la diligence égarait parfois les colis, elle résolut de le porter elle-même jusqu'à Honfleur.

Les pommiers sans feuilles se succédaient aux bords de la route. De la glace couvrait les fossés. Des chiens aboyaient autour des fermes; et les mains sous son mantelet, avec ses petits sabots noirs et son cabas, elle marchait prestement, sur le milieu du pavé.

---

1. *Tournebroche* : mécanisme servant à faire tourner automatiquement la broche à rôtir.

Elle traversa la forêt, dépassa le Haut-Chêne, atteignit Saint-Gatien.

Derrière elle, dans un nuage de poussière et emportée par la descente, une malle-poste[1] au grand galop se précipitait comme une trombe. En voyant cette femme qui ne se dérangeait pas, le conducteur se dressa par-dessus la capote, et le postillon[2] criait aussi, pendant que ses quatre chevaux qu'il ne pouvait retenir accéléraient leur train; les deux premiers la frôlaient; d'une secousse de ses guides, il les jeta dans le débord[3], mais furieux releva le bras, et à pleine volée, avec son grand fouet, lui cingla du ventre au chignon un tel coup qu'elle tomba sur le dos[4].

Son premier geste, quand elle reprit connaissance, fut d'ouvrir son panier. Loulou n'avait rien, heureusement. Elle sentit une brûlure à la joue droite; ses mains qu'elle y porta étaient rouges. Le sang coulait.

Elle s'assit sur un mètre[5] de cailloux, se tamponna le visage avec son mouchoir, puis elle mangea une croûte de pain, mise dans son panier par précaution, et se consolait de sa blessure en regardant l'oiseau.

Arrivée au sommet d'Ecquemauville, elle aperçut les lumières de Honfleur qui scintillaient dans la nuit comme une quantité d'étoiles; la mer, plus loin, s'étalait confusément. Alors une faiblesse l'arrêta; et la misère de son enfance, la déception du premier amour, le départ de son neveu, la mort de Virginie, comme les flots d'une marée, revinrent à la fois, et, lui montant à la gorge, l'étouffaient[6].

Puis elle voulut parler au capitaine du bateau[7]; et, sans dire ce qu'elle envoyait, lui fit des recommandations.

Fellacher garda longtemps le perroquet. Il le promettait toujours pour la semaine prochaine; au bout de six mois, il annonça le départ d'une caisse; et il n'en fut plus question. C'était à croire que jamais Loulou ne reviendrait. « Ils me l'auront volé! » pensait-elle.

Enfin il arriva, — et splendide, droit sur une branche d'arbre, qui se vissait dans un socle d'acajou, une patte

1. *Malle-poste*. Cf. p. 38, note 2; 2. *Postillon :* celui des conducteurs de la malle-poste qui est monté sur un des chevaux de devant; 3. *Débord :* partie de la route qui borde le pavé; 4. Flaubert a sans doute transposé ici l'accident qui le frappa lui-même, en janvier 1844, alors qu'il revenait de Pont-l'Évêque en compagnie de son père; 5. *Un mètre.* Il faut entendre : un mètre cube; 6. Remarquer l'immense pitié de Flaubert pour son personnage; 7. Celui qui assure le service du Havre à Honfleur.

en l'air, la tête oblique, et mordant une noix, que l'empailleur par amour du grandiose avait dorée.

Elle l'enferma dans sa chambre.

Cet endroit, où elle admettait peu de monde, avait l'air tout à la fois d'une chapelle et d'un bazar, tant il contenait d'objets religieux et de choses hétéroclites.

Une grande armoire gênait pour ouvrir la porte. En face de la fenêtre surplombant le jardin, un œil-de-bœuf[1] regardait la cour; une table, près du lit de sangle, supportait un pot à l'eau, deux peignes, et un cube de savon bleu dans une assiette ébréchée. On voyait contre les murs : des chapelets, des médailles, plusieurs bonnes Vierges, un bénitier en noix de coco; sur la commode, couverte d'un drap comme un autel, la boîte en coquillages que lui avait donnée Victor; puis un arrosoir et un ballon, des cahiers d'écriture, la géographie en estampes, une paire de bottines; et au clou du miroir, accroché par ses rubans, le petit chapeau de peluche! Félicité poussait même ce genre de respect si loin, qu'elle conservait une des redingotes de Monsieur. Toutes les vieilleries dont ne voulait plus Mme Aubain, elle les prenait pour sa chambre. C'est ainsi qu'il y avait des fleurs artificielles au bord de la commode, et le portrait du comte d'Artois[2] dans l'enfoncement de la lucarne*(22).

Au moyen d'une planchette, Loulou fut établi sur un corps de cheminée qui avançait dans l'appartement. Chaque matin, en s'éveillant, elle l'apercevait à la clarté de l'aube, et se rappelait alors les jours disparus, et d'insignifiantes actions jusqu'en leurs moindres détails, sans douleur, pleine de tranquillité.

Ne communiquant avec personne, elle vivait dans une torpeur de somnambule. Les processions de la Fête-Dieu la ranimaient. Elle allait quêter chez les voisines des flambeaux et des paillassons, afin d'embellir le reposoir que l'on dressait dans la rue.

A l'église, elle contemplait toujours le Saint-Esprit, et observa qu'il avait quelque chose du perroquet. Sa ressemblance lui parut encore plus manifeste sur une image d'Épinal[3], représentant le baptême de Notre-Seigneur. Avec

---

1. *Œil-de-bœuf* : petite fenêtre ronde ou ovale; **2.** *Comte d'Artois* : le frère de Louis XVI et de Louis XVIII, qui, en 1824, allait régner sous le nom de Charles X; **3.** *Image d'Épinal* : image naïve, rehaussée de couleurs voyantes.

ses ailes de pourpre et son corps d'émeraude, c'était vraiment le portrait de Loulou.

L'ayant acheté, elle le suspendit à la place du comte d'Artois, — de sorte que, du même coup d'œil, elle les voyait ensemble. Ils s'associèrent dans sa pensée, le perroquet se trouvant sanctifié par ce rapport avec le Saint-Esprit, qui devenait plus vivant à ses yeux et intelligible. Le Père, pour s'énoncer, n'avait pu choisir une colombe, puisque ces bêtes-là n'ont pas de voix, mais plutôt un des ancêtres de Loulou. Et Félicité priait en regardant l'image, mais de temps à autre se tournait un peu vers l'oiseau*(**23**).

Elle eut envie de se mettre dans les demoiselles de la Vierge[1]. Mme Aubain l'en dissuada.

Un événement considérable surgit : le mariage de Paul.

Après avoir été d'abord clerc de notaire, puis dans le commerce, dans la douane, dans les contributions, et même avoir commencé des démarches pour les eaux et forêts, à trente-six ans[2], tout à coup, par une inspiration du ciel, il avait découvert sa voie : l'enregistrement! et y montrait de si hautes facultés qu'un vérificateur lui avait offert sa fille, en lui promettant sa protection.

Paul, devenu sérieux, l'amena chez sa mère.

Elle dénigra les usages de Pont-l'Évêque, fit la princesse, blessa Félicité. Mme Aubain, à son départ, sentit un allégement.

La semaine suivante, on apprit la mort de M. Bourais, en basse Bretagne, dans une auberge. La rumeur d'un suicide se confirma; des doutes s'élevèrent sur sa probité. Mme Aubain étudia ses comptes, et ne tarda pas à connaître la kyrielle[3] de ses noirceurs : détournements d'arrérages[4], ventes de bois dissimulées, fausses quittances, etc. De plus, il avait un enfant naturel, et « des relations avec une personne de Dozulé[5] ».

Ces turpitudes l'affligèrent beaucoup. Au mois de mars 1853[6], elle fut prise d'une douleur dans la poitrine; sa langue paraissait couverte de fumée, les sangsues[7] ne

1. On les appelle aussi « enfants de Marie »; 2. Ce détail situe l'action dans le temps : Paul avait sept ans quand Félicité entra au service de Mme Aubain; 3. *Kyrielle* : longue suite d'événements fâcheux; 4. *Arrérages* : ce qui est dû, échu d'une ferme affermée ou d'un revenu quelconque; 5. *Dozulé* : petite ville du Calvados, à 18 kilomètres de Pont-l'Évêque; 6. Remarquer que Flaubert n'a rien dit ni de la révolution de 1848 ni de l'établissement du second Empire; 7. Souvent employées, à l'époque, pour faire une saignée locale.

calmèrent pas l'oppression; et le neuvième soir elle expira, ayant juste soixante-douze ans.

On la croyait moins vieille, à cause de ses cheveux bruns, dont les bandeaux[1] entouraient sa figure blême, marquée de petite vérole[2]. Peu d'amis la regrettèrent, ses façons étant d'une hauteur qui éloignait.

Félicité la pleura, comme on ne pleure pas les maîtres. Que Madame mourût avant elle, cela troublait ses idées, lui semblait contraire à l'ordre des choses, inadmissible et monstrueux.

Dix jours après (le temps d'accourir de Besançon), les héritiers survinrent. La bru fouilla les tiroirs, choisit des meubles, vendit les autres, puis ils regagnèrent l'enregistrement.

Le fauteuil de Madame, son guéridon, sa chaufferette, les huit chaises, étaient partis! La place des gravures se dessinait en carrés jaunes au milieu des cloisons. Ils avaient emporté les deux couchettes, avec leurs matelas, et dans le placard on ne voyait plus rien de toutes les affaires de Virginie! Félicité remonta les étages, ivre de tristesse.

Le lendemain il y avait sur la porte une affiche; l'apothicaire lui cria dans l'oreille que la maison était à vendre*(**24**).

Elle chancela, et fut obligée de s'asseoir.

Ce qui la désolait principalement, c'était d'abandonner sa chambre, — si commode pour le pauvre Loulou. En l'enveloppant d'un regard d'angoisse, elle implorait le Saint-Esprit, et contracta l'habitude idolâtre de dire ses oraisons agenouillée devant le perroquet. Quelquefois, le soleil entrant par la lucarne frappait son œil de verre, et en faisait jaillir un grand rayon lumineux qui la mettait en extase.

Elle avait une rente de trois cent quatre-vingts francs, léguée par sa maîtresse. Le jardin lui fournissait des légumes. Quant aux habits, elle possédait de quoi se vêtir jusqu'à la fin de ses jours, et épargnait l'éclairage en se couchant dès le crépuscule.

Elle ne sortait guère, afin d'éviter la boutique du brocanteur, où s'étalaient quelques-uns des anciens meubles. Depuis son étourdissement, elle traînait une jambe; et, ses forces diminuant, la mère Simon, ruinée dans l'épicerie,

---

1. *Bandeaux* : coiffure consistant à diviser les cheveux par une raie et à les ramener sur les côtés de la tête; 2. Beaucoup de gens avaient alors le visage grêlé par la petite vérole.

venait tous les matins fendre son bois et pomper de l'eau.

Ses yeux s'affaiblirent. Les persiennes n'ouvraient plus. Bien des années se passèrent. Et la maison ne se louait pas, et ne se vendait pas.

Dans la crainte qu'on ne la renvoyât, Félicité ne demandait aucune réparation. Les lattes du toit[1] pourrissaient; pendant tout un hiver son traversin fut mouillé. Après Pâques, elle cracha du sang.

Alors la mère Simon eut recours à un docteur. Félicité voulut savoir ce qu'elle avait. Mais, trop sourde pour entendre, un seul mot lui parvint : « Pneumonie[2] ». Il lui était connu, et elle répliqua doucement : « Ah! comme Madame », trouvant naturel de suivre sa maîtresse.

Le moment des reposoirs approchait.

Le premier était toujours au bas de la côte, le second devant la poste, le troisième vers le milieu de la rue. Il y eut des rivalités à propos de celui-là; et les paroissiennes choisirent finalement la cour de Mme Aubain.

Les oppressions et la fièvre augmentaient. Félicité se chagrinait de ne rien faire pour le reposoir. Au moins, si elle avait pu y mettre quelque chose! Alors elle songea au perroquet. Ce n'était pas convenable, objectèrent les voisines. Mais le curé accorda cette permission; elle en fut tellement heureuse qu'elle le pria d'accepter, quand elle serait morte, Loulou, sa seule richesse.

Du mardi au samedi, veille de la Fête-Dieu, elle toussa plus fréquemment. Le soir son visage était grippé[3], ses lèvres se collaient à ses gencives, des vomissements parurent; et le lendemain, au petit jour, se sentant très bas, elle fit appeler un prêtre.

Trois bonnes femmes l'entouraient pendant l'extrême-onction. Puis elle déclara qu'elle avait besoin de parler à Fabu.

Il arriva en toilette des dimanches, mal à son aise dans cette atmosphère lugubre.

« Pardonnez-moi », dit-elle avec un effort pour étendre le bras, « je croyais que c'était vous qui l'aviez tué[4]! »

Que signifiaient des potins pareils? L'avoir soupçonné

---

1. *Lattes du toit* : morceaux de bois, étroits et minces, destinés à supporter les ardoises ou les tuiles; **2.** Flaubert avait noté avec beaucoup de soin les symptômes et le traitement de cette maladie; **3.** *Grippé* : plissé, tiré; **4.** La variante : *qui l'avait tué*, n'était-elle pas plus savoureuse?

d'un meurtre, un homme comme lui! et il s'indignait, allait faire du tapage. « Elle n'a plus sa tête, vous voyez bien! »

Félicité de temps à autre parlait à des ombres. Les bonnes femmes s'éloignèrent. La Simonne[1] déjeuna.

Un peu plus tard, elle prit Loulou, et, l'approchant de Félicité :

« Allons! dites-lui adieu! »

Bien qu'il ne fût pas un cadavre, les vers le dévoraient; une de ses ailes était cassée, l'étoupe[2] lui sortait du ventre. Mais, aveugle à présent, elle le baisa au front, et le gardait contre sa joue. La Simonne le reprit, pour le mettre sur le reposoir*(25).

V

Les herbages envoyaient l'odeur de l'été; des mouches bourdonnaient; le soleil faisait luire la rivière, chauffait les ardoises. La mère Simon, revenue dans la chambre, s'endormait doucement.

Des coups de cloche la réveillèrent; on sortait des vêpres. Le délire de Félicité tomba. En songeant à la procession, elle la voyait, comme si elle l'eût suivie.

Tous les enfants des écoles, les chantres et les pompiers marchaient sur les trottoirs, tandis qu'au milieu de la rue, s'avançaient premièrement : le suisse[3] armé de sa hallebarde, le bedeau[4] avec une grande croix, l'instituteur surveillant les gamins, la religieuse inquiète de ses petites filles; trois des plus mignonnes, frisées comme des anges, jetaient dans l'air des pétales de roses; le diacre[5], les bras écartés, modérait la musique; et deux encenseurs[6] se retournaient à chaque pas vers le Saint-Sacrement, que portait, sous un dais[7] de velours ponceau[8] tenu par quatre fabriciens[9], M. le curé, dans sa belle chasuble[10]. Un flot de monde

1. Façon familière et campagnarde d'appeler la mère Simon; 2. *L'étoupe* : la filasse de chanvre ou de lin, dont était garni le corps de l'oiseau; 3. *Suisse* : employé chargé de faire la police dans une église; 4. *Bedeau* : employé subalterne dans une église. 5. *Diacre* : ministre sacré, d'un ordre immédiatement inférieur à la prêtrise; 6. *Encenseurs* : thuriféraires, enfants portant les encensoirs; 7. *Dais* : sorte de baldaquin mobile sous lequel on porte le Saint-Sacrement dans les processions; 8. *Ponceau* : rouge vif, rappelant la couleur du coquelicot; 9. *Fabriciens* : personnes chargées officiellement de l'administration des biens d'une paroisse; 10. *Chasuble* : vêtement sacerdotal que le prêtre met par-dessus l'aube et l'étole pour célébrer la messe. (Ici, il s'agit en réalité d'une « chape ».)

se poussait derrière, entre les nappes blanches couvrant le mur des maisons; et l'on arriva au bas de la côte★(**26**).

Une sueur froide mouillait les tempes de Félicité. La Simonne l'épongeait avec un linge, en se disant qu'un jour il lui faudrait passer par là.

Le murmure de la foule grossit, fut un moment très fort, s'éloignait.

Une fusillade ébranla les carreaux. C'était les postillons saluant l'ostensoir. Félicité roula ses prunelles, et elle dit, le moins bas qu'elle put :

« Est-il bien? » tourmentée du perroquet.

Son agonie commença. Un râle, de plus en plus précipité, lui soulevait les côtes. Des bouillons d'écume venaient aux coins de sa bouche, et tout son corps tremblait.

Bientôt, on distingua le ronflement des ophicléides[1], les voix claires des enfants, la voix profonde des hommes. Tout se taisait par intervalles, et le battement des pas, que des fleurs amortissaient, faisait le bruit d'un troupeau sur du gazon.

Le clergé parut dans la cour. La Simonne grimpa sur une chaise pour atteindre à l'œil-de-bœuf[2], et de cette manière dominait le reposoir.

Des guirlandes vertes pendaient sur l'autel, orné d'un falbala[3] en point d'Angleterre. Il y avait au milieu un petit cadre enfermant des reliques, deux orangers dans les angles, et, tout le long, des flambeaux d'argent et des vases en porcelaine, d'où s'élançaient des tournesols, des lis, des pivoines, des digitales, des touffes d'hortensias. Ce monceau de couleurs éclatantes descendait obliquement, du premier étage jusqu'au tapis se prolongeant sur les pavés; et des choses rares tiraient les yeux. Un sucrier de vermeil avait une couronne de violettes, des pendeloques en pierres d'Alençon brillaient sur de la mousse, deux écrans[4] chinois montraient leurs paysages. Loulou, caché sous des roses, ne laissait voir que son front bleu, pareil à une plaque de lapis[5].

Les fabriciens, les chantres, les enfants se rangèrent sur les trois côtés de la cour. Le prêtre gravit lentement les

---

1. *Ophicléide :* instrument de cuivre, à vent et à clefs, rendant un son lourd et peu harmonieux; 2. *Œil-de-bœuf.* Cf. p. 45, note 1; 3. *Falbala :* volant de dentelle; 4. *Ecran :* objet quelconque (éventail ou petit meuble) pour se protéger de l'action du feu; 5. *Lapis :* pierre bleu azur.

marches, et posa sur la dentelle son grand soleil d'or[1] qui rayonnait. Tous s'agenouillèrent. Il se fit un grand silence. Et les encensoirs, allant à pleine volée, glissaient sur leurs chaînettes.

Une vapeur d'azur monta dans la chambre de Félicité. Elle avança les narines, en la humant avec une sensualité mystique; puis ferma les paupières. Ses lèvres souriaient. Les mouvements de son cœur se ralentirent un à un, plus vagues chaque fois, plus doux, comme une fontaine s'épuise, comme un écho disparaît; et, quand elle exhala son dernier souffle, elle crut voir, dans les cieux entr'ouverts, un perroquet gigantesque, planant au-dessus de sa tête*(27).

---

1. Il s'agit de l'ostensoir, qui a la forme d'un soleil.

Le pavillon
de Flaubert
à Croisset.

LA LÉGENDE DE
SAINT JULIEN L'HOSPITALIER

I

Le père et la mère de Julien habitaient un château, au milieu des bois, sur la pente d'une colline.

Les quatre tours aux angles avaient des toits pointus recouverts d'écailles de plomb[1], et la base des murs s'appuyait sur les quartiers de rocs, qui dévalaient abruptement jusqu'au fond des douves[2].

Les pavés de la cour étaient nets comme le dallage d'une église. De longues gouttières, figurant des dragons la gueule en bas[3], crachaient l'eau des pluies vers la citerne; et sur le bord des fenêtres, à tous les étages, dans un pot d'argile peinte, un basilic[4] ou un héliotrope[5] s'épanouissait.

Une seconde enceinte, faite de pieux, comprenait d'abord un verger d'arbres à fruits, ensuite un parterre où des combinaisons de fleurs dessinaient des chiffres, puis une treille avec des berceaux pour prendre le frais, et un jeu de mail[6] qui servait au divertissement des pages. De l'autre côté se trouvaient le chenil, les écuries, la boulangerie, le pressoir et les granges. Un pâturage de gazon vert se développait tout autour, enclos lui-même d'une forte haie d'épines.

On vivait en paix depuis si longtemps que la herse[7] ne s'abaissait plus; les fossés étaient pleins d'eau; des hirondelles faisaient leur nid dans la fente des créneaux[8];

---

1. *Ecailles de plomb* : revêtements de plomb; 2. *Douves* : fossés, généralement remplis d'eau, creusés tout autour d'un château; 3. Ce sont des gargouilles; 4. *Basilic* : plante odoriférante, employée comme condiment ou comme aromate; 5. *Héliotrope* : arbrisseau portant des fleurs d'un parfum agréable; Huysmans note que, dans la symbolique médiévale, le basilic représente la « colère » et l'héliotrope l' « inspiration divine ». Et M. Ed. Maynial ajoute : « Flaubert symbolise, par le choix de ces deux fleurs, les deux aspects contradictoires du caractère de Julien et les deux aspects de sa destinée »; 6. Le jeu de mail consistait à pousser une boule dans une direction déterminée à l'aide d'un petit maillet cylindrique, dénommé « mail ». C'était un ancêtre de notre actuel jeu de croquet; 7. *Herse* : grille, armée de pointes métalliques, qu'on abaissait pour fermer l'entrée du château; 8. *Créneaux* : ouvertures pratiquées dans un mur pour tirer sur les assaillants.

et l'archer, qui tout le long du jour se promenait sur la courtine[1], dès que le soleil brillait trop fort rentrait dans l'échauguette[2], et s'endormait comme un moine.

A l'intérieur, les ferrures partout reluisaient; des tapisseries dans les chambres protégeaient du froid; et les armoires regorgeaient de linge, les tonnes de vin s'empilaient dans les celliers, les coffres de chêne craquaient sous le poids des sacs d'argent.

On voyait dans la salle d'armes, entre des étendards et des mufles de bêtes fauves, des armes de tous les temps et de toutes les nations, depuis les frondes des Amalécites[3] et les javelots des Garamantes[4] jusqu'aux braquemarts[5] des Sarrasins et aux cottes de mailles des Normands.

La maîtresse broche de la cuisine pouvait faire tourner un bœuf; la chapelle était somptueuse comme l'oratoire d'un roi. Il y avait même, dans un endroit écarté, une étuve à la romaine[6]; mais le bon seigneur s'en privait, estimant que c'est un usage des idolâtres★(1).

Toujours enveloppé d'une pelisse de renard, il se promenait dans sa maison, rendait la justice à ses vassaux, apaisait les querelles de ses voisins. Pendant l'hiver, il regardait les flocons de neige tomber, ou se faisait lire des histoires. Dès les premiers beaux jours, il s'en allait sur sa mule le long des petits chemins, au bord des blés qui verdoyaient, et causait avec les manants, auxquels il donnait des conseils. Après beaucoup d'aventures, il avait pris pour femme une demoiselle de haut lignage[7].

Elle était très blanche, un peu fière et sérieuse. Les cornes de son hennin[8] frôlaient le linteau des portes; la queue de sa robe de drap traînait de trois pas derrière elle. Son domestique[10] était réglé comme l'intérieur d'un monastère; chaque matin elle distribuait la besogne à ses servantes, surveillait les confitures et les onguents, filait à la quenouille ou brodait des nappes d'autel★(2). A force de prier Dieu, il lui vint un fils.

---

1. *Courtine* : mur joignant deux bastions; **2.** *Echauguette* : sorte de guérite, munie d'ouvertures permettant de surveiller les alentours; **3.** *Amalécites* : ancien peuple de l'Arabie, souvent en conflit avec les Juifs. Saül les extermina; **4.** *Garamantes* : tribus africaines, au sud de la Numidie. Leur férocité était légendaire; **5.** *Braquemart* : épée à lame courte et large, en usage à la fin du moyen âge; **6.** *Etuve à la romaine* : chambre analogue à celles où les Romains prenaient des bains chauds; **7.** *De haut lignage* : d'extraction noble, de haute naissance; **8.** *Hennin* : coiffure de femme, de forme conique, et comportant une ou deux cornes; **9.** *Linteau* : le haut de la porte; **10.** *Domestique* (archaïque) : ménage, intérieur.

Alors il y eut de grandes réjouissances, et un repas qui dura trois jours et quatre nuits, dans l'illumination des flambeaux, au son des harpes, sur des jonchées de feuillages. On y mangea les plus rares épices, avec des poules grosses comme des moutons; par divertissement, un nain sortit d'un pâté; et, les écuelles ne suffisant plus, car la foule augmentait toujours, on fut obligé de boire dans les oliphants[1] et dans les casques.

La nouvelle accouchée n'assista pas à ces fêtes. Elle se tenait dans son lit, tranquillement. Un soir, elle se réveilla, et elle aperçut, sous un rayon de la lune qui entrait par la fenêtre, comme une ombre mouvante. C'était un vieillard en froc de bure, avec un chapelet au côté, une besace[2] sur l'épaule, toute l'apparence d'un ermite. Il s'approcha de son chevet et lui dit, sans desserrer les lèvres :

« Réjouis-toi, ô mère! ton fils sera un saint! »

Elle allait crier; mais, glissant sur le rais de la lune, il s'éleva dans l'air doucement, puis disparut. Les chants du banquet éclatèrent plus fort. Elle entendit les voix des anges; et sa tête retomba sur l'oreiller, que dominait un os de martyr dans un cadre d'escarboucles[3].

Le lendemain, tous les serviteurs interrogés déclarèrent qu'ils n'avaient pas vu d'ermite. Songe ou réalité, cela devait être une communication du ciel; mais elle eut soin de n'en rien dire, ayant peur qu'on ne l'accusât d'orgueil.

Les convives s'en allèrent au petit jour; et le père de Julien se trouvait en dehors de la poterne[4], où il venait de reconduire le dernier, quand tout à coup un mendiant se dressa devant lui, dans le brouillard. C'était un Bohème[5] à barbe tressée, avec des anneaux d'argent aux deux bras et les prunelles flamboyantes. Il bégaya d'un air inspiré ces mots sans suite :

« Ah! ah! ton fils!... beaucoup de sang!... beaucoup de gloire!... toujours heureux! la famille d'un empereur. »

Et, se baissant pour ramasser son aumône, il se perdit dans l'herbe, s'évanouit.

Le bon châtelain regarda de droite et de gauche, appela

---

1. *Oliphant* : cor d'ivoire, que portaient les chevaliers; 2. *Besace :* sac oblong, se portant sur l'épaule et formant une double poche; 3. *Escarboucles :* pierres précieuses, brillant d'un vif éclat, telles que le rubis ou le grenat; 4. *Poterne :* porte secrète, permettant de sortir des fortifications; 5. *Bohème :* sorte de nomade, habile à conter la bonne aventure.

tant qu'il put. Personne! Le vent sifflait, les brumes du matin s'envolaient.

Il attribua cette vision à la fatigue de sa tête pour avoir trop peu dormi. « Si j'en parle, on se moquera de moi », se dit-il. Cependant les splendeurs destinées à son fils l'éblouissaient, bien que la promesse n'en fût pas claire et qu'il doutât même de l'avoir entendue★(3).

Les époux se cachèrent leur secret. Mais tous deux chérissaient l'enfant d'un pareil amour; et, le respectant comme marqué de Dieu, ils eurent pour sa personne des égards infinis. Sa couchette était rembourrée du plus fin duvet; une lampe en forme de colombe brûlait dessus, continuellement; trois nourrices le berçaient; et, bien serré dans ses langes, la mine rose et les yeux bleus, avec son manteau de brocart[1] et son béguin[2] chargé de perles, il ressemblait à un petit Jésus. Les dents lui poussèrent sans qu'il pleurât une seule fois.

Quand il eut sept ans, sa mère lui apprit à chanter. Pour le rendre courageux, son père le hissa sur un gros cheval. L'enfant souriait d'aise, et ne tarda pas à savoir tout ce qui concerne les destriers[3].

Un vieux moine très savant lui enseigna l'Écriture sainte, la numération des Arabes, les lettres latines, et à faire sur le vélin[4] des peintures mignonnes. Ils travaillaient ensemble, tout en haut d'une tourelle, à l'écart du bruit.

La leçon terminée, ils descendaient dans le jardin, où, se promenant pas à pas, ils étudiaient les fleurs.

Quelquefois on apercevait, cheminant au fond de la vallée, une file de bêtes de somme, conduites par un piéton, accoutré à l'orientale. Le châtelain, qui l'avait reconnu pour un marchand, expédiait vers lui un valet. L'étranger, prenant confiance, se détournait de sa route; et, introduit dans le parloir, il retirait de ses coffres des pièces de velours et de soie, des orfèvreries, des aromates, des choses singulières d'un usage inconnu; à la fin le bonhomme s'en allait, avec un gros profit, sans avoir enduré aucune violence. D'autres fois, une troupe de pèlerins frappait à la porte. Leurs habits mouillés fumaient devant l'âtre; et, quand ils étaient repus,

---

1. *Brocart* : étoffe de soie, brochée d'or ou d'argent; **2.** *Béguin* : bonnet d'enfant; **3.** *Destrier* : cheval de bataille, ainsi nommé parce que l'écuyer le conduisait de la main droite *(dextra)* ; **4.** *Vélin* : parchemin très fin, fait en peau de veau, et qui était employé au moyen âge pour les manuscrits de luxe ou pour la peinture.

ils racontaient leurs voyages : les erreurs[1] des nefs sur la mer écumeuse, les marches à pied dans les sables brûlants, la férocité des païens, les cavernes de la Syrie, la Crèche et le Sépulcre. Puis ils donnaient au jeune seigneur des coquilles[2] de leur manteau.

Souvent le châtelain festoyait ses vieux compagnons d'armes. Tout en buvant, ils se rappelaient leurs guerres, les assauts des forteresses avec le battement des machines et les prodigieuses blessures. Julien, qui les écoutait, en poussait des cris; alors son père ne doutait pas qu'il ne fût plus tard un conquérant. Mais le soir, au sortir de l'angélus, quand il passait entre les pauvres inclinés, il puisait dans son escarcelle[3] avec tant de modestie et d'un air si noble, que sa mère comptait bien le voir par la suite archevêque.

Sa place dans la chapelle était aux côtés de ses parents; et, si longs que fussent les offices, il restait à genoux sur son prie-Dieu, la toque[4] par terre et les mains jointes*(4).

Un jour, pendant la messe, il aperçut, en relevant la tête, une petite souris blanche qui sortait d'un trou, dans la muraille. Elle trottina sur la première marche de l'autel, et, après deux ou trois tours de droite et de gauche, s'enfuit du même côté. Le dimanche suivant, l'idée qu'il pourrait la revoir le troubla. Elle revint; et, chaque dimanche il l'attendait, en était importuné, fut pris de haine contre elle, et résolut de s'en défaire.

Ayant donc fermé la porte, et semé sur les marches les miettes d'un gâteau, il se posta devant le trou, une baguette à la main.

Au bout de très longtemps un museau rose parut, puis la souris tout entière. Il frappa un coup léger, et demeura stupéfait devant ce petit corps qui ne bougeait plus. Une goutte de sang tachait la dalle. Il l'essuya bien vite avec sa manche, jeta la souris dehors, et n'en dit rien à personne.

Toutes sortes d'oisillons picoraient les graines du jardin. Il imagina de mettre des pois dans un roseau creux[5]. Quand il entendait gazouiller dans un arbre, il en approchait avec douceur, puis levait son tube, enflait ses joues, et les bestioles lui pleuvaient sur les épaules si abondamment

---

1. *Erreurs*, au sens étymologique : courses errantes; **2.** Les pèlerins se reconnaissaient à ce signe; **3.** *Escarcelle :* grande bourse pendue à la ceinture. L'usage en était fort répandu au moyen âge; **4.** *Toque :* coiffure plate, en étoffe; **5.** C'est-à-dire dans une sarbacane.

qu'il ne pouvait s'empêcher de rire, heureux de sa malice.

Un matin, comme il s'en retournait par la courtine[1], il vit sur la crête du rempart un gros pigeon qui se rengorgeait au soleil. Julien s'arrêta pour le regarder; le mur en cet endroit ayant une brèche, un éclat de pierre se rencontra sous ses doigts. Il tourna son bras, et la pierre abattit l'oiseau qui tomba d'un bloc dans le fossé.

Il se précipita vers le fond, se déchirant aux broussailles, furetant partout, plus leste qu'un jeune chien.

Le pigeon, les ailes cassées, palpitait, suspendu dans les branches d'un troëne[2].

La persistance de sa vie irrita l'enfant. Il se mit à l'étrangler; et les convulsions de l'oiseau faisaient battre son cœur, l'emplissaient d'une volupté sauvage et tumultueuse. Au dernier roidissement[3], il se sentit défaillir★(5).

Le soir, pendant le souper, son père déclara que l'on devait à son âge apprendre la vénerie; et il alla chercher un vieux cahier d'écriture contenant, par demandes et réponses, tout le déduit[4] des chasses. Un maître y démontrait à son élève l'art de dresser les chiens et d'affaîter[5] les faucons, de tendre les pièges, comment reconnaître le cerf à ses fumées[6], le renard à ses empreintes, le loup à ses déchaussures[7], le bon moyen de discerner leurs voies[8], de quelle manière on les lance·, où se trouvent ordinairement leurs refuges, quels sont les vents les plus propices, avec l'énumération des cris et les règles de la curée[10].

Quand Julien put réciter par cœur toutes ces choses, son père lui composa une meute.

D'abord on y distinguait vingt-quatre lévriers barbaresques[11], plus véloces que des gazelles, mais sujets à s'emporter; puis dix-sept couples de chiens bretons, tiquetés[12] de blanc sur fond rouge, inébranlables dans leur créance[13], forts de poitrine et grands hurleurs. Pour l'attaque du

---

1. *Courtine.* Cf. *supra*, p. 54, note 1; 2. *Troène :* arbrisseau à fleurs blanches exhalant une odeur suave; 3. *Roidissement :* forme archaïque, en accord avec la tonalité générale du passage; 4. *Déduit* (arch.): divertissement; 5. *Affaîter :* apprivoiser, dresser à la chasse, en parlant d'un oiseau de proie; 6. *Fumées :* excréments des cerfs, des biches, etc.; 7. *Déchaussures :* marques que le loup laisse sur le sol, après avoir fienté; 8. *Voies :* empreintes trahissant le passage du gibier; 9. *Lancer :* faire sortir une bête de l'endroit où elle est cachée; 10. *Curée :* partie de la chasse où l'on distribue à la meute les entrailles de la bête; 11. *Barbaresques :* originaires de l'Afrique du Nord; 12. *Tiquetés :* tachetés, mouchetés; 13. *Inébranlables dans leur créance :* chiens sûrs à la chasse.

sanglier et les refuites[1] périlleuses, il y avait quarante griffons, poilus comme des ours. Des mâtins de Tartarie[2], presque aussi hauts que des ânes, couleur de feu, l'échine large et le jarret droit, étaient destinés à poursuivre les aurochs[3]. La robe noire des épagneuls luisait comme du satin; le jappement des talbots[4] valait celui des bigles chanteurs[5]. Dans une cour à part, grondaient, en secouant leur chaîne et roulant leurs prunelles, huit dogues alains[6], bêtes formidables qui sautent au ventre des cavaliers et n'ont pas peur des lions.

Tous mangeaient du pain de froment, buvaient dans des auges de pierre, et portaient un nom sonore.

La fauconnerie, peut-être, dépassait la meute; le bon seigneur, à force d'argent, s'était procuré des tiercelets[7] du Caucase, des sacres[8] de Babylone, des gerfauts[9] d'Allemagne, et des faucons-pèlerins[10], capturés sur les falaises, au bord des mers froides, en de lointains pays. Ils logeaient dans un hangar couvert de chaume, et, attachés par rang de taille sur le perchoir, avaient devant eux une motte de gazon, où de temps à autre on les posait afin de les dégourdir.

Des bourses[11], des hameçons, des chausse-trapes[12], toute sorte d'engins, furent confectionnés.

Souvent on menait dans la campagne des chiens d'oysel[13], qui tombaient bien vite en arrêt. Alors des piqueurs[14], s'avançant pas à pas, étendaient avec précaution sur leurs corps impassibles un immense filet. Un commandement les faisait aboyer; des cailles s'envolaient; et les dames des alentours conviées avec leurs maris, les enfants, les camérières[15], tout le monde se jetait dessus, et les prenait facilement.

---

1. *Refuites.* Deux sens possibles : endroit où une bête a coutume de passer quand elle est poursuivie; ruse de la bête revenant sur ses pas pour tromper le chasseur; **2.** *Tartarie* : région de la Sibérie occidentale; **3.** *Aurochs* : espèce de bœuf sauvage, aujourd'hui disparu; **4.** *Talbot* (mot d'origine anglo-normande) : grand chien courant; **5.** *Bigle chanteur* : chien courant, d'origine anglaise, pour la chasse du lièvre et du lapin; **6.** *Dogue alain* : dogue de forte taille. Les Alains sont des barbares, venus de Caucasie, qui envahirent l'Empire romain au début du Ve siècle. Ils amenèrent avec eux des chiens, qui gardèrent leur nom; **7.** *Tiercelet* : mâle de l'autour, d'un tiers plus petit que la femelle; **8.** *Sacre* : grand faucon, jadis fort employé à la chasse; **9.** *Gerfaut* : variété de faucon; **10.** *Faucon-pèlerin* : de tous les faucons, l'espèce la plus commune; **11.** *Bourse* : poche ou filet servant à chasser le lapin au furet; **12.** *Chausse-trape* : piège destiné à la capture d'animaux tels que le renard et le loup; **13.** *Chien d'oysel* : chien d'arrêt, dressé pour la chasse aux oiseaux; **14.** *Piqueurs* : valets à cheval, chargés de surveiller la course des chiens pendant la chasse; **15.** *Camérières* : femmes de chambre attachées au service d'une grande dame.

D'autres fois, pour débûcher[1] les lièvres, on battait du
tambour; des renards tombaient dans des fosses, ou bien
un ressort, se débandant, attrapait un loup par le pied★(**6**).

Mais Julien méprisa ces commodes artifices; il préférait
chasser loin du monde[2], avec son cheval et son faucon.
C'était presque toujours un grand tartaret de Scythie[3],
blanc comme la neige. Son capuchon[4] de cuir était surmonté
d'un panache, des grelots d'or tremblaient à ses pieds bleus :
et il se tenait ferme sur le bras de son maître pendant que
le cheval galopait, et que les plaines se déroulaient. Julien,
dénouant ses longes[5], le lâchait tout à coup; la bête hardie
montait droit dans l'air comme une flèche; et l'on voyait
deux taches inégales tourner, se joindre, puis disparaître
dans les hauteurs de l'azur. Le faucon ne tardait pas à
descendre en déchirant quelque oiseau, et revenait se poser
sur le gantelet[6], les deux ailes frémissantes★(**7**).

Julien vola[7] de cette manière le héron, le milan, la corneille
et le vautour.

Il aimait, en sonnant de la trompe, à suivre ses chiens
qui couraient sur le versant des collines, sautaient les ruis-
seaux, remontaient vers le bois; et, quand le cerf commençait
à gémir sous les morsures, il l'abattait prestement, puis se
délectait à la furie des mâtins qui le dévoraient, coupé en
pièces sur sa peau fumante[8].

Les jours de brume, il s'enfonçait dans un marais pour
guetter les oies, les loutres et les halbrans[9].

Trois écuyers, dès l'aube, l'attendaient au bas du perron;
et le vieux moine, se penchant à sa lucarne, avait beau faire
des signes pour le rappeler, Julien ne se retournait pas. Il
allait à l'ardeur du soleil, sous la pluie, par la tempête,
buvait l'eau des sources dans sa main, mangeait en trottant
des pommes sauvages, s'il était fatigué se reposait sous un
chêne; et il rentrait au milieu de la nuit, couvert de sang et
de boue, avec des épines dans les cheveux et sentant l'odeur
des bêtes farouches. Il devint comme elles. Quand sa mère
l'embrassait, il acceptait froidement son étreinte, paraissant
rêver à des choses profondes.

---

1. *Débûcher,* ou débusquer : faire sortir du bois, en parlant d'une bête fauve;
2. Le futur ermite s'annonce ici; **3.** *Tartaret de Scythie* : variété de faucon;
4. *Capuchon.* On en coiffait les faucons, pour leur couvrir les yeux, jusqu'au
début de la chasse; **5.** *Longe* : petite lanière servant à attacher le faucon;
6. *Gantelet* : gant de fer; **7.** *Voler* : chasser au faucon; **8.** C'est la curée, dernier acte de la chasse à courre; **9.** *Halbran* : jeune canard sauvage.

Il tua des ours à coups de couteau, des taureaux avec la hache, des sangliers avec l'épieu[1] ; et même une fois, n'ayant plus qu'un bâton, se défendit contre des loups qui rongeaient des cadavres au pied d'un gibet★(8).

Un matin d'hiver, il partit avant le jour, bien équipé, une arbalète[2] sur l'épaule et un trousseau de flèches à l'arçon[3] de la selle.

Son genet[4] danois, suivi de deux bassets[5], en marchant d'un pas égal, faisait résonner la terre. Des gouttes de verglas se collaient à son manteau, une brise violente soufflait. Un côté de l'horizon s'éclaircit ; et, dans la blancheur du crépuscule, il aperçut des lapins sautillant au bord de leurs terriers. Les deux bassets, tout de suite, se précipitèrent sur eux ; et, çà et là, vivement, leur brisaient l'échine.

Bientôt, il entra dans un bois. Au bout d'une branche, un coq de bruyère engourdi par le froid dormait la tête sous l'aile. Julien, d'un revers d'épée, lui faucha les deux pattes, et sans le ramasser continua sa route.

Trois heures après, il se trouva sur la pointe d'une montagne tellement haute que le ciel semblait presque noir. Devant lui, un rocher pareil à un long mur s'abaissait, en surplombant un précipice ; et, à l'extrémité, deux boucs sauvages regardaient l'abîme. Comme il n'avait pas ses flèches (car son cheval était resté en arrière), il imagina de descendre jusqu'à eux ; à demi courbé, pieds nus, il arriva enfin au premier des boucs, et lui enfonça un poignard sous les côtes. Le second, pris de terreur, sauta dans le vide. Julien s'élança pour le frapper, et, glissant du pied droit, tomba sur le cadavre de l'autre, la face au-dessus de l'abîme et les deux bras écartés[6].

Redescendu dans la plaine, il suivit des saules qui bordaient une rivière. Des grues, volant très bas, de temps à autre passaient au-dessus de sa tête. Julien les assommait avec son fouet, et n'en manqua pas une.

Cependant l'air plus tiède avait fondu le givre, de larges vapeurs flottaient, et le soleil se montra. Il vit reluire tout

---

1. *Epieu* : pique garnie d'un fer large et pointu, dont on se sert à la chasse, notamment pour le sanglier ; 2. *Arbalète* : arc d'acier, monté sur un fût et se bandant avec un ressort ; 3. *Arçon* : pièce de bois cintrée, qui se trouve soit à l'avant, soit à l'arrière de la selle ; 4. *Genet* : cheval de petite taille, le plus souvent originaire d'Espagne ; 5. *Basset* : chien courant, bas sur pattes ; 6. Il semble qu'il y ait ici, déjà, comme un avertissement miraculeux.

au loin un lac figé¹, qui ressemblait à du plomb. Au milieu du lac, il y avait une bête que Julien ne connaissait pas, un castor à museau noir. Malgré la distance, une flèche l'abattit; et il fut chagrin de ne pouvoir emporter la peau⋆(9).

Puis il s'avança dans une avenue de grands arbres, formant avec leurs cimes comme un arc de triomphe, à l'entrée d'une forêt. Un chevreuil bondit hors d'un fourré, un daim parut dans un carrefour, un blaireau² sortit d'un trou, un paon sur le gazon déploya sa queue; — et quand il les eut tous occis³, d'autres chevreuils se présentèrent, d'autres daims, d'autres blaireaux, d'autres paons, et des merles, des geais⁴, des putois⁵, des renards, des hérissons, des lynx⁶, une infinité de bêtes, à chaque pas plus nombreuses. Elles tournaient autour de lui, tremblantes, avec un regard plein de douceur et de supplication. Mais Julien ne se fatiguait pas de tuer, tour à tour bandant son arbalète, dégainant l'épée, pointant du coutelas, et ne pensait à rien, n'avait souvenir de quoi que ce fût. Il était en chasse dans un pays quelconque, depuis un temps indéterminé, par le fait seul de sa propre existence, tout s'accomplissant avec la facilité que l'on éprouve dans les rêves. Un spectacle extraordinaire l'arrêta. Des cerfs emplissaient un vallon ayant la forme d'un cirque; et tassés, les uns près des autres, ils se réchauffaient avec leurs haleines que l'on voyait fumer dans le brouillard.

L'espoir d'un pareil carnage, pendant quelques minutes, le suffoqua de plaisir. Puis il descendit de cheval, retroussa ses manches, et se mit à tirer.

Au sifflement de la première flèche, tous les cerfs à la fois tournèrent la tête. Il se fit des enfonçures⁷ dans leur masse; des voix plaintives s'élevaient, et un grand mouvement agita le troupeau.

Le rebord du vallon était trop haut pour le franchir⁸. Ils bondissaient dans l'enceinte, cherchant à s'échapper. Julien visait, tirait; et les flèches tombaient comme les rayons d'une pluie d'orage. Les cerfs rendus furieux se battirent, se cabraient, montaient les uns par-dessus les autres; et leurs corps avec leurs ramures emmêlées fai-

---

1. *Figé* : gelé; **2.** *Blaireau* : mammifère plantigrade, répandant une odeur infecte; **3.** *Occis* : tués (terme vieilli); **4.** *Geai* : passereau au plumage bigarré; **5.** *Putois* : mammifère carnassier de petite taille, appartenant au groupe des belettes; **6.** *Lynx* : sorte de grand chat sauvage, donnant une fourrure très estimée. Dans nos régions on l'appelle « loup-cervier »; **7.** *Des enfonçures* : des vides; **8.** Construction hardie : pour être franchi par les cerfs.

saient un large monticule, qui s'écroulait, en se déplaçant.

Enfin ils moururent, couchés sur le sable, la bave aux naseaux, les entrailles sorties, et l'ondulation de leurs ventres s'abaissait par degrés. Puis tout fut immobile*(10).

La nuit allait venir; et derrière le bois, dans les intervalles des branches, le ciel était rouge comme une nappe de sang[1].

Julien s'adossa contre un arbre. Il contemplait d'un œil béant l'énormité du massacre, ne comprenant pas comment il avait pu le faire.

De l'autre côté du vallon, sur le bord de la forêt, il aperçut un cerf, une biche et son faon.

Le cerf, qui était noir et monstrueux de taille, portait seize andouillers[2] avec une barbe blanche. La biche, blonde comme les feuilles mortes, broutait le gazon; et le faon tacheté, sans l'interrompre dans sa marche, lui tétait la mamelle.

L'arbalète encore une fois ronfla. Le faon, tout de suite, fut tué. Alors sa mère, en regardant le ciel, brama d'une voix profonde, déchirante, humaine. Julien exaspéré, d'un coup en plein poitrail, l'étendit par terre.

Le grand cerf l'avait vu, fit un bond. Julien lui envoya sa dernière flèche. Elle l'atteignit au front, et y resta plantée.

Le grand cerf n'eut pas l'air de la sentir; en enjambant par-dessus les morts, il avançait toujours, allait fondre sur lui, l'éventrer; et Julien reculait dans une épouvante indicible. Le prodigieux animal s'arrêta; et les yeux flamboyants, solennel comme un patriarche et comme un justicier, pendant qu'une cloche au loin tintait, il répéta trois fois :

« Maudit! maudit! maudit! Un jour, cœur féroce, tu assassineras ton père et ta mère! »

Il plia les genoux, ferma doucement ses paupières, et mourut*(11).

Julien fut stupéfait, puis accablé d'une fatigue soudaine; et un dégoût, une tristesse immense l'envahit. Le front dans les deux mains, il pleura pendant longtemps.

Son cheval était perdu; ses chiens l'avaient abandonné; la solitude qui l'enveloppait lui sembla toute menaçante de périls indéfinis. Alors, poussé par un effroi, il prit sa course

---

1. Noter l'accord du paysage avec la scène qui s'y déroule; **2.** *Andouillers :* ramifications des cornes du cerf. Plus elles sont nombreuses et plus le cerf est âgé.

à travers la campagne, choisit au hasard un sentier, et se trouva presque immédiatement à la porte du château.

La nuit, il ne dormit pas. Sous le vacillement de la lampe suspendue, il revoyait toujours le grand cerf noir. Sa prédiction l'obsédait; il se débattait contre elle. « Non! non! non! je ne peux pas les tuer! » puis, il songeait : « Si je le voulais, pourtant?... » et il avait peur que le Diable ne lui en inspirât l'envie.

Durant trois mois, sa mère en angoisse pria au chevet de son lit, et son père, en gémissant, marchait continuellement dans les couloirs. Il manda les maîtres mires[1] les plus fameux, lesquels ordonnèrent des quantités de drogues. Le mal de Julien, disaient-ils, avait pour cause un vent funeste, ou un désir d'amour. Mais le jeune homme, à toutes les questions, secouait la tête[2].

Les forces lui revinrent; et on le promenait dans la cour, le vieux moine et le bon seigneur le soutenant chacun par un bras.

Quand il fut rétabli complètement, il s'obstina à ne point chasser.

Son père, le voulant réjouir, lui fit cadeau d'une grande épée sarrasine.

Elle était au haut d'un pilier, dans une panoplie. Pour l'atteindre, il fallut une échelle. Julien y monta. L'épée trop lourde lui échappa des doigts, et en tombant frôla le bon seigneur de si près que sa houppelande[3] en fut coupée; Julien crut avoir tué son père, et s'évanouit.

Dès lors, il redouta les armes. L'aspect d'un fer nu le faisait pâlir. Cette faiblesse était une désolation pour sa famille.

Enfin le vieux moine, au nom de Dieu, de l'honneur et des ancêtres, lui commanda de reprendre ses exercices de gentilhomme.

Les écuyers[4], tous les jours, s'amusaient au maniement de la javeline. Julien y excella bien vite. Il envoyait la sienne dans le goulot des bouteilles, cassait les dents des girouettes, frappait à cent pas les clous des portes.

Un soir d'été, à l'heure où la brume rend les choses indistinctes, étant sous la treille du jardin, il aperçut tout

---

1. *Maîtres mires* : expression ancienne pour désigner les médecins; 2. En signe de dénégation; 3. *Houppelande* : vêtement de dessus, très ample; 4. *Ecuyer* : gentilhomme qui porte l'écu du chevalier.

au fond deux ailes blanches qui voletaient à la hauteur de l'espalier[1]. Il ne douta pas que ce ne fût une cigogne; et il lança son javelot.

Un cri déchirant partit.

C'était sa mère, dont le bonnet à longues barbes[2] restait cloué contre le mur.

Julien s'enfuit du château, et ne reparut plus*(**12**).

II

Il s'engagea dans une troupe d'aventuriers qui passaient.

Il connut la faim, la soif, les fièvres et la vermine. Il s'accoutuma au fracas des mêlées, à l'aspect des moribonds. Le vent tanna sa peau. Ses membres se durcirent par le contact des armures; et comme il était très fort, courageux, tempérant, avisé, il obtint sans peine le commandement d'une compagnie.

Au début des batailles, il enlevait[3] ses soldats d'un grand geste de son épée. Avec une corde à nœuds, il grimpait aux murs des citadelles, la nuit, balancé par l'ouragan, pendant que les flammèches du feu grégeois[4] se collaient à sa cuirasse, et que la résine bouillante et le plomb fondu ruisselaient des créneaux[5]. Souvent le heurt d'une pierre fracassa son bouclier. Des ponts trop chargés d'hommes croulèrent sous lui. En tournant sa masse d'armes[6], il se débarrassa de quatorze cavaliers. Il défit, en champ clos[7], tous ceux qui se proposèrent. Plus de vingt fois, on le crut mort.

Grâce à la faveur divine, il en réchappa toujours; car il protégeait les gens d'église, les orphelins, les veuves, et principalement les vieillards. Quand il en voyait un marchant devant lui, il criait pour connaître sa figure, comme s'il avait eu peur de le tuer par méprise.

Des esclaves en fuite, des manants révoltés, des bâtards sans fortune, toutes sortes d'intrépides affluèrent sous son drapeau, et il se composa une armée.

---

1. *Espalier* : rangée d'arbres fruitiers adossés à un mur ou à un treillage. **2.** *Barbes* : garnitures de dentelle pendant aux cornettes des femmes; **3.** *Enlever* : entraîner au combat dans un grand mouvement d'enthousiasme; **4.** *Feu grégeois* : substances incendiaires, employées par les Grecs au moyen âge; **5.** *Créneau.* Cf. p. 53, note 8; **6.** *Masse d'armes* : arme formée d'un manche assez court, surmonté lui-même d'une tête de métal; **7.** *Champ clos* : lieu fermé de barrières où les deux adversaires s'affrontaient, souvent jusqu'à la mort.

Elle grossit. Il devint fameux. On le recherchait.

Tour à tour, il secourut le Dauphin de France et le roi d'Angleterre, les templiers de Jérusalem[1], le suréna[2] des Parthes, le négud[3] d'Abyssinie, et l'empereur de Calicut[4]. Il combattit des Scandinaves recouverts d'écailles de poisson, des Nègres munis de rondaches[5] en cuir d'hippopotame et montés sur des ânes rouges, des Indiens couleur d'or et brandissant par-dessus leurs diadèmes de larges sabres, plus clairs que des miroirs. Il vainquit les Troglodytes[6] et les Anthropophages. Il traversa des régions si torrides que sous l'ardeur du soleil les chevelures s'allumaient d'elles-mêmes, comme des flambeaux; et d'autres qui étaient si glaciales, que les bras, se détachant du corps, tombaient par terre; et des pays où il y avait tant de brouillards que l'on marchait environné de fantômes.

Des républiques[7] en embarras le consultèrent. Aux entrevues d'ambassadeurs, il obtenait des conditions inespérées. Si un monarque se conduisait trop mal, il arrivait tout à coup, et lui faisait des remontrances. Il affranchit des peuples. Il délivra des reines enfermées dans des tours. C'est lui, et pas un autre, qui assomma la guivre[8] de Milan et le dragon d'Oberbirbach[9]*(**13**).

Or l'empereur d'Occitanie[10], ayant triomphé des Musulmans espagnols[11], s'était joint par concubinage à la sœur du calife[12] de Cordoue; et il en conservait une fille, qu'il avait élevée chrétiennement. Mais le calife, faisant mine de vouloir se convertir, vint lui rendre visite, accompagné d'une escorte nombreuse, massacra toute sa garnison, et le plongea dans un cul-de-basse-fosse[13], où il le traitait durement, afin d'en extirper[14] des trésors.

1. *Templiers de Jérusalem* : ordre militaire et religieux, fondé en 1118. Ils formèrent, en Orient, l'avant-garde des armées chrétiennes, avant de devenir, en Occident, de puissants propriétaires terriens, avec qui les rois mêmes durent compter; 2. *Suréna* : titre porté par le général en chef des armées parthes; 3. *Négud* : titre des souverains d'Abyssinie; 4. *Calicut* : ville et port de l'Inde, dont la puissance était grande avant l'arrivée des Portugais en 1498; 5. *Rondache* : bouclier de forme ronde, en usage jusqu'à la fin du XVIᵉ siècle; 6. *Troglodytes* : peuple sauvage que les géographes antiques plaçaient au sud-est de l'Égypte, et qui passait pour vivre dans des cavernes; 7. *Républiques* : au sens latin de *res publica* : État; 8. *Guivre* (du latin *vipera*) : désigne, en terme de blason, un serpent fantastique; 9. *Dragon d'Oberbirbach* : autre animal monstrueux; 10. *Occitanie*, ancien nom du Languedoc; 11. *Musulmans espagnols*. Détrônés par les Abbassides, les Ommiades fondèrent en Espagne une seconde dynastie à Cordoue; 12. *Calife* : chef des musulmans; 13. *Cul-de-basse-fosse* : cachot souterrain, étroit et humide; 14. *Extirper* : employé improprement ici, dans le sens d'extorquer. Flaubert maintient le mot, malgré les objections d'un de ses correspondants, Sabatier.

Julien accourut à son aide, détruisit l'armée des infidèles, assiégea la ville, tua le calife, coupa sa tête, et la jeta comme une boule par-dessus les remparts. Puis il tira l'empereur de sa prison, et le fit remonter sur son trône, en présence de toute sa cour.

L'empereur, pour prix d'un tel service, lui présenta dans des corbeilles beaucoup d'argent; Julien n'en voulut pas. Croyant qu'il en désirait davantage, il lui offrit les trois quarts de ses richesses; nouveau refus; puis de partager son royaume; Julien le remercia; et l'empereur en pleurait de dépit, ne sachant de quelle manière témoigner sa reconnaissance, quand il se frappa le front, dit un mot à l'oreille d'un courtisan; les rideaux d'une tapisserie se relevèrent, et une jeune fille parut.

Ses grands yeux noirs brillaient comme deux lampes très douces. Un sourire charmant écartait ses lèvres. Les anneaux de sa chevelure s'accrochaient aux pierreries de sa robe entr'ouverte; et, sous la transparence de sa tunique, on devinait la jeunesse de son corps. Elle était toute mignonne et potelée, avec la taille fine*(**14**).

Julien fut ébloui d'amour, d'autant plus qu'il avait mené jusqu'alors une vie très chaste.

Donc il reçut en mariage la fille de l'empereur, avec un château qu'elle tenait de sa mère; et, les noces étant terminées, on se quitta, après des politesses infinies de part et d'autre.

C'était un palais de marbre blanc, bâti à la moresque[1], sur un promontoire, dans un bois d'orangers. Des terrasses de fleurs descendaient jusqu'au bord d'un golfe, où des coquilles roses craquaient sous les pas. Derrière le château, s'étendait une forêt ayant le dessin d'un éventail. Le ciel continuellement était bleu, et les arbres se penchaient tour à tour sous la brise de la mer et le vent des montagnes, qui fermaient au loin l'horizon.

Les chambres, pleines de crépuscule, se trouvaient éclairées par les incrustations des murailles. De hautes colonnettes, minces comme des roseaux, supportaient la voûte des coupoles, décorées de reliefs imitant les stalactites des grottes.

Il y avait des jets d'eau dans les salles, des mosaïques

---

1. *A la moresque* : dans le goût arabe, tel qu'il avait été introduit en Espagne.

dans les cours, des cloisons festonnées[1], mille délicatesses d'architecture, et partout un tel silence que l'on entendait le frôlement d'une écharpe ou l'écho d'un soupir*(15).

Julien ne faisait plus la guerre. Il se reposait, entouré d'un peuple tranquille; et chaque jour, une foule passait devant lui, avec des génuflexions et des baise-mains à l'orientale.

Vêtu de pourpre, il restait accoudé dans l'embrasure d'une fenêtre, en se rappelant ses chasses d'autrefois; et il aurait voulu courir sur le désert après les gazelles et les autruches, être caché dans les bambous à l'affût des léopards, traverser des forêts pleines de rhinocéros, atteindre au sommet des monts les plus inaccessibles pour viser mieux les aigles, et sur les glaçons de la mer combattre les ours blancs.

Quelquefois, dans un rêve, il se voyait comme notre père Adam au milieu du Paradis, entre toutes les bêtes; en allongeant le bras, il les faisait mourir; ou bien, elles défilaient, deux à deux, par rang de taille, depuis les éléphants et les lions jusqu'aux hermines et aux canards, comme le jour qu'elles entrèrent dans l'arche de Noé. A l'ombre d'une caverne, il dardait sur elles des javelots infaillibles; il en survenait d'autres; cela n'en finissait pas; et il se réveillait en roulant des yeux farouches.

Des princes de ses amis l'invitèrent à chasser. Il s'y refusa toujours, croyant, par cette sorte de pénitence, détourner son malheur; car il lui semblait que du meurtre des animaux dépendait le sort de ses parents. Mais il souffrait de ne pas les voir, et son autre envie devenait insupportable.

Sa femme, pour le récréer, fit venir des jongleurs et des danseuses.

Elle se promenait avec lui, en litière ouverte, dans la campagne; d'autres fois, étendus sur le bord d'une chaloupe, ils regardaient les poissons vagabonder dans l'eau, claire comme le ciel. Souvent elle lui jetait des fleurs au visage; accroupie devant ses pieds, elle tirait des airs d'une mandoline à trois cordes; puis, lui posant sur l'épaule ses deux mains jointes, disait d'une voix timide : « Qu'avez-vous donc, cher seigneur ? »

---

1. *Festonnées.* Le feston est un motif décoratif, imitant une guirlande de fleurs, de feuilles et de branches entremêlées.

Il ne répondait pas, ou éclatait en sanglots; enfin, un jour, il avoua son horrible pensée.

Elle la combattit, en raisonnant très bien : son père et sa mère, probablement, étaient morts; si jamais il les revoyait, par quel hasard, dans quel but, arriverait-il à cette abomination? Donc, sa crainte n'avait pas de cause, et il devait se remettre à chasser.

Julien souriait en l'écoutant, mais ne se décidait pas à satisfaire son désir.

Un soir du mois d'août qu'ils étaient dans leur chambre, elle venait de se coucher et il s'agenouillait pour sa prière quand il entendit le jappement d'un renard, puis des pas légers sous la fenêtre; et il entrevit dans l'ombre comme des apparences d'animaux. La tentation était trop forte. Il décrocha son carquois.

Elle parut surprise.

« C'est pour t'obéir! » dit-il, « au lever du soleil, je serai revenu*(**16**). »

Cependant elle redoutait une aventure funeste.

Il la rassura, puis sortit, étonné de l'inconséquence de son humeur.

Peu de temps après, un page vint annoncer que deux inconnus, à défaut du seigneur absent, réclamaient tout de suite la seigneuresse[1].

Et bientôt entrèrent dans la chambre un vieil homme et une vieille femme, courbés, poudreux, en habits de toile, et s'appuyant chacun sur un bâton.

Ils s'enhardirent et déclarèrent qu'ils apportaient à Julien des nouvelles de ses parents.

Elle se pencha pour les entendre.

Mais, s'étant concertés du regard, ils lui demandèrent s'il les aimait toujours, s'il parlait d'eux quelquefois.

« Oh! oui! » dit-elle.

Alors, ils s'écrièrent :

« Eh bien! c'est nous! » et ils s'assirent, étant fort las et recrus de fatigue[2].

Rien n'assurait à la jeune femme que son époux fût leur fils.

Ils en donnèrent la preuve, en décrivant des signes particuliers qu'il avait sur la peau.

---

1. *Seigneuresse :* forme archaïque du féminin de seigneur; **2.** *Recrus de fatigue :* harassés, épuisés.

Elle sauta hors sa couche, appela son page, et on leur servit un repas.

Bien qu'ils eussent grand'faim, ils ne pouvaient guère manger; et elle observait à l'écart le tremblement de leurs mains osseuses, en prenant les gobelets.

Ils firent mille questions sur Julien. Elle répondait à chacune, mais eut soin de taire l'idée funèbre qui les concernait.

Ne le voyant pas revenir, ils étaient partis de leur château; et ils marchaient depuis plusieurs années, sur de vagues indications, sans perdre l'espoir. Il avait fallu tant d'argent au péage[1] des fleuves et dans les hôtelleries, pour les droits des princes et les exigences des voleurs, que le fond de leur bourse était vide, et qu'ils mendiaient maintenant. Qu'importe, puisque bientôt ils embrasseraient leur fils? Ils exaltaient son bonheur d'avoir une femme aussi gentille, et ne se lassaient point de la contempler et de la baiser.

La richesse de l'appartement les étonnait beaucoup; et le vieux, ayant examiné les murs, demanda pourquoi s'y trouvait le blason de l'empereur d'Occitanie.

Elle répliqua :

« C'est mon père! »

Alors il tressaillit, se rappelant la prédiction du Bohème; et la vieille songeait à la parole de l'Ermite. Sans doute la gloire de son fils n'était que l'aurore des splendeurs éternelles; et tous les deux restaient béants[2], sous la lumière du candélabre qui éclairait la table.

Ils avaient dû être très beaux dans leur jeunesse. La mère avait encore tous ses cheveux, dont les bandeaux[3] fins, pareils à des plaques de neige, pendaient jusqu'au bas de ses joues; et le père, avec sa taille haute et sa grande barbe, ressemblait à une statue d'église.

La femme de Julien les engagea à ne pas l'attendre. Elle les coucha elle-même dans son lit, puis ferma la croisée; ils s'endormirent. Le jour allait paraître, et, derrière le vitrail, les petits oiseaux commençaient à chanter*(**17**).

Julien avait traversé le parc; et il marchait dans la forêt d'un pas nerveux, jouissant de la mollesse du gazon et de la douceur de l'air.

1. *Péage :* droit perçu au passage d'un pont, en général au profit du seigneur dont on traversait le domaine; 2. *Béants :* le visage figé sous l'effet de la surprise et de l'admiration; 3. *Bandeaux*. Cf. p. 47, note 1.

Les ombres des arbres s'étendaient sur la mousse. Quelquefois la lune faisait des taches blanches dans les clairières, et il hésitait à s'avancer, croyant apercevoir une flaque d'eau, ou bien la surface des mares tranquilles se confondait avec la couleur de l'herbe. C'était partout un grand silence; et il ne découvrait aucune des bêtes qui, peu de minutes auparavant, erraient à l'entour de son château.

Le bois s'épaissit, l'obscurité devint profonde. Des bouffées de vent chaud passaient, pleines de senteurs amollissantes. Il enfonçait dans des tas de feuilles mortes, et il s'appuya contre un chêne pour haleter[1] un peu.

Tout à coup, derrière son dos, bondit une masse plus noire, un sanglier. Julien n'eut pas le temps de saisir son arc, et il s'en affligea comme d'un malheur.

Puis, étant sorti du bois, il aperçut un loup qui filait le long d'une haie.

Julien lui envoya une flèche. Le loup s'arrêta, tourna la tête pour le voir et reprit sa course. Il trottait en gardant toujours la même distance, s'arrêtait de temps à autre, et, sitôt qu'il était visé, recommençait à fuir.

Julien parcourut de cette manière une plaine interminable, puis des monticules de sable, et enfin il se trouva sur un plateau dominant un grand espace de pays. Des pierres plates étaient clairsemées entre des caveaux en ruines. On trébuchait sur des ossements de morts; de place en place, des croix vermoulues se penchaient d'un air lamentable. Mais des formes remuèrent dans l'ombre indécise des tombeaux; et il en surgit des hyènes, tout effarées, pantelantes[2]. En faisant claquer leurs ongles sur les dalles, elles vinrent à lui et le flairaient avec un bâillement qui découvrait leurs gencives. Il dégaina son sabre. Elles partirent à la fois dans toutes les directions, et, continuant leur galop boiteux et précipité, se perdirent au loin sous un flot de poussière.

Une heure après, il rencontra dans un ravin un taureau furieux, les cornes en avant, et qui grattait le sable avec son pied. Julien lui pointa sa lance sous les fanons[3]. Elle éclata, comme si l'animal eût été de bronze; il ferma les yeux, attendant sa mort. Quand il les rouvrit, le taureau avait disparu.

---

1. *Haleter :* reprendre haleine; **2.** *Pantelantes :* haletantes, palpitantes; **3.** *Fanons :* plis de la peau pendant sous le cou des bœufs.

Alors son âme s'affaissa de honte. Un pouvoir supérieur détruisait sa force; et, pour s'en retourner chez lui, il rentra dans la forêt.

Elle était embarrassée de lianes; et il les coupait avec son sabre quand une fouine[1] glissa brusquement entre ses jambes, une panthère fit un bond par dessus son épaule, un serpent monta en spirale autour d'un frêne.

Il y avait dans son feuillage un choucas[2] monstrueux, qui regardait Julien; et, çà et là, parurent entre les branches quantité de larges étincelles, comme si le firmament eût fait pleuvoir dans la forêt toutes ses étoiles. C'étaient des yeux d'animaux, des chats sauvages, des écureuils, des hiboux, des perroquets, des singes.

Julien darda contre eux ses flèches; les flèches, avec leurs plumes, se posaient sur les feuilles comme des papillons blancs. Il leur jeta des pierres; les pierres, sans rien toucher, retombaient. Il se maudit, aurait voulu se battre, hurla des imprécations, étouffait de rage.

Et tous les animaux qu'il avait poursuivis se représentèrent, faisant autour de lui un cercle étroit. Les uns étaient assis sur leur croupe, les autres dressés de toute leur taille. Il restait au milieu, glacé de terreur, incapable du moindre mouvement. Par un effort suprême de sa volonté, il fit un pas; ceux qui perchaient sur les arbres ouvrirent leurs ailes, ceux qui foulaient le sol déplacèrent leurs membres; et tous l'accompagnaient.

Les hyènes marchaient devant lui, le loup et le sanglier par derrière. Le taureau, à sa droite, balançait la tête; et, à sa gauche, le serpent ondulait dans les herbes, tandis que la panthère, bombant son dos, avançait à pas de velours et à grandes enjambées. Il allait le plus lentement possible pour ne pas les irriter; et il voyait sortir de la profondeur des buissons des porcs-épics, des renards, des vipères, des chacals et des ours.

Julien se mit à courir; ils coururent. Le serpent sifflait, les bêtes puantes[3] bavaient. Le sanglier lui frottait les talons avec ses défenses, le loup, l'intérieur des mains avec les poils de son museau. Les singes le pinçaient en grimaçant,

---

1. *Fouine* : petit mammifère carnassier, donnant une fourrure assez estimée; 2. *Choucas* : passereau à bec acéré, de la même famille d'oiseaux que le corbeau; 3. Le renard, le blaireau, le putois, par exemple, qui tous exhalent une odeur fétide.

la fouine se roulait sur ses pieds. Un ours, d'un revers de patte, lui enleva son chapeau; et la panthère, dédaigneusement, laissa tomber une flèche qu'elle portait à sa gueule.

Une ironie perçait dans leurs allures sournoises. Tout en l'observant du coin de leurs prunelles, ils semblaient méditer[1] un plan de vengeance; et, assourdi par le bourdonnement des insectes, battu par des queues d'oiseau, suffoqué par des haleines, il marchait les bras tendus et les paupières closes comme un aveugle, sans même avoir la force de crier « grâce »!

Le chant d'un coq vibra dans l'air. D'autres y répondirent; c'était le jour; et il reconnut, au delà des orangers, le faîte de son palais.

Puis, au bord d'un champ, il vit, à trois pas d'intervalle, des perdrix rouges qui voletaient dans les chaumes[2]. Il dégrafa son manteau, et l'abattit sur elles comme un filet. Quand il les eut découvertes, il n'en trouva qu'une seule, et morte depuis longtemps, pourrie*(18).

Cette déception l'exaspéra plus que toutes les autres. Sa soif de carnage le reprenait; les bêtes manquant, il aurait voulu massacrer des hommes.

Il gravit les trois terrasses, enfonça la porte d'un coup de poing; mais, au bas de l'escalier, le souvenir de sa chère femme détendit son cœur. Elle dormait sans doute, et il allait la surprendre.

Ayant retiré ses sandales, il tourna doucement la serrure, et entra.

Les vitraux garnis de plomb obscurcissaient la pâleur de l'aube. Julien se prit les pieds dans des vêtements, par terre; un peu plus loin, il heurta une crédence[3] encore chargée de vaisselle. « Sans doute, elle aura mangé », se dit-il; et il avançait vers le lit, perdu dans les ténèbres au fond de la chambre. Quand il fut au bord, afin d'embrasser sa femme, il se pencha sur l'oreiller où les deux têtes reposaient l'une près de l'autre. Alors, il sentit contre sa bouche l'impression d'une barbe.

Il se recula, croyant devenir fou; mais il revint près du lit, et ses doigts, en palpant, rencontrèrent des cheveux

---

1. *Méditer.* Flaubert avait d'abord écrit *ruminer :* la correction paraît-elle heureuse ? 2. *Chaumes.* Désigne ici non pas la partie de la tige des blés laissée dans le champ après la moisson, mais le champ lui-même où le chaume est encore sur pied; 3. *Crédence :* sorte de desserte, où sont déposés les objet. nécessaires au service du repas.

qui étaient très longs. Pour se convaincre de son erreur, il repassa lentement sa main sur l'oreiller. C'était bien une barbe, cette fois, et un homme! un homme couché avec sa femme!

Éclatant d'une colère démesurée[1], il bondit sur eux à coups de poignard; et il trépignait, écumait, avec des hurlements de bête fauve. Puis il s'arrêta. Les morts, percés au cœur, n'avaient pas même bougé. Il écoutait attentivement leurs deux râles presque égaux, et, à mesure qu'ils s'affaiblissaient, un autre, tout au loin, les continuait. Incertaine d'abord, cette voix plaintive, longuement poussée, se rapprochait, s'enfla, devint cruelle; et il reconnut, terrifié, le bramement du grand cerf noir.

Et comme il se retournait, il crut voir dans l'encadrure de la porte, le fantôme de sa femme, une lumière à la main.

Le tapage du meurtre l'avait attirée. D'un large coup d'œil, elle comprit tout, et, s'enfuyant d'horreur, laissa tomber son flambeau.

Il le ramassa.

Son père et sa mère étaient devant lui, étendus sur le dos avec un trou dans la poitrine; et leurs visages, d'une majestueuse douceur, avaient l'air de garder comme un secret éternel. Des éclaboussures et des flaques de sang s'étalaient au milieu de leur peau blanche, sur les draps du lit, par terre, le long d'un christ d'ivoire suspendu dans l'alcôve. Le reflet écarlate du vitrail, alors frappé par le soleil, éclairait ces taches rouges, et en jetait de plus nombreuses dans tout l'appartement. Julien marcha vers les deux morts en se disant, en voulant croire, que cela n'était pas possible, qu'il s'était trompé, qu'il y a parfois des ressemblances inexplicables. Enfin, il se baissa légèrement pour voir de tout près le vieillard; et il aperçut, entre ses paupières mal fermées, une prunelle éteinte qui le brûla comme du feu. Puis il se porta de l'autre côté de la couche, occupé par l'autre corps, dont les cheveux blancs masquaient une partie de la figure. Julien lui passa les doigts sous ses bandeaux, leva sa tête; — et il la regardait, en la tenant au bout de son bras roidi, pendant que de l'autre main il s'éclairait avec le flambeau. Des gouttes, suintant du matelas, tombaient une à une sur le plancher.

---

1. Elle a été longuement préparée par l'exaspération du chasseur déçu.

A la fin du jour, il se présenta devant sa femme; et, d'une voix différente de la sienne[1], il lui commanda premièrement de ne pas lui répondre, de ne pas l'approcher, de ne plus même le regarder, et qu'elle eût à suivre, sous peine de damnation, tous ses ordres qui étaient irrévocables.

Les funérailles seraient faites selon les instructions qu'il avait laissées par écrit, sur un prie-Dieu, dans la chambre des morts. Il lui abandonnait son palais, ses vassaux[2], tous ses biens, sans même retenir les vêtements de son corps, et ses sandales, que l'on trouverait au haut de l'escalier.

Elle avait obéi à la volonté de Dieu, en occasionnant son crime, et devait prier pour son âme, puisque désormais il n'existait plus*(**19**).

On enterra les morts avec magnificence, dans l'église d'un monastère à trois journées du château. Un moine en cagoule[3] rabattue suivit le cortège, loin de tous les autres, sans que personne osât lui parler.

Il resta, pendant la messe, à plat ventre au milieu du portail, les bras en croix, et le front dans la poussière.

Après l'ensevelissement, on le vit prendre le chemin qui menait aux montagnes. Il se retourna plusieurs fois, et finit par disparaître.

III

Il s'en alla, mendiant sa vie par le monde.

Il tendait sa main aux cavaliers sur les routes, avec des génuflexions s'approchait des moissonneurs, ou restait immobile devant la barrière des cours; et son visage était si triste que jamais on ne lui refusait l'aumône.

Par esprit d'humilité, il racontait son histoire; alors tous s'enfuyaient, en faisant des signes de croix. Dans les villages où il avait déjà passé, sitôt qu'il était reconnu, on fermait les portes, on lui criait des menaces, on lui jetait des pierres. Les plus charitables posaient une écuelle sur le bord de leur fenêtre, puis fermaient l'auvent[4] pour ne pas l'apercevoir.

Repoussé de partout, il évita les hommes; et il se nourrit

---

1. Parce que la sienne lui faisait horreur; **2.** *Ses vassaux :* les propriétaires de fiefs, dont il était le suzerain; **3.** *Cagoule :* manteau sans manches, surmonté d'un capuchon. **4.** *Auvent.* A sans doute ici le sens de « contrevent ».

de racines[1], de plantes, de fruits perdus, et de coquillages qu'il cherchait le long des grèves.

Quelquefois, au tournant d'une côte, il voyait sous ses yeux une confusion de toits pressés, avec des flèches de pierre, des ponts, des tours, des rues noires s'entrecroisant, et d'où montait jusqu'à lui un bourdonnement continuel.

Le besoin de se mêler à l'existence des autres le faisait descendre dans la ville. Mais l'air bestial des figures, le tapage des métiers, l'indifférence des propos glaçaient son cœur. Les jours de fête, quand le bourdon des cathédrales mettait en joie dès l'aurore le peuple entier, il regardait les habitants sortir de leurs maisons, puis les danses sur les places, les fontaines de cervoise[2] dans les carrefours, les tentures de damas[3] devant le logis des princes, et le soir venu, par le vitrage des rez-de-chaussée, les longues tables de famille où des aïeux tenaient des petits enfants sur leurs genoux; des sanglots l'étouffaient, et il s'en retournait vers la campagne.

Il contemplait avec des élancements d'amour les poulains dans les herbages, les oiseaux dans leurs nids, les insectes sur les fleurs; tous, à son approche, couraient plus loin, se cachaient effarés, s'envolaient bien vite.

Il rechercha les solitudes. Mais le vent apportait à son oreille comme des râles d'agonie; les larmes de la rosée tombant par terre lui rappelaient d'autres gouttes d'un poids plus lourd. Le soleil, tous les soirs, étalait du sang dans les nuages; et chaque nuit, en rêve, son parricide recommençait.

Il se fit un cilice[4] avec des pointes de fer. Il monta sur les deux genoux toutes les collines ayant une chapelle à leur sommet. Mais l'impitoyable pensée obscurcissait la splendeur des tabernacles, le torturait à travers les macérations de la pénitence.

Il ne se révoltait pas contre Dieu qui lui avait infligé cette action, et pourtant se désespérait de l'avoir pu commettre.

Sa propre personne lui faisait tellement horreur qu'espérant s'en délivrer il l'aventura dans des périls. Il sauva des paralytiques des incendies, des enfants du fond des

---

1. *Racines :* plantes dont la partie comestible se trouve enfoncée dans le sol, telles que carottes, salsifis, navets, etc.; 2. *Cervoise :* sorte de bière que buvaient les Gaulois; 3. *Damas :* étoffe à ramages, originairement fabriquée à Damas; 4. *Cilice :* ceinture ou chemise d'étoffe grossière portée à même la peau par esprit de pénitence.

gouffres. L'abîme le rejetait, les flammes l'épargnaient*(**20**).

Le temps n'apaisa pas sa souffrance. Elle devenait intolérable. Il résolut de mourir.

Et un jour qu'il se trouvait au bord d'une fontaine, comme il se penchait dessus pour juger de la profondeur de l'eau, il vit paraître en face de lui un vieillard tout décharné, à barbe blanche et d'un aspect si lamentable qu'il lui fut impossible de retenir ses pleurs. L'autre, aussi, pleurait. Sans reconnaître son image, Julien se rappelait confusément une figure ressemblant à celle-là. Il poussa un cri; c'était son père; et il ne pensa plus à se tuer*(**21**).

Ainsi, portant le poids de son souvenir, il parcourut beaucoup de pays; et il arriva près d'un fleuve dont la traversée était dangereuse, à cause de sa violence et parce qu'il y avait sur les rives une grande étendue de vase. Personne depuis longtemps n'osait plus le passer.

Une vieille barque, enfouie à l'arrière, dressait sa proue dans les roseaux. Julien en l'examinant découvrit une paire d'avirons; et l'idée lui vint d'employer son existence au service des autres.

Il commença par établir sur la berge une manière de chaussée qui permettait de descendre jusqu'au chenal[1]; et il se brisait les ongles à remuer les pierres énormes, les appuyait contre son ventre pour les transporter, glissait dans la vase, y enfonçait, manqua périr plusieurs fois.

Ensuite, il répara le bateau avec des épaves de navires, et il se fit une cahute avec de la terre glaise et des troncs d'arbres.

Le passage étant connu, les voyageurs se présentèrent. Ils l'appelaient de l'autre bord, en agitant des drapeaux; Julien bien vite sautait dans sa barque. Elle était très lourde; et on la surchargeait par toutes sortes de bagages et de fardeaux, sans compter les bêtes de somme, qui, ruant de peur, augmentaient l'encombrement. Il ne demandait rien pour sa peine; quelques-uns lui donnaient des restes de victuailles qu'ils tiraient de leur bissac[2] ou les habits trop usés dont ils ne voulaient plus. Des brutaux vociféraient des blasphèmes. Julien les reprenait avec douceur; et ils ripostaient par des injures. Il se contentait de les bénir.

Une petite table, un escabeau, un lit de feuilles mortes

---

1. *Chenal* : passage étroit, où l'eau du fleuve est assez profonde pour permettre la navigation; **2.** *Bissac* : besace.

et trois coupes d'argile, voilà tout ce qu'était son mobilier.
Deux trous dans la muraille servaient de fenêtres. D'un
côté, s'étendaient à perte de vue des plaines stériles ayant
sur leur surface de pâles étangs, çà et là; et le grand fleuve,
devant lui, roulait ses flots verdâtres. Au printemps, la
terre humide avait une odeur de pourriture. Puis, un vent
désordonné soulevait la poussière en tourbillons. Elle entrait
partout, embourbait l'eau, craquait sous les gencives. Un
peu plus tard, c'était des nuages de moustiques, dont la
susurration et les piqûres ne s'arrêtaient ni jour ni nuit.
Ensuite, survenaient d'atroces gelées qui donnaient aux
choses la rigidité de la pierre, et inspiraient un besoin fou
de manger de la viande.

Des mois s'écoulaient sans que Julien vît personne.
Souvent il fermait les yeux, tâchant, par la mémoire, de
revenir dans sa jeunesse; — et la cour d'un château appa-
raissait, avec des lévriers sur un perron, des valets dans la
salle d'armes, et, sous un berceau de pampres, un adolescent à cheveux blonds entre un vieillard couvert de fourrures
et une dame à grand hennin[1]; tout à coup, les deux cadavres
étaient là. Il se jetait à plat ventre sur son lit, et répétait
en pleurant :

« Ah! pauvre père! pauvre mère! pauvre mère! » Et
tombait dans un assoupissement où les visions funèbres
continuaient*(22).

Une nuit qu'il dormait, il crut entendre quelqu'un l'appeler. Il tendit l'oreille et ne distingua que le mugissement
des flots.

Mais la même voix reprit :

« Julien! »

Elle venait de l'autre bord, ce qui lui parut extraordinaire,
vu la largeur du fleuve.

Une troisième fois on appela :

« Julien! »

Et cette voix haute avait l'intonation d'une cloche d'église.

Ayant allumé sa lanterne, il sortit de la cahute. Un ouragan furieux emplissait la nuit. Les ténèbres étaient profondes, et çà et là déchirées par la blancheur des vagues qui
bondissaient.

1. *Hennin.* Cf. p. 54, note 8.

Après une minute d'hésitation, Julien dénoua l'amarre. L'eau, tout de suite, devint tranquille, la barque glissa dessus et toucha l'autre berge, où un homme attendait.

Il était enveloppé d'une toile en lambeaux, la figure pareille à un masque de plâtre et les deux yeux plus rouges que des charbons. En approchant de lui la lanterne, Julien s'aperçut qu'une lèpre[1] hideuse le recouvrait; cependant, il avait dans son attitude comme une majesté de roi.

Dès qu'il entra dans la barque, elle enfonça prodigieusement, écrasée par son poids; une secousse la remonta; et Julien se mit à ramer.

A chaque coup d'aviron, le ressac[2] des flots la soulevait par l'avant. L'eau, plus noire que de l'encre, courait avec furie des deux côtés du bordage. Elle creusait des abîmes, elle faisait des montagnes, et la chaloupe sautait dessus, puis redescendait dans des profondeurs où elle tournoyait, ballottée par le vent.

Julien penchait son corps, dépliait les bras, et, s'arc-boutant des pieds, se renversait avec une torsion de la taille, pour avoir plus de force. La grêle cinglait ses mains, la pluie coulait dans son dos, la violence de l'air l'étouffait, il s'arrêta. Alors le bateau fut emporté à la dérive. Mais, comprenant qu'il s'agissait d'une chose considérable, d'un ordre auquel il ne fallait pas désobéir, il reprit ses avirons; et le claquement des tolets[3] coupait la clameur de la tempête.

La petite lanterne brûlait devant lui. Des oiseaux, en voletant, la cachaient par intervalles. Mais toujours il apercevait les prunelles du lépreux qui se tenait debout à l'arrière, immobile comme une colonne.

Et cela dura longtemps, très longtemps*(23)!

Quand ils furent arrivés dans la cahute, Julien ferma la porte; et il le vit siégeant sur l'escabeau. L'espèce de linceul qui le recouvrait était tombé jusqu'à ses hanches; et ses épaules, sa poitrine, ses bras maigres disparaissaient sous des plaques de pustules écailleuses. Des rides énormes labouraient son front. Tel qu'un squelette, il avait un trou à la place du nez; et ses lèvres bleuâtres dégageaient une haleine épaisse comme un brouillard et nauséabonde.

1. *Lèpre* : maladie infectieuse, produisant des plaies affreuses, surtout au visage. La lèpre était fort répandue au moyen âge; 2. *Ressac* : retour brutal des flots sur eux-mêmes, après qu'ils ont heurté un obstacle; 3. *Tolets* : chevilles de bois ou de fer, fixées sur le plat-bord de l'embarcation, et servant à maintenir les avirons.

« J'ai faim ! » dit-il.

Julien lui donna ce qu'il possédait, un vieux quartier de lard et les croûtes d'un pain noir.

Quand il les eut dévorés, la table, l'écuelle et le manche du couteau portaient les mêmes taches que l'on voyait sur son corps.

Ensuite, il dit : « J'ai soif ! »

Julien alla chercher sa cruche ; et, comme il la prenait, il en sortit un arome qui dilata son cœur et ses narines. C'était du vin ; quelle trouvaille ! mais le lépreux avança le bras et d'un trait vida toute la cruche.

Puis il dit : « J'ai froid ! »

Julien, avec sa chandelle, enflamma un paquet de fougères, au milieu de la cabane.

Le lépreux vint s'y chauffer ; et, accroupi sur les talons, il tremblait de tous ses membres, s'affaiblissait ; ses yeux ne brillaient plus, ses ulcères coulaient, et, d'une voix presque éteinte, il murmura : « Ton lit ! »

Julien l'aida doucement à s'y traîner, et même étendit sur lui, pour le couvrir, la toile de son bateau.

Le lépreux gémissait. Les coins de sa bouche découvraient ses dents, un râle accéléré lui secouait la poitrine, et son ventre, à chacune de ses aspirations, se creusait jusqu'aux vertèbres.

Puis il ferma les paupières.

« C'est comme de la glace dans mes os ! Viens près de moi ! »

Et Julien, écartant la toile, se coucha sur les feuilles mortes, près de lui, côte à côte.

Le lépreux tourna la tête.

« Déshabille-toi, pour que j'aie la chaleur de ton corps ! »

Julien ôta ses vêtements ; puis, nu comme au jour de sa naissance, se replaça dans le lit ; et il sentait contre sa cuisse la peau du lépreux, plus froide qu'un serpent et rude comme une lime.

Il tâchait de l'encourager ; et l'autre répondait, en haletant :

« Ah ! je vais mourir !... Rapproche-toi, réchauffe-moi ! Pas avec les mains ! non ! toute ta personne. »

Julien s'étala dessus complètement, bouche contre bouche, poitrine sur poitrine*(**24**).

Alors le lépreux l'étreignit ; et ses yeux tout à coup prirent une clarté d'étoiles ; ses cheveux s'allongèrent comme les rais[1] du soleil; le souffle de ses narines avait la douceur des roses; un nuage d'encens s'éleva du foyer, les flots chantaient. Cependant une abondance de délices, une joie surhumaine descendait comme une inondation dans l'âme de Julien pâmé; et celui dont les bras le serraient toujours grandissait, grandissait, touchant de sa tête et de ses pieds les deux murs de la cabane. Le toit s'envola, le firmament se déployait; — et Julien monta vers les espaces bleus, face à face avec Notre-Seigneur Jésus, qui l'emportait dans le ciel*(**25**).

Et voilà l'histoire de saint Julien l'Hospitalier, telle à peu près qu'on la trouve, sur un vitrail d'église[2], dans mon pays.

1. *Rais :* rayons; 2. Cf. Notice, p. 12.

La danse
de Salomé et la
décollation de
saint
Jean-Baptiste.

Cathédrale de
Rouen :
tympan du
portail gauche.

Phot. Giraudon.

HÉRODIAS

I

La citadelle de Machærous[1] se dressait à l'orient de la mer Morte, sur un pic de basalte[2] ayant la forme d'un cône. Quatre vallées profondes l'entouraient, deux vers les flancs, une en face, la quatrième au delà. Des maisons se tassaient contre sa base, dans le cercle d'un mur qui ondulait suivant les inégalités du terrain; et, par un chemin en zigzag tailladant le rocher, la ville se reliait à la forteresse, dont les murailles étaient hautes de cent vingt coudées[3], avec des angles nombreux, des créneaux[4] sur le bord, et, çà et là, des tours qui faisaient comme des fleurons à cette couronne de pierres, suspendue au-dessus de l'abîme.

Il y avait dans l'intérieur un palais orné de portiques, et couvert d'une terrasse que fermait une balustrade en bois de sycomore[5], où des mâts étaient disposés pour tendre un vélarium[6].

Un matin, avant le jour, le Tétrarque[7] Hérode-Antipas[8] vint s'y accouder, et regarda.

Les montagnes, immédiatement sous lui, commençaient à découvrir leurs crêtes, pendant que leur masse, jusqu'au fond des abîmes, était encore dans l'ombre. Un brouillard flottait, il se déchira, et les contours de la mer Morte apparurent. L'aube, qui se levait derrière Machærous, épandait une rougeur. Elle illumina bientôt les sables de la grève, les collines, le désert, et, plus loin, tous les monts de la Judée, inclinant leurs surfaces raboteuses et grises. Engaddi[9],

1. *Machærous* : citadelle édifiée à l'est de la mer Morte pour protéger la Judée contre les incursions des Arabes. Elle fut restaurée par Hérode le Grand, qui aimait à y séjourner; 2. *Basalte* : roche volcanique de couleur noirâtre; 3. *Cent vingt coudées* : une soixantaine de mètres environ; 4. *Créneaux*. Cf. p. 53, note 8; 5. *Sycomore* : variété de figuier; 6. *Vélarium* : voile que l'on tendait au-dessus de la terrasse pour se garantir du soleil; 7. *Tétrarque*. A la mort d'Hérode le Grand, la Judée avait été démembrée en quatre provinces dont chacune fut confiée à un tétrarque, placé lui-même sous le protectorat des Romains; 8. *Hérode Antipas* : fils d'Hérode le Grand. Son père lui avait attribué la Pérée et la Galilée, qu'Auguste lui conserva; 9. *Engaddi* : ville de Palestine, près de la mer Morte. dont les environs étaient plantés de vignobles réputés.

au milieu, traçait une barre noire; Hébron¹, dans l'enfoncement, s'arrondissait en dôme; Esquol² avait des grenadiers, Sorek³ des vignes, Karmel⁴ des champs de sésame⁵; et la tour Antonia⁶, de son cube monstrueux, dominait Jérusalem. Le Tétrarque en détourna la vue pour contempler, à droite, les palmiers de Jericho⁷; et il songea aux autres villes de sa Galilée⁸ : Capharnaüm⁹, Endor¹⁰, Nazareth¹¹, Tibérias¹² où peut-être il ne reviendrait plus. Cependant le Jourdain¹³ coulait sur la plaine aride. Toute blanche, elle éblouissait comme une nappe de neige. Le lac, maintenant, semblait en lapis-lazuli¹⁴; et à sa pointe méridionale, du côté de l'Yémen¹⁵, Antipas reconnut ce qu'il craignait d'apercevoir*(1). Des tentes brunes étaient dispersées; des hommes avec des lances circulaient entre les chevaux, et des feux s'éteignant brillaient comme des étincelles à ras du sol.

C'étaient les troupes du roi des Arabes¹⁶, dont il avait répudié la fille pour prendre Hérodias¹⁷, mariée à l'un de ses frères, qui vivait en Italie, sans prétentions au pouvoir.

Antipas attendait les secours des Romains; et Vitellius¹⁸, gouverneur de la Syrie¹⁹, tardant à paraître, il se rongeait d'inquiétudes.

---

1. *Hébron* : ville située à une trentaine de kilomètres de Jérusalem, qui aurait été fondée par Adam et d'où Iaokanann était peut-être originaire; **2.** *Esquol* : ville au nord-est d'Hébron; **3.** *Sorek* : torrent qui coule au nord-ouest de Jérusalem; **4.** *Karmel* : localité biblique située au sud-est d'Hébron; **5.** *Sésame*. De la graine de cette plante, on tire une huile douce, comestible, odorante et qui rancit difficilement; **6.** *La tour Antonia*. Hérode le Grand l'avait élevée à Jérusalem en l'honneur de Marc Antoine; **7.** *Jéricho* : ville de Palestine, à une vingtaine de kilomètres au nord-ouest de Jérusalem, sur un affluent du Jourdain; **8.** *Sa Galilée*. Hérode Antipas était, en effet, tétrarque de Galilée. Noter la valeur affective du possessif; **9.** *Capharnaüm* : ville de Galilée, sur les bords du lac de Génézareth; **10.** *Endor* : ville de Palestine, au sud-est de Nazareth; **11.** *Nazareth* : ville de Palestine. La Sainte Famille y résida jusqu'au baptême de Jésus; **12.** *Tibérias* : ville située sur la rive occidentale du lac de Génézareth. Hérode Antipas l'avait fondée en l'honneur de Tibère; **13.** *Jourdain* : fleuve qui traverse la Syrie et la Palestine avant de se jeter dans la mer Morte; **14.** *Lapis-lazuli* : pierre de couleur bleu azur; **15.** *Yémen* : région située au sud-ouest de la péninsule arabique; **16.** *Roi des Arabes*. Celui-ci, pour venger sa fille, massacra l'armée d'Antipas; **17.** *Hérodias*. D'abord mariée à un de ses oncles, Hérode Philippe, elle avait ensuite séduit Antipas, frère de son mari, et s'était fait épouser par lui; **18.** *Vitellius* : Lucius Vitellius, proconsul, et père d'Aulus Vitellius, le futur empereur. — Sa présence à Machærous lors de la décollation de Jean-Baptiste est purement imaginaire. Il ne vint visiter la citadelle que plusieurs mois plus tard; **19.** *Syrie*. Elle était devenue province romaine depuis la prise de Jérusalem par Pompée, en 63 avant Jésus-Christ; la défaite de Mithridate avait alors définitivement livré le Moyen-Orient à la puissance romaine.

Agrippa[1], sans doute, l'avait ruiné chez l'Empereur[2] ? Philippe[3], son troisième frère, souverain de la Batanée[4], s'armait clandestinement. Les Juifs ne voulaient plus de ses mœurs idolâtres, tous les autres de sa domination ; si bien qu'il hésitait entre deux projets : adoucir les Arabes ou conclure une alliance avec les Parthes[5] ; et, sous le prétexte de fêter son anniversaire, il avait convié, pour ce jour même, à un grand festin, les chefs de ses troupes, les régisseurs de ses campagnes et les principaux de la Galilée[6]★(2).

Il fouilla d'un regard aigu toutes les routes. Elles étaient vides. Des aigles volaient au-dessus de sa tête ; les soldats, le long du rempart, dormaient contre le murs ; rien ne bougeait dans le château.

Tout à coup, une voix lointaine, comme échappée des profondeurs de la terre, fit pâlir le Tétrarque. Il se pencha pour écouter ; elle avait disparu. Elle reprit ; et en claquant dans ses mains, il cria : « Mannaëi ! Mannaëi ! »

Un homme se présenta, nu jusqu'à la ceinture, comme les masseurs des bains. Il était très grand, vieux, décharné, et portait sur la cuisse un coutelas dans une gaine de bronze. Sa chevelure, relevée par un peigne, exagérait la longueur de son front. Une somnolence décolorait ses yeux, mais ses dents brillaient, et ses orteils posaient légèrement sur les dalles, tout son corps ayant la souplesse d'un singe, et sa figure l'impassibilité d'une momie.

« Où est-il ? » demanda le Tétrarque.

Mannaëi répondit, en indiquant avec son pouce un objet derrière eux :

« Là ! toujours !

— J'avais cru l'entendre ! »

Et Antipas, quand il eut respiré largement, s'informa de Iaokanann[7], le même que les Latins appellent saint Jean-

1. *Agrippa :* neveu d'Antipas et frère d'Hérodias. Jaloux de son oncle, il vécut à Rome dans l'entourage de Caïus, le futur Caligula. Ses intrigues en faveur de celui-ci lui valurent d'être emprisonné sur l'ordre de Tibère. Mais cette incarcération est de beaucoup postérieure à la mort de saint Jean-Baptiste. Flaubert a donc commis ici une légère erreur chronologique ; 2. C'est-à-dire : avait voulu son crédit dans l'esprit de Tibère, alors empereur ; 3. *Philippe :* l'un des fils d'Hérode le Grand et premier mari d'Hérodias. Il avait reçu de son père la tétrarchie de la Batanée ; 4. *Batanée :* région du Liban, sur la rive gauche du Jourdain ; 5. Les Parthes avaient envahi la Palestine plusieurs fois. Ils ne devaient être définitivement soumis que par Trajan ; 6. Cette phrase est directement inspirée de l'Évangile (cf. Marc, vi, 21) ; 7. Il avait été arrêté pour avoir dénoncé l'union incestueuse d'Antipas avec Hérodias, qui était à la fois sa nièce et sa belle-sœur (cf. Marc, vi, 18).

Baptiste. Avait-on revu ces deux hommes[1], admis par indulgence, l'autre mois, dans son cachot, et savait-on, depuis lors, ce qu'ils étaient venus faire?

Mannaëi répliqua :

« Ils ont échangé avec lui des paroles mystérieuses, comme les voleurs, le soir, aux carrefours des routes. Ensuite ils sont partis vers la Haute-Galilée, en annonçant qu'ils apporteraient une grande nouvelle. »

Antipas baissa la tête, puis d'un air d'épouvante :

« Garde-le! garde-le! Et ne laisse entrer personne! Ferme bien la porte! Couvre la fosse! On ne doit pas même soupçonner qu'il vit! »

Sans avoir reçu ces ordres, Mannaëi les accomplissait; car Iaokanann était Juif, et il exécrait les Juifs comme tous les Samaritains[2].

Leur temple de Garizim[3], désigné par Moïse pour être le centre d'Israël, n'existait plus depuis le roi Hyrcan[4]; et celui de Jérusalem les mettait dans la fureur d'un outrage, et d'une injustice permanente. Mannaëi s'y était introduit, afin d'en souiller l'autel avec des os de morts. Ses compagnons, moins rapides, avaient été décapités.

Il l'aperçut dans l'écartement de deux collines. Le soleil faisait resplendir ses murailles de marbre blanc et les lames d'or de sa toiture. C'était comme une montagne lumineuse, quelque chose de surhumain, écrasant tout de son opulence et de son orgueil.

Alors il étendit les bras du côté de Sion[5]; et, la taille droite, le visage en arrière, les poings fermés, lui jeta un anathème, croyant que les mots avaient un pouvoir effectif.

Antipas écoutait, sans paraître scandalisé.

Le Samaritain dit encore :

« Par moments il s'agite, il voudrait fuir, il espère une délivrance. D'autres fois, il a l'air tranquille d'une bête malade; ou bien je le vois qui marche dans les ténèbres, en répétant : « Qu'importe? Pour qu'il[6] grandisse, il faut que je diminue[7]! »

---

1. Deux disciples que Jean-Baptiste envoie à Jésus pour lui demander s'il est le messie qu'il a lui-même annoncé (Évangile selon saint Matthieu, XI, 2-15; saint Luc, VII, 18-28); 2. *Samaritains* : peuple de Palestine, au nord de la Judée. Leurs croyances les séparaient des Juifs; 3. *Garizim* : montagne de Palestine. Les Samaritains y avaient édifié un temple rival de celui de Jérusalem; 4. *Hyrcan* : grand-prêtre et roi des Juifs, mis à mort par Hérode. Il avait détruit le temple de Garizim; 5. *Sion* : l'une des quatre collines de Jérusalem; 6. *Il* : le Christ; 7. Cf. Évangile selon saint Jean, III, 30.

Antipas et Mannaëi se regardèrent. Mais le Tétrarque était las de réfléchir.

Tous ces monts autour de lui, comme des étages de grands flots pétrifiés, les gouffres noirs sur le flanc des falaises, l'immensité du ciel bleu, l'éclat violent du jour, la profondeur des abîmes le troublaient; et une désolation l'envahissait au spectacle du désert, qui figure, dans le bouleversement de ses terrains, des amphithéâtres et des palais abattus. Le vent chaud apportait, avec l'odeur du soufre, comme l'exhalaison des villes maudites[1], ensevelies plus bas que le rivage sous les eaux pesantes. Ces marques d'une colère immortelle effrayaient sa pensée; et il restait les deux coudes sur la balustrade, les yeux fixes et les tempes dans les mains*(3). Quelqu'un l'avait touché. Il se retourna. Hérodias était devant lui.

Une simarre[2] de pourpre légère l'enveloppait jusqu'aux sandales. Sortie précipitamment de sa chambre, elle n'avait ni colliers, ni pendants d'oreilles; une tresse de ses cheveux noirs lui tombait sur un bras, et s'enfonçait, par le bout, dans l'intervalle de ses deux seins. Ses narines, trop remontées, palpitaient; la joie d'un triomphe éclairait sa figure; et, d'une voix forte, secouant le Tétrarque:

« César[3] nous aime! Agrippa[4] est en prison!

— Qui te l'a dit?

— Je le sais! »

Elle ajouta :

« C'est pour avoir souhaité l'empire à Caïus[5]! »

Tout en vivant de leurs aumônes, il avait brigué le titre de roi, qu'ils ambitionnaient comme lui. Mais dans l'avenir plus de craintes! « Les cachots de Tibère s'ouvrent difficilement, et quelquefois l'existence n'y est pas sûre! »

Antipas la comprit; et, bien qu'elle fût la sœur d'Agrippa, son intention atroce lui sembla justifiée. Ces meurtres étaient une conséquence des choses, une fatalité des maisons royales. Dans celle d'Hérode, on ne les comptait plus.

Puis elle étala son entreprise : les clients achetés, les

---

1. *Villes maudites* : en particulier Sodome et Gomorrhe, réduites en cendres par le feu du ciel en raison de la dépravation de leurs habitants; 2. *Simarre* : robe longue et traînante; 3. *César* : l'empereur, c'est-à-dire Tibère; 4. *Agrippa.* Cf. p. 85, note 1; 5. *Caïus* : le futur Caligula. Quant à Agrippa, « il souhaitait la mort de Tibère avec si peu de discrétion que l'empereur lui-même en fut informé. Il le fit jeter en prison ». (Édit. Conard.) — En fait, Flaubert a commis ici une erreur chronologique.

lettres découvertes, des espions à toutes les portes, et comment elle était parvenue à séduire Eutychès[1] le dénonciateur. « Rien ne me coûtait! Pour toi, n'ai-je pas fait plus ?... J'ai abandonné ma fille[2]! »

Après son divorce, elle avait laissé dans Rome cette enfant, espérant bien en avoir d'autres du Tétrarque. Jamais elle n'en parlait. Il se demanda pourquoi son accès de tendresse.

On avait déplié le vélarium[3] et apporté vivement de larges coussins auprès d'eux. Hérodias s'y affaissa, et pleurait, en tournant le dos. Puis elle se passa la main sur les paupières, dit qu'elle n'y voulait plus songer, qu'elle se trouvait heureuse; et elle lui rappela leurs causeries là-bas, dans l'atrium[4], les rencontres aux étuves[5], leurs promenades le long de la voie Sacrée[6], et les soirs, dans les grandes villas, au murmure des jets d'eau, sous des arcs de fleurs, devant la campagne romaine. Elle le regardait comme autrefois, en se frôlant contre sa poitrine, avec des gestes câlins. — Il la repoussa. L'amour qu'elle tâchait de ranimer était si loin, maintenant! Et tous ses malheurs en découlaient; car, depuis douze ans bientôt, la guerre continuait. Elle avait vieilli le Tétrarque. Ses épaules se voûtaient dans une toge sombre, à bordure violette; ses cheveux blancs se mêlaient à sa barbe, et le soleil, qui traversait la voile, baignait de lumière son front chagrin. Celui d'Hérodias également avait des plis; et, l'un en face de l'autre, ils se considéraient d'une manière farouche★(4).

Les chemins dans la montagne commencèrent à se peupler. Des pasteurs piquaient des bœufs, des enfants tiraient des ânes, des palefreniers conduisaient des chevaux. Ceux qui descendaient les hauteurs au delà de Machærous disparaissaient derrière le château; d'autres montaient le ravin en face, et, parvenus à la ville, déchargeaient leurs bagages dans les cours. C'étaient les pourvoyeurs du Tétrarque, et des valets, précédant ses convives.

Mais au fond de la terrasse, à gauche, un Essénien parut[7],

---

1. *Eutychès* : affranchi d'Agrippa. C'est lui qui aurait révélé a Tibère les sentiments hostiles que lui vouait son maître; 2. *Ma fille* : Salomé, fille d'Hérode Philippe et d'Hérodias, nièce d'Antipas; 3. *Vélarium*. Cf. p. 83, note 6; 4. *Atrium* : sorte de portique couvert, qui constituait la pièce principale de la maison romaine; 5. *Etuves* : chambres où l'on prenait des bains de vapeur; 6. *Voie Sacrée*. Elle conduisait du Palatin au Capitole. C'est elle que suivaient les triomphateurs; 7. *La voile* : le vélarium; 8. *Essénien*. Les Esséniens étaient une secte juive, établie sur la rive occidentale de la mer Morte. Ils étaient

en robe blanche, nu-pieds, l'air stoïque. Mannaëi, du côté droit, se précipitait en levant son coutelas.

Hérodias lui cria : « Tue-le! »

— Arrête! » dit le Tétrarque.

Il devint immobile; l'autre aussi.

Puis ils se retirèrent, chacun par un escalier différent, à reculons, sans se perdre des yeux.

« Je le connais! » dit Hérodias, « il se nomme Phanuel, et cherche à voir Iaokanann, puisque tu as l'aveuglement de le conserver! »

Antipas objecta qu'il pouvait un jour servir. Ses attaques contre Jérusalem gagnaient à eux le reste des Juifs.

« Non! » reprit-elle, « ils acceptent tous les maîtres, et ne sont pas capables de faire une patrie! » Quant à celui qui remuait le peuple avec des espérances conservées depuis Néhémias[1], la meilleure politique était de le supprimer.

Rien ne pressait, selon le Tétrarque. Iaokanann dangereux! Allons donc! Il affectait d'en rire.

« Tais-toi! » Et elle redit son humiliation, un jour qu'elle allait vers Galaad[2], pour la récolte du baume[3]. Des gens, au bord du fleuve, remettaient leurs habits. Sur un monticule, à côté, un homme parlait. Il avait une peau de chameau autour des reins, et sa tête ressemblait à celle d'un lion. « Dès qu'il m'aperçut, il cracha sur moi toutes les malédictions des prophètes[4]. Ses prunelles flamboyaient; sa voix rugissait; il levait les bras, comme pour arracher le tonnerre. Impossible de fuir! les roues de mon char avaient du sable jusqu'aux essieux; et je m'éloignais lentement, m'abritant sous mon manteau, glacée par ces injures qui tombaient comme une pluie d'orage. »

Iaokanann l'empêchait de vivre. Quand on l'avait pris et lié avec des cordes, les soldats devaient le poignarder s'il résistait; il s'était montré doux. On avait mis des serpents dans sa prison; ils étaient morts.

L'inanité de ces embûches exaspérait Hérodias. D'ailleurs, pourquoi sa guerre contre elle? Quel intérêt le poussait?

d'une moralité exemplaire et mettaient en commun tous leurs biens. Mais ils dépassaient encore les Pharisiens dans leur rigueur à observer la Loi. Iaokanann était un Essénien.

1. *Néhémias* : échanson et favori d'Artaxerxès; il obtint de lui le droit de relever les murs de Jérusalem. En outre, il rétablit la loi de Moïse dans toute sa rigueur; **2.** *Galaad* : contrée de la Palestine, sur la rive gauche du Jourdain; **3.** *Baume* : résine odoriférante, qui coule de certains arbres; **4.** Cf. p. 85, note 7.

Ses discours, criés à des foules, s'étaient répandus, circulaient; elle les entendait partout, ils emplissaient l'air.
Contre des légions elle aurait eu de la bravoure. Mais cette
force plus pernicieuse que les glaives, et qu'on ne pouvait
saisir, était stupéfiante; et elle parcourait la terrasse, blêmie
par sa colère, manquant de mots pour exprimer ce qui
l'étouffait.

Elle songeait aussi que le Tétrarque, cédant à l'opinion,
s'aviserait peut-être de la répudier. Alors tout serait perdu!
Depuis son enfance, elle nourrissait le rêve d'un grand
empire. C'était pour y atteindre que, délaissant son premier
époux, elle s'était jointe à celui-là, qui l'avait dupée, pensait-
elle.

« J'ai pris un bon soutien, en entrant dans ta famille!

— Elle vaut la tienne! » dit simplement le Tétrarque.

Hérodias sentit bouillonner dans ses veines le sang des
prêtres et des rois ses aïeux.

« Mais ton grand-père balayait le temple d'Ascalon[1]! Les
autres étaient bergers, bandits, conducteurs de caravanes,
une horde, tributaire de Juda[2] depuis le roi David[3]! Tous
mes ancêtres ont battu les tiens! Le premier des Makkabi[4]
vous a chassés d'Hébron[5], Hyrcan[6] forcés à vous circoncire! »
Et, exhalant le mépris de la patricienne pour le plébéien,
la haine de Jacob contre Édom[7], elle lui reprocha son indifférence aux outrages, sa mollesse envers les Pharisiens[8] qui le
trahissaient, sa lâcheté pour le peuple qui la détestait.
« Tu es comme lui, avoue-le! et tu regrettes la fille arabe[9]
qui danse autour des pierres. Reprends-la! Va-t'en vivre
avec elle, dans sa maison de toile! dévore son pain cuit
sous la cendre! avale le lait caillé de ses brebis! baise ses
joues bleues! et oublie-moi*(5)! »

Le Tétrarque n'écoutait plus. Il regardait la plate-forme
d'une maison, où il y avait une jeune fille, et une vieille
femme tenant un parasol à manche de roseau, long comme

1. *Ascalon* : une des principales cités des Philistins, située au bord de la
Méditerranée, à 70 kilomètres de Jérusalem ; 2. *Juda* : une des douze tribus
d'Israël ; 3. *David* : successeur de Saül, deuxième roi d'Israël ; 4. *Makkabi*,
ou Macchabées : ce sont les sept frères qui, sous Antiochus Epiphane, subirent
le martyre avec leur mère pour avoir refusé de violer la loi de Moïse ; 5. *Hébron*.
Cf. p. 84, note 1 ; 6. *Hyrcan*. Cf. p. 86, note 4 ; 7. *Edom*. En hébreu, « edom »
signifie « roux ». C'est le surnom donné à Ésaü, frère jumeau de Jacob, à qui
il vendit son droit d'aînesse moyennant un plat de lentilles ; 8. *Pharisiens* :
secte juive, observant très scrupuleusement les lois mosaïques et très attachée
à la tradition. En réalité, leur vertu était surtout ostentatoire ; 9. *La fille arabe* :
cf. p. 84, note 16.

la ligne d'un pêcheur. Au milieu du tapis, un grand panier de voyage restait ouvert. Des ceintures, des voiles, des pendeloques[1] d'orfèvrerie en débordaient confusément. La jeune fille, par intervalles, se penchait vers ces choses, et les secouait à l'air. Elle était vêtue comme les Romaines, d'une tunique calamistrée[2] avec un péplum[3] à glands d'émeraude; et des lanières bleues enfermaient sa chevelure, trop lourde, sans doute, car, de temps à autre, elle y portait la main. L'ombre du parasol se promenait au-dessus d'elle, en la cachant à demi. Antipas aperçut deux ou trois fois son col délicat, l'angle d'un œil, le coin d'une petite bouche. Mais il voyait, des hanches à la nuque, toute sa taille qui s'inclinait pour se redresser d'une manière élastique. Il épiait le retour de ce mouvement, et sa respiration devenait plus forte; des flammes s'allumaient dans ses yeux. Hérodias l'observait★(6).

Il demanda : « Qui est-ce ? »

Elle répondit n'en rien savoir, et s'en alla soudainement apaisée.

Le Tétrarque était attendu sous les portiques par des Galiléens, le maître des écritures, le chef des pâturages, l'administrateur des salines[4] et un Juif de Babylone, commandant ses cavaliers. Tous le saluèrent d'une acclamation. Puis, il disparut vers les chambres intérieures.

Phanuel surgit à l'angle d'un couloir.

« Ah! encore ? Tu viens pour Iaokanann, sans doute ?

— Et pour toi! j'ai à t'apprendre une chose considérable. »

Et, sans quitter Antipas, il pénétra, derrière lui, dans un appartement obscur.

Le jour tombait par un grillage, se développant tout du long sous la corniche. Les murailles étaient peintes d'une couleur grenat, presque noir. Dans le fond s'étalait un lit d'ébène, avec des sangles en peau de bœuf. Un bouclier d'or, au-dessus, luisait comme un soleil.

Antipas traversa toute la salle, se coucha sur le lit.

Phanuel était debout. Il leva son bras, et dans une attitude inspirée :

1. *Pendeloques* : pierreries suspendues à des boucles d'oreilles; 2. *Calamistrée*. L'étoffe de la tunique avait été plissée à l'aide d'un fer chaud (*calamister*, en latin) et formait une multitude de petites ondulations parallèles; 3. *Péplum* : tunique de femme, agrafée de manière à laisser l'épaule et le bras découverts; 4. *Salines* : marais salants. Il s'en trouvait un grand nombre sur les bords de la mer Morte.

« Le Très-Haut envoie par moments un de ses fils. Iaokanann en est un. Si tu l'opprimes, tu seras châtié.

— C'est lui qui me persécute ! » s'écria Antipas. « Il a voulu de moi une action impossible. Depuis ce temps-là il me déchire. Et je n'étais pas dur, au commencement ! Il a même dépêché de Machærous des hommes qui bouleversent mes provinces. Malheur à sa vie ! Puisqu'il m'attaque, je me défends !

— Ses colères ont trop de violence », répliqua Phanuel. « N'importe ! Il faut le délivrer.

— On ne relâche pas les bêtes furieuses ! » dit le Tétrarque.

L'Essénien répondit :

« Ne t'inquiète plus ! Il ira chez les Arabes, les Gaulois, les Scythes[1]. Son œuvre doit s'étendre jusqu'au bout de la terre ! »

Antipas semblait perdu dans une vision.

« Sa puissance est forte !... Malgré moi, je l'aime !

— Alors, qu'il soit libre ? »

Le Tétrarque hocha la tête. Il craignait Hérodias, Mannaëi, et l'inconnu.

Phanuel tâcha de le persuader, en alléguant, pour garantie de ses projets, la soumission des Esséniens aux rois. On respectait ces hommes pauvres, indomptables par les supplices, vêtus de lin, et qui lisaient l'avenir dans les étoiles*(**7**).

Antipas se rappela un mot de lui, tout à l'heure.

« Quelle est cette chose, que tu m'annonçais comme importante ? »

Un nègre survint. Son corps était blanc de poussière. Il râlait et ne put que dire :

« Vitellius !

— Comment ? il arrive ?

— Je l'ai vu. Avant trois heures, il est ici ! »

Les portières des corridors furent agitées comme par le vent. Une rumeur emplit le château, un vacarme de gens qui couraient, de meubles qu'on traînait, d'argenteries s'écroulant ; et, du haut des tours, des buccins[2] sonnaient, pour avertir les esclaves dispersés.

---

1. *Scythes* : ancien peuple barbare du nord-est de l'Europe et du nord-ouest de l'Asie ; **2.** *Buccins* : cornes, trompettes.

II

Les remparts étaient couverts de monde quand Vitellius entra dans la cour. Il s'appuyait sur le bras de son interprète, suivi d'une grande litière rouge ornée de panaches et de miroirs, ayant la toge, le laticlave[1], les brodequins d'un consul et des licteurs[2] autour de sa personne.

Ils plantèrent contre la porte leurs douze faisceaux, des baguettes reliées par une courroie avec une hache dans le milieu. Alors, tous frémirent devant la majesté du peuple romain.

La litière, que huit hommes manœuvraient, s'arrêta. Il en sortit un adolescent , le ventre gros, la face bourgeonnée, des perles le long des doigts. On lui offrit une coupe pleine de vin et d'aromates. Il la but, et en réclama une seconde.

Le Tétrarque était tombé aux genoux du Proconsul, chagrin, disait-il, de n'avoir pas connu plus tôt la faveur de sa présence. Autrement, il eût ordonné sur les routes tout ce qu'il fallait pour les Vitellius[4]. Ils descendaient de la déesse Vitellia[5]. Une voie, menant du Janicule[6] à la mer, portait encore leur nom. Les questures[7], les consulats étaient innombrables dans la famille; et quant à Lucius, maintenant son hôte, on devait le remercier comme vainqueur des Clites[8] et père de ce jeune Aulus[9], qui semblait revenir dans son domaine, puisque l'Orient était la patrie des dieux. Ces hyperboles[10] furent exprimées en latin. Vitellius les accepta impassiblement.

Il répondit que le grand Hérode[11] suffisait à la gloire d'une nation. Les Athéniens lui avaient donné la surintendance[12] des jeux Olympiques. Il avait bâti des temples en l'honneur d'Auguste, été patient, ingénieux, terrible, et fidèle toujours aux Césars.

---

1. *Laticlave :* large bande de pourpre, cousue à la tunique; elle était réservée à l'ordre sénatorial; **2.** *Licteurs :* appariteurs attachés aux magistrats possédant l'imperium. Ils portaient une hache entourée de faisceaux; **3.** C'est Aulus Vitellius, le futur empereur, célèbre par son obésité et sa gourmandise; **4.** Le père et le fils; **5.** *Déesse Vitellia :* déesse purement imaginaire, dont Flaubert a dû trouver la mention dans Suétone; **6.** *Janicule :* une des sept collines de Rome; **7.** Les questeurs étaient des magistrats chargés, à l'origine, de la gestion des deniers publics; **8.** *Clites :* peuple de Cilicie, dont Trebellius, lieutenant de Vitellius, réprima le soulèvement; **9.** *Aulus.* Cf. p. 84, note 18; **10.** *Hyperboles :* louanges excessives; **11.** C'est-à-dire Hérode Antipas, qu'il flatte par ce compliment; **12.** *Surintendance :* haute direction, haute surveillance.

Entre les colonnes à chapiteaux d'airain, on aperçut Hérodias qui s'avançait d'un air d'impératrice, au milieu de femmes et d'eunuques[1] tenant sur des plateaux de vermeil des parfums allumés.

Le Proconsul fit trois pas à sa rencontre; et, l'ayant saluée d'une inclinaison de tête :

« Quel bonheur! » s'écria-t-elle, « que désormais Agrippa, l'ennemi de Tibère, fût dans l'impossibilité de nuire! »

Il ignorait l'événement, elle lui parut dangereuse; et comme Antipas jurait qu'il ferait tout pour l'Empereur, Vitellius ajouta : « Même au détriment des autres ? »

Il avait tiré des otages[2] du roi des Parthes, et l'Empereur n'y songeait plus; car Antipas, présent à la conférence, pour se faire valoir, en avait tout de suite expédié la nouvelle[3]. De là, une haine profonde, et les retards à fournir des secours.

Le Tétrarque balbutia. Mais Aulus dit en riant :

« Calme-toi, je te protège*(8)! »

Le Proconsul feignit de n'avoir pas entendu. La fortune du père dépendait de la souillure du fils; et cette fleur des fanges de Caprée[4] lui procurait des bénéfices tellement considérables, qu'il l'entourait d'égards, tout en se méfiant, parce qu'elle était vénéneuse.

Un tumulte s'éleva sous la porte. On introduisait une file de mules blanches, montées par des personnages en costume de prêtres. C'étaient des Sadducéens[5] et des Pharisiens[6], que la même ambition poussait à Machærous, les premiers voulant obtenir la sacrificature[7], et les autres la conserver. Leurs visages étaient sombres, ceux des Pharisiens surtout, ennemis de Rome et du Tétrarque. Les pans de leur tunique les embarrassaient dans la cohue; et leur tiare[8] chancelait à leur front par-dessus des bandelettes de parchemin, où des écritures étaient tracées.

Presque en même temps, arrivèrent des soldats de l'avant-

---

1. *Eunuques :* gardiens du sérail; 2. Parmi eux figurait le fils même du roi; 3. Vitellius ayant réussi à conclure un traité avec le roi des Parthes Artabane, conformément au désir de Tibère, Hérode en informa l'empereur, de qui il voulait se concilier les bonnes grâces, avant le proconsul lui-même. Celui-ci en conçut un vif ressentiment contre Antipas; 4. Aulus avait été élevé à Caprée, où il avait été associé aux principes religieux et sur la tradition orale, ils étaient en conflit constant avec eux; 6. *Pharisiens.* Cf. p. 90, note 8; 7. *Sacrificature :* fonction de sacrificateur; 8. *Tiare :* coiffure ornementale d'origine perse.

garde. Ils avaient mis leurs boucliers dans des sacs, par précaution contre la poussière; et derrière eux était Marcellus, lieutenant du Proconsul, avec des publicains[1], serrant sous leurs aisselles des tablettes[2] de bois.

Antipas nomma les principaux de son entourage : Tolmaï, Kanthera, Séhon, Ammonius d'Alexandrie, qui lui achetait de l'asphalte[3], Naâmann, capitaine de ses vélites[4], Iaçim le Babylonien.

Vitellius avait remarqué Mannaëi.

« Celui-là, qu'est-ce donc? »

Le Tétrarque fit comprendre, d'un geste, que c'était le bourreau.

Puis, il présenta les Sadducéens.

Jonathas, un petit homme libre d'allures et parlant grec, supplia le maître de les honorer d'une visite à Jérusalem. Il s'y rendrait probablement.

Éléazar, le nez crochu et la barbe longue, réclama pour les Pharisiens le manteau du grand prêtre détenu dans la tour Antonia[5] par l'autorité civile.

Ensuite, les Galiléens dénoncèrent Ponce-Pilate[6]. A l'occasion d'un fou qui cherchait les vases d'or de David dans une caverne, près de Samarie[7], il avait tué des habitants; et tous parlaient à la fois, Mannaëi plus violemment que les autres. Vitellius affirma que les criminels seraient punis.

Des vociférations éclatèrent en face d'un portique, où les soldats avaient suspendu leurs boucliers. Les housses étant défaites, on voyait sur les *umbo* la figure de César. C'était pour les Juifs une idolâtrie. Antipas les harangua, pendant que Vitellius, dans la colonnade, sur un siège élevé, s'étonnait de leur fureur. Tibère avait eu raison d'en exiler quatre cents en Sardaigne. Mais chez eux ils étaient forts; et il commanda de retirer les boucliers.

Alors, ils entourèrent le Proconsul, en implorant des réparations d'injustice, des privilèges, des aumônes. Les vêtements étaient déchirés, on s'écrasait; et, pour faire de

---

1. *Publicains :* fermiers de l'impôt public dans l'État romain; **2.** *Tablettes :* tablettes pour écrire et tenir les comptes; **3.** *Asphalte :* sorte de bitume; **4.** *Vélites :* soldats armés légèrement; **5.** *Tour Antonia.* Cf. p. 84, note 6; **6.** *Ponce Pilate :* gouverneur de Judée, celui-là même qui livrera Jésus à ses juges; **7.** *Samarie :* ville de Palestine, longtemps rivale de Jérusalem. Détruite en 722, elle fut reconstruite par Hérode le Grand; **8.** *Umbo :* bosse du bouclier (terme latin).

la place, des esclaves avec des bâtons frappaient de droite
et de gauche. Les plus voisins de la porte descendirent sur
le sentier, d'autres le montaient; ils refluèrent; deux courants se croisaient dans cette masse d'hommes qui oscillait,
comprimée par l'enceinte des murs*(**9**).

Vitellius demanda pourquoi tant de monde. Antipas en
dit la cause : le festin de son anniversaire; et il montra
plusieurs de ses gens, qui, penchés sur les créneaux, halaient
d'immenses corbeilles de viandes, de fruits, de légumes, des
antilopes et des cigognes, de larges poissons couleur d'azur,
des raisins, des pastèques, des grenades élevées en pyra-
mides. Aulus n'y tint pas. Il se précipita vers les cuisines,
emporté par cette goinfrerie[1] qui devait surprendre l'univers.

En passant près d'un caveau, il aperçut des marmites
pareilles à des cuirasses. Vitellius vint les regarder; et exigea
qu'on lui ouvrît les chambres souterraines de la forteresse.

Elles étaient taillées dans le roc en hautes voûtes, avec
des piliers de distance en distance. La première contenait
de vieilles armures; mais la seconde regorgeait de piques,
et qui allongeaient toutes leurs pointes, émergeant d'un
bouquet de plumes. La troisième semblait tapissée en
nattes[2] de roseaux, tant les flèches minces étaient perpen-
diculairement les unes à côté des autres. Des lames de cime-
terres[3] couvraient les parois de la quatrième. Au milieu
de la cinquième, des rangs de casques faisaient, avec leurs
crêtes, comme un bataillon de serpents rouges. On ne voyait
dans la sixième que des carquois; dans la septième, que des
cnémides[4]; dans la huitième, que des brassards; dans les
suivantes, des fourches, des grappins[5], des échelles, des
cordages, jusqu'à des mâts pour les catapultes[6], jusqu'à des
grelots pour le poitrail des dromadaires! et comme la montagne allait en s'élargissant vers sa base, évidée à l'intérieur
telle qu'une ruche d'abeilles, au-dessous de ces chambres
il y en avait de plus nombreuses, et d'encore plus profondes.

Vitellius, Phinées son interprète, et Sisenna le chef des
publicains[7], les parcouraient à la lumière des flambeaux,
que portaient trois eunuques.

---

1. Cf. p. 93, note 3; **2.** *Nattes* : tissu composé de brins de paille ou de jonc;
3. *Cimeterre* : large sabre recourbé; **4.** *Cnémides* : jambières; **5.** *Grappins* :
sortes de crochets, généralement utilisés pour l'abordage des navires. Ici, il
semble s'agir de grappins de siège; **6.** *Catapulte* : machine de guerre, utilisée
dans l'antiquité pour lancer des pierres ou des traits; **7.** *Publicains*. Cf. p. 95,
note 1.

On distinguait dans l'ombre des choses hideuses inventées par les barbares : casse-têtes garnis de clous, javelots empoisonnant les blessures, tenailles qui ressemblaient à des mâchoires de crocodiles; enfin le Tétrarque possédait dans Machærous des munitions de guerre pour quarante mille hommes.

Il les avait rassemblées en prévision d'une alliance de ses ennemis. Mais le Proconsul pouvait croire, ou dire, que c'était pour combattre les Romains, et il cherchait des explications.

Elles n'étaient pas à lui; beaucoup servaient à se défendre des brigands; d'ailleurs il en fallait contre les Arabes[1]; ou bien, tout cela avait appartenu à son père. Et, au lieu de marcher derrière le Proconsul, il allait devant, à pas rapides. Puis il se rangea le long du mur, qu'il masquait de sa toge, avec ses deux coudes écartés; mais le haut d'une porte dépassait sa tête. Vitellius la remarqua, et voulut savoir ce qu'elle enfermait.

Le Babylonien pouvait seul l'ouvrir.

« Appelle le Babylonien! »

On l'attendit.

Son père était venu des bords de l'Euphrate[2] s'offrir au grand Hérode, avec cinq cents cavaliers, pour défendre les frontières orientales. Après le partage du royaume, Iaçim était demeuré chez Philippe, et maintenant servait Antipas.

Il se présenta, un arc sur l'épaule, un fouet à la main. Des cordons multicolores serraient étroitement ses jambes torses. Ses gros bras sortaient d'une tunique sans manches, et un bonnet de fourrure ombrageait sa mine, dont la barbe était frisée en anneaux.

D'abord, il eut l'air de ne pas comprendre l'interprète. Mais Vitellius lança un coup d'œil à Antipas, qui répéta tout de suite son commandement. Alors Iaçim appliqua ses deux mains contre la porte. Elle glissa dans le mur.

Un souffle d'air chaud s'exhala des ténèbres. Une allée descendait en tournant; ils la prirent et arrivèrent au seuil d'une grotte, plus étendue que les autres souterrains.

Une arcade s'ouvrait au fond sur le précipice, qui de ce côté-là défendait la citadelle. Un chèvrefeuille, se crampon-

---

1. Cf. p. 84, note 16; **2.** *Euphrate* : fleuve d'Asie; Babylone était bâtie sur ses bords.

nant à la voûte, laissait retomber ses fleurs en pleine lumière. A ras du sol, un filet d'eau murmurait.

Des chevaux blancs étaient là, une centaine peut-être, et qui mangeaient de l'orge sur une planche au niveau de leur bouche. Ils avaient tous la crinière peinte en bleu, les sabots dans des mitaines de sparterie[1], et les poils d'entre les oreilles bouffant sur le frontal[2], comme une perruque. Avec leur queue très longue, ils se battaient mollement les jarrets. Le Proconsul en resta muet d'admiration*(10).

C'étaient de merveilleuses bêtes, souples comme des serpents, légères comme des oiseaux. Elles partaient avec la flèche du cavalier, renversaient les hommes en les mordant au ventre, se tiraient de l'embarras des rochers, sautaient par-dessus des abîmes, et pendant tout un jour continuaient dans les plaines leur galop frénétique; un mot les arrêtait. Dès que Iaçim entra, elles vinrent à lui, comme des moutons quand paraît le berger; et, avançant leur encolure, elles le regardaient inquiètes avec leurs yeux d'enfant. Par habitude, il lança du fond de sa gorge un cri rauque qui les mit en gaieté; et elles se cabraient, affamées d'espace, demandant à courir.

Antipas, de peur que Vitellius ne les enlevât, les avait emprisonnées dans cet endroit, spécial pour les animaux, en cas de siège.

« L'écurie est mauvaise », dit le Proconsul, « et tu risques de les perdre! Fais l'inventaire, Sisenna! »

Le publicain retira une tablette de sa ceinture, compta les chevaux et les inscrivit.

Les agents des compagnies fiscales[3] corrompaient les gouverneurs, pour piller les provinces. Celui-là flairait partout, avec sa mâchoire de fouine et ses paupières clignotantes.

Enfin, on remonta dans la cour.

Des rondelles de bronze au milieu des pavés, çà et là, couvraient les citernes. Il en observa une, plus grande que les autres, et qui n'avait pas sous les talons leur sonorité. Il les frappa toutes alternativement, puis hurla, en piétinant :

« Je l'ai! je l'ai! C'est ici le trésor d'Hérode! »

---

1. *Mitaines de sparterie :* sortes de gants, confectionnés à l'aide de graminées appelées « spartes »; **2.** *Frontal :* l'os du front; **3.** Les publicains étaient, en effet, groupés en sociétés tristement célèbres pour la férocité de leurs exactions dans les provinces.

La recherche de ses trésors était une folie des Romains*(11).

Ils n'existaient pas, jura le Tétrarque.

Cependant, qu'y avait-il là-dessous ?

« Rien! un homme, un prisonnier.

— Montre-le! » dit Vitellius.

Le Tétrarque n'obéit pas; les Juifs auraient connu son secret. Sa répugnance à ouvrir la rondelle impatientait Vitellius.

« Enfoncez-la! » cria-t-il aux licteurs[1].

Mannaëi avait deviné ce qui les occupait. Il crut, en voyant une hache, qu'on allait décapiter Iaokanann; et il arrêta le licteur au premier coup sur la plaque, insinua entre elle et les pavés une manière de crochet, puis, roidissant ses longs bras maigres, la souleva doucement, elle s'abattit; tous admirèrent la force de ce vieillard. Sous le couvercle doublé de bois, s'étendait une trappe de même dimension. D'un coup de poing, elle se replia en deux panneaux; on vit alors un trou, une fosse énorme que contournait un escalier sans rampe; et ceux qui se penchèrent sur le bord aperçurent au fond quelque chose de vague et d'effrayant.

Un être humain était couché par terre, sous de longs cheveux se confondant avec les poils de bête qui garnissaient son dos. Il se leva. Son front touchait à une grille horizontalement scellée; et, de temps à autre, il disparaissait dans les profondeurs de son antre.

Le soleil faisait briller la pointe des tiares[2], le pommeau des glaives, chauffait à outrance les dalles; et des colombes, s'envolant des frises, tournoyaient au-dessus de la cour. C'était l'heure où Mannaëi, ordinairement, leur jetait du grain. Il se tenait accroupi devant le Tétrarque, qui était debout près de Vitellius. Les Galiléens, les prêtres, les soldats, formaient un cercle par derrière; tous se taisaient, dans l'angoisse de ce qui allait arriver*(12).

Ce fut d'abord un grand soupir, poussé d'une voix caverneuse.

Hérodias l'entendit à l'autre bout du palais. Vaincue par une fascination, elle traversa la foule; et elle écoutait, une main sur l'épaule de Mannaëi, le corps incliné.

La voix s'éleva :

---

1. *Licteurs.* Cf. p. 93, note 2; 2. *Tiares.* Cf. p. 94, note 8.

« Malheur à vous[1], Pharisiens[2] et Sadducéens[3], race de vipères[4], outres gonflées, cymbales retentissantes ! »

On avait reconnu Iaokanann. Son nom circulait. D'autres accoururent.

« Malheur à toi, ô peuple ! et aux traîtres de Juda[5], aux ivrognes d'Éphraïm[6], à ceux qui habitent la vallée grasse, et que les vapeurs du vin font chanceler !

« Qu'ils se dissipent comme l'eau qui s'écoule, comme la limace qui se fond en marchant, comme l'avorton d'une femme qui ne voit pas le soleil.

« Il faudra, Moab[7], te réfugier dans les cyprès comme les passereaux, dans les cavernes comme les gerboises[8]. Les portes des forteresses seront plus vite brisées que des écailles de noix, les murs crouleront, les villes brûleront ; et le fléau de l'Éternel ne s'arrêtera pas. Il retournera vos membres dans votre sang, comme de la laine dans la cuve d'un teinturier. Il vous déchirera comme une herse neuve ; il répandra sur les montagnes tous les morceaux de votre chair. »

De quel conquérant parlait-il ? Était-ce de Vitellius ? Les Romains seuls pouvaient produire cette extermination. Des plaintes s'échappaient : « Assez ! assez ! qu'il finisse ! »

Il continua, plus haut :

« Auprès du cadavre de leurs mères, les petits enfants se traîneront sur les cendres. On ira, la nuit, chercher son pain à travers les décombres, au hasard des épées. Les chacals s'arracheront des ossements sur les places publiques, où le soir les vieillards causaient. Tes vierges, en avalant leurs pleurs, joueront de la cithare[9] dans les festins de l'étranger, et tes fils les plus braves baisseront leur échine, écorchée par des fardeaux trop lourds ! »

Le peuple revoyait les jours de son exil[10], toutes les catastrophes de son histoire. C'étaient les paroles des anciens prophètes. Iaokanann les envoyait, comme de grands coups, l'une après l'autre.

---

1. Toutes ces malédictions se trouvent chez les « anciens prophètes » : Isaïe, Ezéchiel, Jérémie, par exemple ; **2.** *Pharisiens.* Cf. p. 90, note 8 ; **3.** *Sadducéens.* Cf. p. 94, note 5 ; **4.** Expression directement inspirée de l'Évangile (cf. Matth. III, 7) ; **5.** *Juda.* Cf. p. 90, note 2 ; **6.** *Ephraïm :* une des douze tribus d'Israël. Il y a ici un souvenir d'Isaïe : « Malheur à la couronne superbe des ivrognes d'Éphraïm » (Is. XXVIII, I) ; **7.** *Moab :* peuple arabe à l'est de la mer Morte. Il tirait son origine de Moab, fils de Loth ; **8.** *Gerboise :* rongeur de la taille d'un écureuil ; **9.** *Cithare :* instrument à cordes en honneur dans toute l'antiquité ; **10.** Allusion à la fameuse captivité de Babylone, après la victoire de Nabuchodonosor et la prise de Jérusalem par celui-ci.

Mais la voix se fit douce, harmonieuse, chantante. Il annonçait un affranchissement, des splendeurs au ciel, le nouveau-né un bras dans la caverne du dragon, l'or à la place de l'argile, le désert s'épanouissant comme une rose[1] : « Ce qui maintenant vaut soixante kiccars[2] ne coûtera pas une obole[3]. Des fontaines de lait jailliront des rochers; on s'endormira dans les pressoirs le ventre plein! Quand viendras-tu, toi que j'espère? D'avance, tous les peuples s'agenouillent, et ta domination sera éternelle, Fils de David[4]! »

Le Tétrarque se rejeta en arrière, l'existence d'un Fils de David l'outrageant comme une menace.

Iaokanann l'invectiva[5] pour sa royauté. « Il n'y a pas d'autre roi que l'Éternel! » et pour ses jardins, pour ses statues, pour ses meubles d'ivoire, comme l'impie Achab[6]!

Antipas brisa la cordelette du cachet suspendu à sa poitrine, et le lança dans la fosse, en lui commandant de se taire.

La voix répondit :

« Je crierai comme un ours, comme un âne sauvage, comme une femme qui enfante!

« Le châtiment est déjà dans ton inceste[7]. Dieu t'afflige de la stérilité du mulet! »

Et des rires s'élevèrent, pareils au clapotement des flots.

Vitellius s'obstinait à rester. L'interprète, d'un ton impassible, redisait, dans la langue des Romains, toutes les injures que Iaokanann rugissait dans la sienne. Le Tétrarque et Hérodias étaient forcés de les subir deux fois. Il haletait, pendant qu'elle observait béante[8] le fond du puits.

L'homme effroyable se renversa la tête; et, empoignant les barreaux, y colla son visage qui avait l'air d'une broussaille, où étincelaient deux charbons :

« Ah! c'est toi, Iézabel[9]!

« Tu as pris son cœur avec le craquement de ta chaussure. Tu hennissais comme une cavale. Tu as dressé ta couche sur les monts, pour accomplir tes sacrifices!

« Le Seigneur arrachera tes pendants d'oreilles, tes robes

---

1. Image biblique; **2.** *Kiccar* : monnaie d'or; **3.** *Obole* : menue monnaie; **4.** Allusion à la venue du Christ; **5.** Construction rare. On dit plutôt : invectiver *contre* quelqu'un; **6.** *Achab* : roi d'Israël, qui épousa Jézabel. Il avait fait lapider Naboth, qui avait refusé de lui céder sa vigne. — Iaokanann reprend ici les prophéties d'Élie contre Achab (cf. Livre des Rois, 21); **7.** Inceste double, puisque Hérodias était à la fois la nièce et la belle-sœur d'Antipas; **8.** De curiosité; **9.** *Iézabel* : femme d'Achab.

de pourpre, tes voiles de lin, les anneaux de tes bras, les bagues de tes pieds, et les petits croissants d'or qui tremblent sur ton front, tes miroirs d'argent, tes éventails en plumes d'autruche, les patins[1] de nacre qui haussent ta taille, l'orgueil de tes diamants, les senteurs de tes cheveux, la peinture de tes ongles, tous les artifices de ta mollesse; et les cailloux manqueront pour lapider[2] l'adultère! »

Elle chercha du regard une défense autour d'elle. Les Pharisiens baissaient hypocritement leurs yeux. Les Sadducéens tournaient la tête, craignant d'offenser le Proconsul. Antipas paraissait mourir.

La voix grossissait, se développait, roulait avec des déchirements de tonnerre, et, l'écho dans la montagne la répétant, elle foudroyait Machærous d'éclats multipliés.

« Étale-toi dans la poussière, fille de Babylone! Fais moudre la farine! Ote ta ceinture, détache ton soulier, trousse-toi, passe les fleuves! ta honte sera découverte, ton opprobre sera vu! tes sanglots te briseront les dents! L'Éternel exècre la puanteur de tes crimes! Maudite! maudite! Crève comme une chienne! »

La trappe se ferma, le couvercle se rabattit. Mannaëi voulait étrangler Iaokanann*(**13**).

Hérodias disparut. Les Pharisiens étaient scandalisés. Antipas, au milieu d'eux, se justifiait.

« Sans doute », reprit Éléazar, « il faut épouser la femme de son frère, mais Hérodias n'était pas veuve, et de plus elle avait un enfant, ce qui constituait l'abomination.

— Erreur! erreur! » objecta le Sadducéen Jonathas. « La Loi condamne ces mariages, sans les proscrire absolument.

— N'importe! On est pour moi bien injuste! » disait Antipas. [...]

Aulus, qui venait de dormir, reparut à ce moment-là. Quand il fut instruit de l'affaire, il approuva le Tétrarque. On ne devait point se gêner pour de pareilles sottises; et il riait beaucoup du blâme des prêtres, et de la fureur de Iaokanann.

Hérodias, au milieu du perron, se retourna vers lui.

« Tu as tort, mon maître! Il ordonne au peuple de refuser l'impôt.

---

1. *Patins* : chaussures à semelle épaisse; **2.** *Lapider* : tuer à coups de pierres. C'était, chez les Juifs, le châtiment des femmes adultères.

« — Est-ce vrai ? » demanda tout de suite le Publicain[1].

Les réponses furent généralement affirmatives. Le Tétrarque les renforçait.

Vitellius songea que le prisonnier pouvait s'enfuir ; et comme la conduite d'Antipas lui semblait douteuse, il établit des sentinelles aux portes, le long des murs et dans la cour.

Ensuite, il alla vers son appartement. Les députations des prêtres l'accompagnèrent.

Sans aborder la question de la sacrificature[2], chacune émettait ses griefs.

Tous l'obsédaient[3]. Il les congédia.

Jonathas le quittait, quand il aperçut, dans un créneau, Antipas causant avec un homme à longs cheveux et en robe blanche, un Essénien[4] ; et il regretta de l'avoir soutenu.

Une réflexion avait consolé le Tétrarque. Iaokanann ne dépendait plus de lui ; les Romains s'en chargeaient. Quel soulagement ! Phanuel se promenait alors sur le chemin de ronde.

Il l'appela, et, désignant les soldats :

« Ils sont les plus forts ! je ne peux le délivrer ! ce n'est pas ma faute ! »

La cour était vide. Les esclaves se reposaient. Sur la rougeur du ciel, qui enflammait l'horizon, les moindres objets perpendiculaires se détachaient en noir. Antipas distingua les salines[5] à l'autre bout de la mer Morte, et ne voyait plus les tentes des Arabes. Sans doute ils étaient partis ? La lune se levait ; un apaisement descendait dans son cœur.

Phanuel, accablé, restait le menton sur la poitrine. Enfin, il révéla ce qu'il avait à dire.

Depuis le commencement du mois, il étudiait le ciel avant l'aube, la constellation de Persée[6] se trouvant au zénith[7]. Agalah[8] se montrait à peine, Algol[9] brillait moins, Mira-Cœti[10] avait disparu ; d'où il augurait la mort d'un

1. *Publicain.* Cf. p. 95, note 1 ; 2. *Sacrificature.* Cf. p. 94, note 7 ; 3. *Obséder,* au sens latin : assiéger ; 4. *Essénien.* Cf. p. 88, note 8 ; 5. *Salines.* Cf. p. 91, note 4 ; 6. *Constellation de Persée* : constellation de l'hémisphère boréal, qui contient de nombreuses étoiles, et en particulier Algol ; 7. *Zénith* : point du ciel situé à l'intersection de la sphère céleste et de la verticale élevée du lieu où se trouve l'observateur ; 8. *Agalah* : nom hébreu de la Grande Ourse ; 9. *Algol,* mot arabe signifiant : la goule, le vampire. « C'est la traduction de la tête de Méduse que cette étoile est censée figurer, dans la constellation, sur le bouclier de Persée. » (Note communiquée à Flaubert par F. Baudry) ; 10. *Mira-Cœti* : étoile variable de la constellation de la Baleine.

homme considérable, cette nuit même, dans Machærous.

Lequel ? Vitellius était trop bien entouré. On n'exécuterait pas Iaokanann. « C'est donc moi ! » pensa le Tétrarque.

Peut-être que les Arabes allaient revenir ? Le Proconsul découvrirait ses relations avec les Parthes ! Des sicaires[1] de Jérusalem escortaient les prêtres ; ils avaient sous leurs vêtements des poignards ; et le Tétrarque ne doutait pas de la science de Phanuel.

Il eut l'idée de recourir à Hérodias. Il la haïssait pourtant. Mais elle lui donnerait du courage ; et tous les liens n'étaient pas rompus de l'ensorcellement qu'il avait autrefois subi.

Quand il entra dans sa chambre, du cinnamome[2] fumait sur une vasque de porphyre[3] ; et des poudres, des onguents[4], des étoffes pareilles à des nuages, des broderies plus légères que des plumes, étaient dispersées.

Il ne dit pas la prédiction de Phanuel, ni sa peur des Juifs et des Arabes ; elle l'eût accusé d'être lâche. Il parla seulement des Romains ; Vitellius ne lui avait rien confié de ses projets militaires. Il le supposait ami de Caïus[5], que fréquentait Agrippa[6] ; et il serait envoyé en exil, ou peut-être on l'égorgerait.

Hérodias, avec une indulgence dédaigneuse, tâcha de le rassurer. Enfin, elle tira d'un petit coffre une médaille bizarre, ornée du profil de Tibère. Cela suffisait à faire pâlir les licteurs[7] et fondre les accusations.

Antipas, ému de reconnaissance, lui demanda comment elle l'avait*(**14**).

« On me l'a donnée », reprit-elle.

Sous une portière en face, un bras nu s'avança, un bras jeune, charmant et comme tourné dans l'ivoire par Polyclète[8]. D'une façon un peu gauche, et cependant gracieuse, il ramait dans l'air, pour saisir une tunique oubliée sur une escabelle[9] près de la muraille.

Une vieille femme la passa doucement, en écartant le rideau.

Le Tétrarque eut un souvenir, qu'il ne pouvait préciser.

« Cette esclave est-elle à toi ?

— Que t'importe ? » répondit Hérodias.

---

1. *Sicaires* : assassins à gages ; **2.** *Cinnamome* : plante aromatique qui pousse en Asie ; **3.** *Porphyre* : sorte de marbre ; **4.** *Onguents* : substances aromatiques ; **5.** *Caïus*, Cf. p. 87, note 5 ; **6.** *Agrippa*. Cf. p. 85, note 1 ; **7.** *Licteur*. Cf. p. 93, note 2 ; **8.** *Polyclète* : célèbre sculpteur grec, du ve siècle avant J.-C. ; **8.** *Escabelle* : siège bas, sans bras.

III

Les convives emplissaient la salle du festin.

Elle avait trois nefs, comme une basilique[1], et que séparaient des colonnes en bois d'algumim[2], avec des chapiteaux de bronze couverts de sculptures. Deux galeries à
claire-voie s'appuyaient dessus; et une troisième en filigrane
d'or[3] se bombait au fond, vis-à-vis d'un cintre énorme, qui
s'ouvrait à l'autre bout.

Des candélabres, brûlant sur les tables alignées dans toute
la longueur du vaisseau, faisaient des buissons de feux,
entre les coupes de terre peinte et les plats de cuivre, les
cubes de neige, les monceaux de raisin; mais ces clartés
rouges se perdaient progressivement, à cause de la hauteur
du plafond, et des points lumineux brillaient, comme des
étoiles, la nuit, à travers des branches. Par l'ouverture de la
grande baie, on apercevait des flambeaux sur les terrasses
des maisons; car Antipas fêtait ses amis, son peuple, et
tous ceux qui s'étaient présentés.

Des esclaves, alertes comme des chiens et les orteils dans
des sandales de feutre, circulaient, en portant des plateaux.

La table proconsulaire occupait, sous la tribune dorée,
une estrade en planches de sycomore. Des tapis de Babylone[4] l'enfermaient dans une espèce de pavillon.

Trois lits d'ivoire[5], un en face et deux sur les flancs,
contenaient Vitellius, son fils et Antipas; le Proconsul étant
près de la porte, à gauche, Aulus à droite, le Tétrarque au
milieu.

Il avait un lourd manteau noir, dont la trame disparaissait
sous des applications de couleur, du fard aux pommettes,
la barbe en éventail, et de la poudre d'azur dans ses cheveux,
serrés par un diadème de pierreries. Vitellius gardait son
baudrier de pourpre, qui descendait en diagonale sur une
toge de lin. Aulus s'était fait nouer dans le dos les manches
de sa robe en soie violette, lamée d'argent[6]. Les boudins
de sa chevelure formaient des étages, et un collier de saphirs[7]

1. *Basilique* : édifice, comprenant une nef centrale et deux nefs secondaires,
que les Romains utilisaient comme tribunal, comme bourse de commerce, etc.;
2. *Algumim* : sorte d'acacia; 3. *Filigrane d'or* : tissu ajouré fait de fils d'or et
d'argent entrelacés; 4. Ils comptaient parmi les plus précieux et les plus
recherchés de tout l'Orient; 5. *Lits d'ivoire* : lits pour manger; 6. *Lamée d'argent* :
recouverte de lames d'argent; 7. *Saphir* : pierre précieuse, de couleur bleue.

étincelait à sa poitrine, grasse et blanche comme celle d'une femme. Près de lui, sur une natte et jambes croisées, se tenait un enfant très beau, qui souriait toujours. Il l'avait vu dans les cuisines, ne pouvait plus s'en passer, et, ayant peine à retenir son nom chaldéen, l'appelait simplement : « l'Asiatique ». De temps à autre, il s'étalait sur le triclinium[1]. Alors, ses pieds nus dominaient l'assemblée.

De ce côté-là, il y avait les prêtres et les officiers d'Antipas, des habitants de Jérusalem, les principaux des villes grecques ; et, sous le Proconsul : Marcellus avec les publicains, des amis du Tétrarque, les personnages de Kana[2], Ptolémaïde[3], Jéricho[4] ; puis, pêle-mêle, des montagnards du Liban, et les vieux soldats d'Hérode : douze Thraces, un Gaulois, deux Germains, des chasseurs de gazelles, des pâtres de l'Idumée[5], le sultan de Palmyre[6], des marins d'Éziongaber[7]. Chacun avait devant soi une galette de pâte molle, pour s'essuyer les doigts ; et les bras, s'allongeant comme des cous de vautour, prenaient des olives, des pistaches[8], des amandes. Toutes les figures étaient joyeuses, sous des couronnes de fleurs.

Les Pharisiens les avaient repoussées comme indécence romaine. Ils frissonnèrent quand on les aspergea de galbanum[9] et d'encens, composition réservée aux usages du Temple.

Aulus en frotta son aisselle ; et Antipas lui en promit tout un chargement, avec trois couffes[10] de ce véritable baume[11], qui avait fait convoiter la Palestine à Cléopâtre*(15).

Un capitaine de sa garnison de Tibériade[12], survenu tout à l'heure, s'était placé derrière lui, pour l'entretenir d'événements extraordinaires. Mais son attention était partagée entre le Proconsul et ce qu'on disait aux tables voisines.

On y causait de Iaokanann et des gens de son espèce ; Simon de Gittoï[13] lavait les péchés avec du feu. Un certain Jésus...

---

1. *Triclinium* : lit de table pour trois personnes ; 2. *Kana* : ville de Galilée, où le Christ changea l'eau en vin ; 3. *Ptolémaïde* : ville de Syrie, aujourd'hui Saint-Jean-d'Acre ; 4. *Jéricho*. Cf. p. 84, note 7 ; 5. *Idumée* : pays montagneux, situé au sud de la mer Morte ; 6. *Palmyre* : ville de Syrie, alors florissante, située dans le désert, entre Damas et l'Euphrate ; 7. *Eziongaber* : port sur la mer Rouge ; 8. *Pistache* : fruit ressemblant à l'olive ; 9. *Galbanum* : sorte de résine odoriférante, produite par une ombellifère de Syrie ; 10. *Couffe* : sorte de panier, de cabas ; 11. *Baume*. Cf. p. 89, note 8 ; 12. *Tibériade*, ou Tibérias. Cf. p. 84, note 12 ; 13. *Simon de Gittoï* : plus connu sous le nom de Simon le Magicien ; ce personnage, issu de Gitta, en Samarie, voulait acheter à Jean et à Pierre le pouvoir de donner le Saint-Esprit (cf. Apôtres, VIII, 18 sqq.).

« Le pire de tous », s'écria Éléazar. « Quel infâme bateleur[1]! »

Derrière le Tétrarque, un homme se leva, pâle comme la bordure de sa chlamyde[2]. Il descendit l'estrade, et, interpellant les Pharisiens :

« Mensonge! Jésus fait des miracles! »

Antipas désirait en voir.

« Tu aurais dû l'amener! Renseigne-nous! »

Alors il conta que lui, Jacob, ayant une fille malade, s'était rendu à Capharnaüm[3], pour supplier le Maître de vouloir la guérir. Le Maître avait répondu : « Retourne chez toi, elle est guérie[4]! » Et il l'avait trouvée sur le seuil, étant sortie de sa couche quand le gnomon[5] du palais marquait la troisième heure, l'instant même où il abordait Jésus.

Certainement, objectèrent les Pharisiens, il existait des pratiques, des herbes puissantes! Ici même, à Mach rous, quelquefois on trouvait le baaras[6] qui rend invulnérable; mais guérir sans voir ni toucher était une chose impossible, à moins que Jésus n'employât les démons.

Et les amis d'Antipas, les principaux de la Galilée, reprirent, en hochant la tête :

« Les démons, évidemment. »

Jacob, debout entre leur table et celle des prêtres, se taisait d'une manière hautaine et douce.

Ils le sommaient de parler : « Justifie son pouvoir! »

Il courba les épaules, et à voix basse, lentement, comme effrayé de lui-même :

« Vous ne savez donc pas que c'est le Messie[7]? »

Tous les prêtres se regardèrent; et Vitellius demanda l'explication du mot. Son interprète fut une minute avant de répondre.

Ils appelaient ainsi un libérateur qui leur apporterait la jouissance de tous les biens et la domination de tous les peuples. Quelques-uns même soutenaient qu'il fallait compter sur deux. Le premier serait vaincu par Gog et Magog[8], des démons du Nord; mais l'autre exterminerait

---

1. *Bateleur* : sorte de jongleur, amusant le public par des tours de force ou d'adresse; 2. *Chlamyde* : manteau grec, léger et court, s'agrafant sur l'épaule; 3. *Capharnaüm*. Cf. p. 84, note 9; 4. Miracle directement inspiré de l'Évangile (cf. Matth. VIII et IX); 5. *Gnomon* : instrument marquant les heures par les ombres qu'il projette sur le cadran solaire; 6. *Baaras* : plante du Liban, à laquelle on attribuait des pouvoirs merveilleux; 7. *Messie* : l'envoyé de Dieu, promis aux Juifs par les prophètes; 8. *Gog et Magog*. Ces deux noms, associés depuis le moyen âge, désignent les impies, les ennemis de Dieu.

le Prince du Mal; et, depuis des siècles, ils l'attendaient à chaque minute.

Les prêtres s'étant concertés, Éléazar prit la parole.

D'abord le Messie serait enfant de David, et non d'un charpentier; il confirmerait la Loi. Ce Nazaréen l'attaquait; et, argument plus fort, il devait être précédé de la venue d'Élie[1].

Jacob répliqua :

« Mais il est venu, Élie!

— Élie! Élie! » répéta la foule, jusqu'à l'autre bout de la salle.

Tous, par l'imagination, apercevaient un vieillard sous un vol de corbeaux[2], la foudre allumant un autel[3], des pontifes idolâtres jetés aux torrents[4]; et les femmes, dans les tribunes, songeaient à la veuve de Sarepta[5].

Jacob s'épuisait à redire qu'il le connaissait! Il l'avait vu! et le peuple aussi!

« Son nom? »

Alors, il cria de toutes ses forces :

« Iaokanann! »

Antipas se renversa comme frappé en pleine poitrine. Les Sadducéens avaient bondi sur Jacob. Éléazar pérorait, pour se faire écouter.

Quand le silence fut établi, il drapa son manteau, et comme un juge posa des questions.

« Puisque le prophète est mort... »

Des murmures l'interrompirent. On croyait Élie disparu[6] seulement.

Il s'emporta contre la foule, et, continuant son enquête :

« Tu penses qu'il est ressuscité? »

— Pourquoi pas? » dit Jacob.

Les Sadducéens haussèrent les épaules; Jonathas, écarquillant ses petits yeux, s'efforçait de rire comme un bouffon. Rien de plus sot que la prétention du corps à la vie éternelle;

---

1. *Élie* : prophète juif, vivant au temps d'Achab et de Jézabel. Ses miracles sont rapportés dans le Premier Livre des Rois (XVII, XVIII, XIX); **2.** Allusion à la nourriture miraculeuse d'Élie par des corbeaux; **3.** Élie avait fait élever deux autels : l'un pour les prophètes de Baal, l'autre pour lui-même. Seul le sien fut enflammé par le feu du ciel; **4.** Quatre prophètes de Baal furent jetés au torrent de Kison; **5.** Élie avait miraculeusement multiplié la farine et l'huile pour la pauvresse qui l'avait recueilli, puis avait ressuscité son fils; **6.** Allusion à la disparition mystérieuse du prophète, emporté au ciel sur un char de feu.

et il déclama, pour le Proconsul, ce vers d'un poète contemporain[1] :

Nec crescit, nec post mortem durare videtur[2]★(**16**).

Mais Aulus était penché au bord du triclinium[3], le front en sueur, le visage vert, les poings sur l'estomac.

Les Sadducéens feignirent un grand émoi ; — le lendemain, la sacrificature[4] leur fut rendue —; Antipas étalait du désespoir ; Vitellius demeurait impassible. Ses angoisses étaient pourtant violentes ; avec son fils il perdait sa fortune.

Aulus n'avait pas fini de se faire vomir, qu'il voulut remanger.

« Qu'on me donne de la râpure de marbre, du schiste de Naxos[5], de l'eau de mer, n'importe quoi ! Si je prenais un bain ? »

Il croqua de la neige, puis, ayant balancé entre une terrine de Commagène[6] et des merles roses, se décida pour des courges au miel. L'Asiatique le contemplait, cette faculté d'engloutissement dénotant un être prodigieux et d'une race supérieure★(**17**).

On servit des rognons de taureau, des loirs[7], des rossignols, des hachis dans des feuilles de pampre ; et les prêtres discutaient sur la résurrection. Ammonius[8], élève de Philon le Platonicien[9], les jugeait stupides, et le disait à des Grecs qui se moquaient des oracles. Marcellus et Jacob s'étaient joints. Le premier narrait au second le bonheur qu'il avait ressenti sous le baptême de Mithra[10], et Jacob l'engageait à suivre Jésus. Les vins de palme et de tamaris, ceux de Safet et de Byblos[11], coulaient des amphores[12] dans les cratères[13], des cratères dans les coupes, des coupes dans les gosiers ; on bavardait, les cœurs s'épanchaient. Iaçim, bien que Juif, ne cachait plus son adoration des planètes. Un

1. Lucrèce, mort depuis longtemps déjà ; 2. « Le corps ne grandit ni ne semble subsister après la mort. » (*De natura rerum*, III, 338) ; 3. *Triclinium.* Cf. p. 106, note 1 ; 4. *Sacrificature.* Cf. p. 94, note 7 ; 5. *Naxos :* île grecque, la plus grande des Cyclades ; 6. *Commagène :* région située au nord-est de la Syrie ; 7. *Loir :* petit rongeur qui ressemble à l'écureuil. Les Romains en étaient particulièrement friands ; 8. *Ammonius :* philosophe d'Alexandrie, du IIIe siècle de notre ère, fondateur de l'école néo-platonicienne ; 9. *Philon le Platonicien :* philosophe juif, né vers 20 avant J.-C. Il avait subi l'influence de la philosophie grecque, et tenta de faire une conciliation entre les enseignements de Platon et ceux de la Bible ; 10. *Mithra :* divinité perse, dont le culte se répandit dans l'Empire romain au milieu du Ier siècle après J.-C. ; 11. *Safet et Byblos :* villes de Phénicie ; 12. *Amphores :* grands vases de terre utilisés pour la conservation des vins dans l'Antiquité ; 13. *Cratères :* grands récipients où l'on mélangeait le vin et l'eau.

marchand d'Aphaka[1] ébahissait des nomades, en détaillant les merveilles du temple d'Hiérapolis[2]; et ils demandaient combien coûterait le pèlerinage. D'autres tenaient à leur religion natale. Un Germain presque aveugle chantait un hymne célébrant ce promontoire de la Scandinavie, où les dieux apparaissent avec les rayons de leurs figures; et des gens de Sichem[3] ne mangèrent pas de tourterelles, par déférence pour la colombe Azima[4].

Plusieurs causaient debout, au milieu de la salle; et la vapeur des haleines avec les fumées des candélabres faisait un brouillard dans l'air. Phanuel passa le long des murs. Il venait encore d'étudier le firmament, mais n'avançait pas jusqu'au Tétrarque, redoutant les taches d'huile qui, pour les Esséniens, étaient une grande souillure.

Des coups retentirent contre la porte du château.

On savait maintenant que Iaokanann s'y trouvait détenu. Des hommes avec des torches grimpaient le sentier; une masse noire fourmillait dans le ravin; et ils hurlaient de temps à autre : « Iaokanann! Iaokanann! »

« Il dérange tout! » dit Jonathas.

« On n'aura plus d'argent, s'il continue! » ajoutèrent les Pharisiens.

Et des récriminations partaient :

« Protège-nous!

— Qu'on en finisse!

— Tu abandonnes la religion!

— Impie comme les Hérode!

— Moins que vous! » répliqua Antipas. « C'est mon père qui a édifié votre temple! »

Alors, les Pharisiens, les fils des proscrits, les partisans des Matathias[5], accusèrent le Tétrarque des crimes de sa famille.

Ils avaient des crânes pointus, la barbe hérissée, des mains faibles et méchantes, ou la face camuse, de gros yeux ronds, l'air de bouledogues. Une douzaine, scribes[6] et valets des prêtres, nourris par le rebut des holocaustes[7], s'élancèrent

1. *Aphaka* : ville de Syrie; 2. *Hiérapolis* : ville de Phrygie, sur les bords du Méandre, au nord de Laodicée; 3. *Sichem* : ville de Palestine, située au sud-est de Samarie; 4. « Les Samaritains ont rendu, sur Garizim, les honneurs divins à une colombe, sous le nom d'Achima. C'est une inculpation juive, qui n'est provenue sans doute que d'une fausse *interprétation faite à dessein* » (Strauss, *Vie de Jésus*); 5. *Matathias* et ses fils furent massacrés pour avoir soulevé les Juifs contre la domination grecque en Judée (107 av. J.-C.); 6. *Scribes* : copistes et greffiers; 7. *Holocaustes* : sacrifice où la victime était consumée par le feu.

jusqu'au bas de l'estrade; et avec des couteaux ils menaçaient Antipas, qui les haranguait, pendant que les Sadducéens le défendaient mollement. Il aperçut Mannaëi, et lui fit signe de s'en aller, Vitellius indiquant par sa contenance que ces choses ne le regardaient pas.

Les Pharisiens, restés sur leur triclinium[1], se mirent dans une fureur démoniaque. Ils brisèrent les plats devant eux. On leur avait servi le ragoût chéri de Mécène[2], de l'âne sauvage, une viande immonde.

Aulus les railla à propos de la tête d'âne, qu'ils honoraient, disait-on, et débita d'autres sarcasmes sur leur antipathie du pourceau. C'était sans doute parce que cette grosse bête avait tué leur Bacchus; et ils aimaient trop le vin, puisqu'on avait découvert dans le Temple une vigne d'or.

Les prêtres ne comprenaient pas ses paroles. Phinées, Galiléen d'origine, refusa de les traduire. Alors sa colère fut démesurée, d'autant plus que l'Asiatique, pris de peur, avait disparu; et le repas lui déplaisait, les mets étant vulgaires, point déguisés suffisamment! Il se calma, en voyant des queues de brebis syriennes, qui sont des paquets de graisse.

Le caractère des Juifs semblait hideux à Vitellius. Leur dieu pouvait bien être Moloch[3], dont il avait rencontré des autels sur la route; et les sacrifices d'enfants lui revinrent à l'esprit, avec l'histoire de l'homme qu'ils engraissaient mystérieusement. Son cœur de Latin était soulevé de dégoût par leur intolérance, leur rage iconoclaste[4], leur achoppement de brute[5]. Le Proconsul voulait partir. Aulus s'y refusa★(18).

La robe abaissée jusqu'aux hanches, il gisait derrière un monceau de victuailles, trop repu pour en prendre, mais s'obstinant à ne point les quitter.

L'exaltation du peuple grandit. Ils s'abandonnèrent à des projets d'indépendance. On rappelait la gloire d'Israël. Tous les conquérants avaient été châtiés: Antigone[6], Crassus, Varus...

---

1. *Triclinium.* Cf. p. 106, note 1; 2. *Mécène* : fameux protecteur des lettres et des arts. Sa délicatesse en matière culinaire était également célèbre; 3. *Moloch* : dieu phénicien, à qui l'on faisait des sacrifices d'enfants; 4. *Rage iconoclaste* : fureur à briser les idoles; 5. *Achoppement de brute* : sottise entêtée; 6. *Antigone* : roi des Juifs, détrôné par Hérode le Grand malgré le secours des Parthes. Marc Antoine lui fit trancher la tête; *Crassus* : le triumvir. Assassiné en 53 avant J.-C., lors de l'expédition qu'il avait entreprise contre les Parthes; *Varus* : avant de périr en Germanie sous les coups d'Arminius, il avait réprimé le soulèvement des Juifs.

« Misérables! » dit le Proconsul; car il entendait le syriaque[1]; son interprète ne servait qu'à lui donner du loisir pour répondre.

Antipas, bien vite, tira la médaille de l'Empereur[2], et, l'observant avec tremblement, il la présentait du côté de l'image.

Les panneaux de la tribune d'or se déployèrent tout à coup; et à la splendeur des cierges, entre ses esclaves et des festons d'anémone[3], Hérodias apparut, — coiffée d'une mitre[4] assyrienne qu'une mentonnière attachait à son front; ses cheveux en spirales s'épandaient sur un péplos d'écarlate[5], fendu dans la longueur des manches. Deux monstres en pierre, pareils à ceux du trésor des Atrides[6], se dressant contre la porte, elle ressemblait à Cybèle[7] accotée de ses lions; et du haut de la balustrade qui dominait Antipas, avec une patère[8] à la main, elle cria :

« Longue vie à César! »

Cet hommage fut répété par Vitellius, Antipas et les prêtres.

Mais il arriva du fond de la salle un bourdon-ement de surprise et d'admiration. Une jeune fille venait d'entrer.

Sous un voile bleuâtre lui cachant la poitrine et la tête, on distinguait les arcs de ses yeux, les calcédoines[9] de ses oreilles, la blancheur de sa peau. Un carré de soie gorge-pigeon[10], en couvrant les épaules, tenait aux reins par une ceinture d'orfèvrerie. Ses caleçons noirs étaient semés de mandragores[11], et d'une manière indolente elle faisait claquer de petites pantoufles en duvet de colibri[12].

Sur le haut de l'estrade, elle retira son voile. C'était Hérodias, comme autrefois dans sa jeunesse*(**19**). Puis, elle se mit à danser.

Ses pieds passaient l'un devant l'autre, au rythme de la

---

1. *Le syriaque :* langue araméenne que l'on parlait alors en Syrie; 2. Celle que lui avait donnée Hérodias (cf. *supra*, p. 104); 3. *Festons d'anémone :* guirlande de fleurs, de feuilles et de branches d'anémone entrelacées; 4. *Mitre :* coiffure haute et pointue, en usage chez les anciens Perses; 5. *Péplos d'écarlate :* sorte de tunique, de couleur rouge vif; 6. *Trésor des Atrides.* On avait découvert, en 1876, la fameuse sépulture de Mycènes, appelée le « Trésor des Atrées »; 7. Le culte de la Mère des Dieux avait pris naissance en Phrygie. Mais, dès le IIIe siècle avant notre ère, il s'implanta à Rome. On la représente presque toujours accompagnée de lions; 8. *Patère :* coupe évasée dont on se servait dans les sacrifices; 9. *Calcédoine :* agate d'un blanc laiteux; 10. *Gorge-pigeon :* de couleur aux reflets changeants; 11. *Mandragores :* fleurs multicolores. La mandragore était une plante aux propriétés merveilleuses, et fort employée en sorcellerie; 12. *Colibri :* sorte d'oiseau-mouche.

flûte et d'une paire de crotales[1]. Ses bras arrondis appelaient quelqu'un, qui s'enfuyait toujours. Elle le poursuivait, plus légère qu'un papillon, comme une Psyché curieuse[2], comme une âme vagabonde et semblait prête à s'envoler.

Les sons funèbres de la gingras[3] remplacèrent les crotales. L'accablement avait suivi l'espoir. Ses attitudes exprimaient des soupirs, et toute sa personne une telle langueur qu'on ne savait pas si elle pleurait un dieu, ou se mourait dans sa caresse. Les paupières entre-closes, elle se tordait la taille, balançait son ventre avec des ondulations de houle, faisait trembler ses deux seins, et son visage demeurait immobile, et ses pieds n'arrêtaient pas.

Vitellius la compara à Mnester, le pantomime[4]. Aulus vomissait encore. Le Tétrarque se perdait dans un rêve, et ne songeait plus à Hérodias. Il crut la voir près des Sadducéens. La vision s'éloigna.

Ce n'était pas une vision. Elle avait fait instruire, loin de Machærous, Salomé sa fille, que le Tétrarque aimerait; et l'idée était bonne. Elle en était sûre, maintenant!

Puis, ce fut l'emportement de l'amour qui veut être assouvi. Elle dansa comme les prêtresses des Indes, comme les Nubiennes des cataractes[5], comme les bacchantes de Lydie[6]. Elle se renversait de tous les côtés, pareille à une fleur que la tempête agite. Les brillants de ses oreilles sautaient, l'étoffe de son dos chatoyait; de ses bras, de ses pieds, de ses vêtements jaillissaient d'invisibles étincelles qui enflammaient les hommes. [...]

Ensuite elle tourna autour de la table d'Antipas, frénétiquement, comme le rhombe des sorcières[7]; et d'une voix que des sanglots de volupté entrecoupaient, il lui disait : « Viens! viens! » Elle tournait toujours; les tympanons[8] sonnaient à éclater, la foule hurlait. Mais le Tétrarque criait plus fort : « Viens! viens! Tu auras Capharnaüm[9]! la plaine de Tibérias[10]! mes citadelles! la moitié de mon royaume! »

---

1. *Crotales* : castagnettes dont se servaient les prêtres de Cybèle; **2.** On sait que la curiosité causa la perte de Psyché; **3.** *Gingras* : petite flûte phénicienne; **4.** *Mnester, le pantomime* : l'un des amants de Messaline et favori de Caligula; **5.** Allusion aux danseurs d'Égypte, que Flaubert avait pu voir lors de son voyage dans ce pays; **6.** *Bacchantes de Lydie* : les prêtresses de Bacchus (ou plutôt de Dionysos), possédées du délire sacré. Le culte de Dionysos était né en Lydie, contrée de l'Asie Mineure; **7.** *Le rhombe des sorcières* : sorte de toupie souvent utilisée en sorcellerie; **8.** *Tympanon* : sorte de tambourin. Utilisé surtout par les prêtres de Cybèle; **9.** *Capharnaüm.* Cf. p. 84, note 9; **10.** *Tibérias.* Cf. p. 84, note 12.

Elle se jeta sur les mains, les talons en l'air, parcourut ainsi l'estrade comme un grand scarabée; et s'arrêta, brusquement.

Sa nuque et ses vertèbres faisaient un angle droit. Les fourreaux de couleur qui enveloppaient ses jambes, lui passant par-dessus l'épaule, comme des arcs-en-ciel, accompagnaient sa figure, à une coudée[1] du sol. Ses lèvres étaient peintes, ses sourcils très noirs, ses yeux presque terribles, et des gouttelettes à son front semblaient une vapeur sur du marbre blanc★(**20**).

Elle ne parlait pas. Ils se regardaient.

Un claquement de doigts se fit dans la tribune. Elle y monta, reparut; et, en zézayant un peu, prononça ces mots, d'un air enfantin :

« Je veux que tu me donnes dans un plat, la tête... » Elle avait oublié le nom, mais reprit en souriant : « La tête de Iaokanann ! »

Le Tétrarque s'affaissa sur lui-même, écrasé.

Il était contraint par sa parole, et le peuple attendait. Mais la mort qu'on lui avait prédite[2], en s'appliquant à un autre, peut-être détournerait la sienne? Si Iaokanann était véritablement Élie, il pourrait s'y soustraire; s'il ne l'était pas, le meurtre n'avait plus d'importance.

Mannaëi était à ses côtés, et comprit son intention.

Vitellius le rappela pour lui confier le mot d'ordre, des sentinelles gardant la fosse.

Ce fut un soulagement. Dans une minute, tout serait fini !

Cependant, Mannaëi n'était guère prompt en besogne.

Il rentra, mais bouleversé.

Depuis quarante ans il exerçait la fonction de bourreau. C'était lui qui avait noyé Aristobule[3], étranglé Alexandre, brûlé vif Matathias[4], décapité Zosime[5], Pappus[6], Joseph[7] et Antipater; et il n'osait tuer Iaokanann ! Ses dents claquaient, tout son corps tremblait.

Il avait aperçu devant la fosse le Grand Ange des Sama-

---

1. *A une coudée :* à 50 centimètres environ; **2.** Allusion à la prédiction de Phanuel (cf. p. 103); **3.** *Aristobule, Alexandre, Antipater :* fils d'Hérode le Grand. Ayant conspiré contre leur père, ils furent exécutés sur l'ordre de celui-ci; **4.** *Matathias :* docteur de la loi, qu'Hérode le Grand fit brûler vif avec quarante-deux habitants de Jérusalem; **5.** *Zosime :* commis à la garde de Mariamne, femme d'Hérode le Grand, pendant un voyage de ce dernier, il fut, au retour du roi, accusé d'adultère et exécuté; **6.** *Pappus :* général d'Antigone (cf. p. 111, note 6). Après qu'il eut été battu et tué par les troupes d'Hérode, son cadavre fut décapité; **7.** *Joseph :* oncle et beau-frère d'Hérode le Grand. Celui-ci, obligé de se rendre à Laodicée, lui avait confié sa femme. A son retour, Hérode l'accusa d'adultère et le fit mettre à mort.

ritains[1], tout couvert d'yeux et brandissant un immense glaive, rouge, et dentelé comme une flamme. Deux soldats amenés en témoignage pouvaient le dire.

Ils n'avaient rien vu, sauf un capitaine juif, qui s'était précipité sur eux, et qui n'existait plus.

La fureur d'Hérodias dégorgea en un torrent d'injures populacières et sanglantes. Elle se cassa les ongles au grillage de la tribune, et les deux lions sculptés[2] semblaient mordre ses épaules et rugir comme elle.

Antipas l'imita, les prêtres, les soldats, les Pharisiens, tous réclamant une vengeance, et les autres, indignés qu'on retardât leur plaisir.

Mannaëi sortit, en se cachant la face.

Les convives trouvèrent le temps encore plus long que la première fois. On s'ennuyait.

Tout à coup, un bruit de pas se répercuta dans les couloirs. Le malaise devenait intolérable.

La tête entra; — et Mannaëi la tenait par les cheveux, au bout de son bras, fier des applaudissements.

Quand il l'eut mise sur un plat, il l'offrit à Salomé.

Elle monta lestement dans la tribune; plusieurs minutes après, la tête fut rapportée par cette vieille femme que le Tétrarque avait distinguée le matin sur la plate-forme d'une maison, et tantôt dans la chambre d'Hérodias.

Il se reculait pour ne pas la voir. Vitellius y jeta un regard indifférent.

Mannaëi descendit l'estrade, et l'exhiba aux capitaines romains, puis à tous ceux qui mangeaient de ce côté.

Ils l'examinèrent.

La lame aiguë de l'instrument, glissant du haut en bas, avait entamé la mâchoire. Une convulsion tirait les coins de la bouche. Du sang, caillé déjà, parsemait la barbe. Les paupières closes étaient blêmes comme des coquilles; et les candélabres à l'entour envoyaient des rayons.

Elle arriva à la table des prêtres. Un Pharisien la retourna curieusement; et Mannaëi, l'ayant remise d'aplomb, la posa devant Aulus, qui en fut réveillé. Par l'ouverture de leurs cils, les prunelles mortes et les prunelles éteintes semblaient se dire quelque chose.

---

1. « La croyance aux anges était commune à la plupart des Juifs, sauf aux Sadducéens; ici, il s'agit sans doute d'Azraël, l'ange de la Mort. » (Ed. Maynial); 2. Cf. p. 112.

Ensuite Mannaëi, la présenta à Antipas. Des pleurs coulèrent sur les joues du Tétrarque.

Les flambeaux s'éteignaient. Les convives partirent; et il ne resta plus dans la salle qu'Antipas, les mains contre ses tempes, et regardant toujours la tête coupée, tandis que Phanuel, debout au milieu de la grande nef, murmurait des prières, les bras étendus★(21).

A l'instant où se levait le soleil, deux hommes, expédiés autrefois par Iaokanann, survinrent, avec la réponse si longtemps espérée[1].

Ils la confièrent à Phanuel, qui en eut un ravissement.

Puis il leur montra l'objet lugubre, sur le plateau, entre les débris du festin. Un des hommes lui dit :

« Console-toi! Il est descendu chez les morts annoncer le Christ! »

L'Essénien[2] comprenait maintenant ces paroles : « Pour qu'il croisse, il faut que je diminue[3]. »

Et tous les trois, ayant pris la tête de Iaokanann, s'en allèrent du côté de la Galilée.

Comme elle était très lourde, ils la portaient alternativement★(22).

---

1. Il s'agit des deux hommes dont il a été question page 86 (ligne 1). Voir aussi la note 1 de cette même page; 2. C'est-à-dire Phanuel; 3. Cf. p. 86, note 7.

DOCUMENTATION THÉMATIQUE

réunie par la Rédaction des Nouveaux Classiques Larousse.

1. Du vécu à la création.
2. Du mode narratif dans les *Trois Contes*.

1. DU VÉCU À LA CRÉATION

Dans les extraits suivants de ses *Notes de voyage*, Flaubert évoque la danse de Ruchiouk-Hanem, que l'on comparera avec celle de Salomé (cf. p. 112 et suiv.).

Esneh, mercredi 6 mars 1850. Arrivés à Esneh vers 9 heures du matin.

Pendant que nous déjeunions, une almée maigre et les tempes étroites, les yeux peints d'antimoine et ayant un voile par-dessus la tête, et qu'elle tenait avec ses coudes, est venue causer avec Joseph. Elle était suivie d'un mouton familier, dont la laine était peinte par places en henné jaune, le nez muselé par une bande de velours noir très touffu, les pieds comme ceux d'un mouton factice, et ne quittant pas sa maîtresse.

Nous descendons à terre. La ville comme toutes les autres, en boue sèche.

....

Bambeh nous précède, accompagnée du mouton ; elle pousse une porte et nous entrons dans une maison qui a une petite cour, et en face de la porte, un escalier. Sur l'escalier, en face de nous, la lumière l'entourant et se détachant sur le fond bleu, une femme debout, en pantalon rose, n'ayant autour du torse qu'une gaze d'un violet foncé.

Elle venait de sortir du bain, sa gorge dure sentait frais, quelque chose comme une odeur de térébenthine sucrée ; elle a commencé par nous parfumer les mains avec de l'eau de rose...

....

Ruchiouk-Hanem est une grande et splendide créature, plus blanche qu'une Arabe, elle est de Damas ; sa peau, surtout du corps, est un peu cafetée. Quand elle s'assoit de côté, elle a des bourrelets de bronze sur ses flancs. Ses yeux sont noirs et démesurés, ses sourcils noirs, ses narines fendues, larges épaules, solides, seins abondants, pomme. Elle portait un tarbouch large, garni au sommet d'un disque, bombé en or, au milieu duquel était une petite pierre verte imitant l'émeraude ; le gland bleu de son tarbouch était étalé en éventail, descendait, et lui caressait les épaules ; devant le bord du tarbouch, posée sur les cheveux et allant d'une oreille à l'autre, elle avait une petite branche de fleurs blanches, factices. Ses cheveux noirs frisants, rebelles à la brosse, séparés en bandeaux par une raie sur le front, petites tresses allant se rattacher sur la nuque. Pour bracelet, deux tringlettes d'or tordues ensemble et tournées l'une autour de l'autre. Triple collier en gros grains d'or creux. Boucles d'oreilles :

un disque en or, un peu renflé, ayant sur sa circonférence de petits grains d'or.

....

Ruchiouk-Hanem et Bambeh se mettent à danser. La danse de Ruchiouk est brutale, elle se serre la gorge dans sa veste de manière que ses deux seins découverts sont rapprochés et serrés l'un près de l'autre. Pour danser, elle met, comme ceinture pliée en cravate, un châle brun à raie d'or, avec trois glands suspendus à des rubans. Elle s'enlève tantôt sur un pied, tantôt sur un autre, chose merveilleuse ; un pied restant à terre, l'autre se levant passe devant le tibia de celui-ci, le tout dans un saut léger. J'ai vu cette danse sur des vieux vases grecs.

Bambeh affectionne la danse en ligne droite ; elle va avec un baisser et un remonter d'un seul côté de hanche, sorte de claudication rythmique d'un grand caractère...

Ruchiouk a pris un tarabouk. Elle a, quand elle en joue, une pose superbe : le tarabouk est sur ses genoux, plutôt sur la cuisse gauche ; le bras gauche a le coude baissé, le poignet levé et les doigts, jouant, tombent entre-écartés sur la peau du tarabouk ; la main droite frappe et marque le rythme ; elle se renverse la tête un peu en arrière, gourmée et la taille cambrée...

....

Ruchiouk nous danse l'abeille... Ruchiouk s'est déshabillée en dansant. Quand on est nu, on ne garde plus qu'un fichu avec lequel on fait mine de se cacher et on finit par jeter le fichu ; voilà en quoi consiste l'abeille.

Du reste elle a dansé très peu de temps et n'aime plus à danser cette danse... Enfin, quand après avoir sauté de ce fameux pas, les jambes passant l'une devant l'autre, elle est revenue haletante se coucher sur le coin de son divan, où son corps remuait encore en mesure, on lui a jeté son grand pantalon blanc rayé de rose, dans lequel elle est rentrée jusqu'au cou, et on a dévoilé les deux musiciens.

Quand elle était accroupie, dessin magnifique et tout à fait sculptural de ses rotules.

Autre danse : on met par terre une tasse de café ; elle danse devant, puis tombe sur les genoux et continue à danser du torse, jouant toujours des crotales, en faisant dans l'air une sorte de brasse comme en nageant. Cela continuant toujours, peu à peu la tête se baisse, on arrive jusqu'au bord de la tasse que l'on prend avec les dents, et elle se relève vivement d'un bond.

....

2. DU MODE NARRATIF DANS LES *TROIS CONTES*

Raymonde Debray-Genette, dans la revue *Littérature* (n° 2, mai 1971, © Larousse), étudie cette œuvre de Flaubert dans une perspective moderne. Nous proposons ici la quasi-intégralité de son étude.

[...] Si nous considérons les titres des *Trois Contes,* serait-il aventuré de les mettre en rapport avec le mode narratif de chacun d'eux ?

Primitivement, *Un cœur simple* s'appelait *Histoire d'un cœur simple*[1]. Flaubert a eu ses raisons pour supprimer le mot « histoire », qui peuvent être d'économie. Il ne nous le dit pas. Mais pour nous lecteurs, supprimer ce mot, c'est changer en partie la façon de raconter, pour ainsi dire « désobjectiver » le récit, en affaiblissant le rôle du narrateur. L'accumulation des figures dans ce titre[2] : synecdoque (le cœur pour tout l'être), métonymie (cœur pour courage et/ou bonté), adjectif métaphorique (alliance de cœur et de simple), invite à une lecture plus complexe et moins objective. Ces figures sont à elles seules une façon de voir, un appel à la focalisation[3]. Mais *Un cœur simple* reste une histoire, parfois presque une légende, et c'est sur un fond d'omniscience (mode narratif qu'on pourrait assimiler au mode grammatical de l'indicatif) qu'apparaissent les moments de narration focalisée équivalant au subjonctif[4]. Les équivalences entre mode narratif et mode grammatical ne sont en fait que des métaphores purement descriptives ; cependant plus on étudie les textes de Flaubert, plus on en perçoit, si j'ose dire, la grammaticalité, c'est-à-dire qu'ils forment volontiers des systèmes verbaux, dont l'approche, pour l'instant et pour nous, ne peut se traduire qu'en empruntant abusivement aux linguistes.

Flaubert, en parlant de *La Légende de saint Julien l'Hospi-*

---

1. Lettre à Mme des Genettes, 19 juin 1876 ; 2. Titre emprunté, croyons-nous, au modèle balzacien, la grande Nanon : « D'ailleurs le cœur simple, la tête étroite de Nanon ne pouvaient contenir qu'un sentiment et une idée. » (*Eugénie Grandet*, Ed. Garnier, p. 32.) On se propose, dans un autre travail, d'étudier les rapports entre ce portrait de Nanon et celui de Félicité, particulièrement au chapitre I ; 3. Le terme de *focalisation*, proposé par G. Genette (*Figures II*, pp. 185-191, et séminaire EPHE 1969-1970 sur le discours narratif), remplacera ceux de « point de vue » et de « vision », un peu trop vagues et empiriques. On parlera de *focalisation interne* (« vison avec ») et *externe* (« vison du dehors »), laissant de côté la « vison par-derrière » qui, nous l'expliquerons, est un terme en contradiction avec l'idée d'omniscience ; 4. Cf. par exemple les définitions suivantes : « Le subjonctif ne sert pas, comme l'indicatif, à la constatation d'une vérité objective..., mais à l'expression d'une vérité subjective, d'un fait considéré à travers l'esprit de celui qui parle, ou dont on parle, ou à qui l'on parle » (*Grammaire Larousse*, p. 335) ou encore : « Le subjonctif peut être défini comme le mode au moyen duquel on interprète le procès » (Wagner et Pinchon, p. 318).

talier, écrit souvent pour abréger : « mon *Saint Julien* ». Il l'appelle aussi son « petit conte », mais il maintiendra le terme de « légende » dans le titre, complété par celui d' « Hospitalier ». C'est dire qu'ici le narrateur déclare proprement sa fonction de conteur ; l'instance narrative est du reste avouée par un *je* qui, *in extremis,* assume tout le conte. Mais c'est un *je,* nous y reviendrons, qui n'appelle aucune subjectivité, aucune focalisation (ou presque) : la légende sort tout armée de sa bouche, copiée sur un vitrail, telle ou à peu près (et cet « à peu près » ferait l'objet d'une autre étude) que le livre des saints et le verrier l'ont fixée. Ce n'est plus la personne de Julien, comme celle de Félicité, qui est l'objet du récit, c'est l'homme dans sa fonction de Saint et plus particulièrement d'Hospitalier. *Je* parle comme Dieu, à la place de Dieu. Il sait tout. Rien d'oblique, rien de subjectif, à de rares exceptions près. C'est un récit à l'indicatif. *Hérodias* est plus complexe. Le titre, dans la *Correspondance,* a beaucoup varié. Flaubert parle d'abord de « l'histoire de saint Jean-Baptiste » (fin avril 1876, à Mᵐᵉ R. des Genettes). Quelques jours plus tard : « Je crois que Jeokhanan (traduisez : saint Jean-Baptiste) viendra » (2 mai 1876). Le récit semble donc à ses débuts axé sur saint Jean. « Je ne sors pas des saints », dit Flaubert. En fait, il est intéressé plutôt par Hérode et Hérodias. Il hésite ensuite entre le titre d'*Hérodiade* ou d'*Hérodias* (23 juillet 1876). Puis il retourne à celui de *Décollation de saint Jean-Baptiste* (19 octobre 1876) ; enfin revient à *Hérodias.* Cette variation dans les titres, où l'intérêt se déplace du saint vers les personnages politiques, corrobore ce que d'un autre point de vue disait Thibaudet : « Dans *Hérodias...* une des grandes légendes humaines est ramenée à de l'histoire nue[5]. » Certes, mais c'est de l'histoire ancienne racontée à la façon de Tacite en scènes brèves, intenses ; le récit se mêle de discours indirect libre ; il tend vers une focalisation complexe et variable. Le narrateur historien regarde d'un œil avec ses personnages, de l'autre avec la postérité. Bien plus, l'obliquité et la « triplicité » vont jusqu'à concentrer les deux premiers tiers du récit dans le regard et la pensée d'Hérode, quand le titre nous disait de veiller sur Hérodiade et la légende sacrée d'écouter la voix de Iaokanann. *Hérodias* semble écrit sur un mode oblique[6].

Les trois titres nous paraissent donc, outre leur fonctionnement historique et référentiel, informer le texte qui les

---

5. A. Thibaudet, *Flaubert,* Gallimard, rééd. 1963, p. 197 ; 6. Soit en grec l'optatif oblique, mode subordonné à un discours principal, mais néanmoins libre dans l'emploi de ses temps, au contraire du subjonctif de concordance en latin.

suit, en tout cas former système avec eux, être déjà un mode de présentation et de représentation du texte.

***

Le narrateur peut s'établir, et par là même nous établir, à une plus ou moins grande distance des événements et paroles qu'il veut présenter. Il y a d'infinis degrés entre le résumé le plus sec du type :

> « Il s'engagea dans une troupe d'aventuriers qui passaient. Il connut la faim, la soif, les fièvres et la vermine. »[7]

et la scène suivante, en prise directe :

> « Hérodias lui cria : « Tue-le ! »
> — « Arrête ! » dit le Tétrarque.
> Il devint immobile ; l'autre aussi.
> Puis ils se retirèrent, chacun par un escalier différent, à reculons, sans se perdre des yeux. » (H., p. 97.)

Ce sont ces degrés que Flaubert nous a appris à parcourir. Bien mieux, il a souvent fait oublier l'opposition entre scène et résumé. Il est évidemment difficile de séparer l'étude du mode narratif de celle de la temporalité, car le plus souvent nous n'avons pour définir l'opposition scène/résumé que l'opposition homologue temps de la narration/temps du narré et leur position inversement proportionnelle. Flaubert peut en quelques lignes sauter les années tout en donnant une impression de durée monotone :

> « Des événements intérieurs faisaient une date où l'on se reportait plus tard. Ainsi, en 1825, deux vitriers badigeonnèrent le vestibule ; en 1827, une portion du toit, tombant dans la cour, faillit tuer un homme. L'été de 1828, ce fut à Madame d'offrir le pain bénit... » (C.S., p. 30.)

Inversement il resserre en vingt-quatre heures l'action d'*Hérodias*. Le récit commence à l'aube et se termine à l'aube suivante. Dirons-nous de tout le conte qu'il est une énorme scène ? En un sens oui, ou plutôt c'est un drame en trois actes, monnayés en micro-scènes. Cette « mise en scène » continue oblige Flaubert à insérer les résumés dans les dialogues, les réflexions intérieures, les descriptions, afin de rendre le récit compréhensible. Encore l'est-il peu à pre-

---

7. *Saint Julien*, Ed. Dumesnil, Belles-Lettres, p. 66. L'édition Dumesnil sera notre référence pour les *Trois Contes* et nous indiquerons désormais leur titre par les sigles : C.S. ; S.J. ; H.

mière lecture[8]. De là viennent sa bizarrerie, sa difficulté, mais aussi son originalité.

On rencontre dans *Hérodias* l'extrême résumé au cœur de la scène dramatique. On s'aperçoit ainsi que l'opposition traditionnelle entre scène et résumé est en fait dialectique : l'un est indispensable à l'autre et plus la scène, en tant que procédé, a d'étendue, plus elle a besoin du résumé informatif tout en y répugnant. Elle lui donne ainsi une position de force, contraignante. Le conflit, porté au point le plus haut, ne peut aboutir qu'à des formes nouvelles de récit, comme les dialogues continus de Gertrude Stein ou d'Ivy Compton Burnett.

On considère le résumé comme une économie de scène, inversement la scène comme l'étalement d'un résumé. Or, chez Flaubert, le résumé, dans le style sec qu'il appelle dramatique, peut être lui-même mis en scène par la disposition typographique. En voici un exemple :

> « Ensuite, il (Vitellius) alla vers son appartement. Les députations de prêtres l'accompagnèrent.
>
> Sans aborder la question de la sacrificature, chacune émettait ses griefs.
>
> Tous l'obsédaient. Il les congédia. » (H., p. 116.)

Simultanément jouent les blancs, entre lesquels s'inscrit une durée, les points et parallèlement les sujets des phrases qui forcent l'attention du lecteur à opérer une sorte de rotation parfois panoramique, parfois champ contre champ. On le voit bien dans l'exemple suivant : « Quelqu'un l'[Hérode] avait touché. Il se retourna. Hérodias était devant lui. » (H., p. 95.) Or le modèle historique de telles phrases est pris dans les conteurs et les historiens du xviiie siècle, Voltaire et Montesquieu[9]. C'est ce que Flaubert appelle écrire « d'une manière canaille : phrases courtes et genre dramatique ». Mais la phrase de Montesquieu qu'il admirait : « Les vices d'Alexandre étaient extrêmes comme ses vertus. Il était terrible dans sa colère ; elle le rendait cruel », ne comporte pas le même effet pictural, l'audace de la figure (2e et 3e parties de la phrase : anadiplose) est compensée par le caractère abstrait du vocabulaire. L'emploi d'une telle figure dans un récit permet de résoudre la traditionnelle antinomie du « dit » et du « montré ».

---

8. « Je me suis embarqué dans une petite œuvre qui n'est pas commode, à cause des explications dont le lecteur français a besoin. Faire clair et vif, avec des éléments aussi complexes, offre des difficultés gigantesques. » (Lettre à Tourgueniev, octobre 1876.) ; 9. On trouve même dans *Hérodias* une allusion à *Candide* sous forme de parodie du discours final de Pangloss : ici l'on dispute entre Pharisiens et Sadducéens de l'union d'Hérode et d'Hérodias, cf. p. 115.

La réflexion sur le roman (on constatera qu'il n'existe pas de terme pour désigner le savoir-faire, sinon la science de la technique romanesque) a plus emprunté de termes à la dramaturgie qu'à la théorie de l'épopée. Lubbock parle de « vision scénique », Flaubert de « genre dramatique », mais le transfert des termes ne va pas sans imprécision. Au sens strict, une scène romanesque, comme une scène théâtrale, a pour caractère d'être ponctuelle et toute en paroles. Il y a peu de scènes de ce genre dans les deux premiers contes. *Un cœur simple* présente une particulière économie de dialogues. Il est difficile de trouver dans le texte plus de quatre répliques suivies, encore sont-elles entrecoupées de commentaires et de descriptions. Elles sont volontiers dispersées à travers le texte. Dans *Saint Julien* la parcimonie quantitative des dialogues s'accompagne d'une restriction dans leur localisation. Deux points du récit comportent quelques répliques : au centre, ce qui précède l'assassinat des parents, et à la fin, la scène avec le lépreux ; encore Jésus est-il seul à parler. Julien répond par des actes. Dans ce conte, il arrive à Dieu d'ordonner ; aux fantômes et aux animaux de prédire ; il arrive à la femme et aux parents de Julien d'échanger quelques paroles de reconnaissance, comme pour certifier le drame à venir. Julien, lui, ne prend directement la parole qu'une seule fois (« C'est pour t'obéir ! dit-il (à sa femme), au lever du soleil je serai revenu. » [S. J., p. 71]), parole de mauvaise foi d'où viendra le crime, parole de bonne foi d'où viendra la sainteté. Tout se passe comme si l'on ne pouvait parler qu'un langage inspiré. On comprend que les occurrences en soient rares. Dans ce type de conte (légende religieuse), la parole ne traduit pas les sentiments, elle ne décrit pas ; elle a une fonction oraculaire et dramatique. Bien entendu il ne s'agit ici que du style direct. Ce que pensent et se disent les protagonistes nous est donné au style indirect ou en résumé.

Mais on voit bien alors que le changement de traitement du langage répond à des fonctions narratives différentes. Les conséquences vont loin pour *Un cœur simple* comme pour *Saint Julien*. Ce que l'on ne fait pas dire aux personnages, il faudra le leur faire manifester autrement ; la parole non dite est comme diffusée à travers toutes les autres formes du récit et les envahit. C'est bien une des originalités reconnues de Flaubert et le pourquoi de cette invasion du récit par le discours, laquelle ne se réduit pas au cas typique du discours indirect libre. Autre conséquence. Un personnage de Balzac, c'était pour nous, de façon rudimentaire, un portrait, une histoire (crise, rétrospection sur sa vie, dénouement), des dialogues, parfois durant de longues pages. Un personnage de Flaubert, du moins tel qu'il est traité dans ces deux contes, ne se dresse plus comme une sorte d'être présent, vivant, mimé. Il s'évide, son « être de papier » s'émiette et se dissémine. Son illusion de réalité dépend tout entière des autres procédés du récit. Parallèlement, par exemple, le portrait se morcelle, le plus souvent incomplet, dispersé au long du texte, quand il n'est pas donné après la mort du personnage[10].

Hérodias, au contraire des autres Contes, semble rempli du bruit et de la fureur des paroles directement rapportées. Nous avons dit le caractère théâtral de ce texte, où l'unité de lieu, de temps et d'action commande. Ici le dialogue direct court à travers le récit, bien naturellement puisque c'est un cri, une voix, les imprécations de Iaokanann qui emplissent l'air ; c'est cette voix qu'il faudra couvrir ou faire taire. Pour conjurer son effet, chacun parle. Monde de docteurs, de rhéteurs et de bavards dont le vin échauffe encore la parole. Ceux qui se taisent sont inquiétants et inquiets. On les somme de parler (H., p. 122). Hérode lui-même sera pris au piège de son incontinence verbale et devra ordonner la mort de Jean (« Le Tétrarque s'affaissa sur lui-même, écrasé. Il était contraint par sa parole, et le peuple attendait. » [H., p. 130.]). En somme, dans *Hérodias,* le problème est inverse : si l'on parle beaucoup, comment expliquer, narrer, décrire ? Il faudra insérer le commentaire, la narration, la description dans la parole directe ou indirecte, car la parole indirecte tient autant de place que la directe, et plus aisément, nous le verrons, supplée les autres techniques du récit réduites, ou presque, à quia.

Dans les trois cas, dans ses variations, le traitement de la scène ponctuelle en style direct, fait varier également les autres éléments du récit. Ce qui s'établit alors, ce n'est pas seulement un système de vases communicants où ce qui était refoulé ici resurgit là, mais un système de transformations corrélatives.

Au-delà de ce que l'on définit comme une scène, on trouve des degrés qui conduisent vers l'extrême résumé. Il n'est pas certain qu'on puisse, avec méthode, en faire un inventaire et une classification. Cette classification dépend des différents types de discours employés, c'est-à-dire d'une analyse linguistique où les catégories du type récit/discours, pour utiles qu'elles soient, se trouvent imbriquées les unes dans les autres, lors qu'on a affaire à un texte littéraire. Nous

---

10. Rien n'est dit du physique de Mme Aubain jusqu'à sa mort à l'âge de 72 ans. « On la croyait moins vieille, à cause de ses cheveux bruns, dont les bandeaux entouraient sa figure blême, marquée de la petite vérole » (p. 41).

nous bornerons dans cette esquisse à décrire quelques techniques qu'on peut encore appeler scéniques.

L'emploi du terme « épisode », pour quelque récit que ce soit, épique ou romanesque, n'est pas aussi clair que son emploi dans le domaine théâtral. Voilà en effet un terme emprunté au théâtre grec : l'ἐπεισόδιον désigne l'action, opposée à la partie lyrique, originellement plus importante qu'elle. L'étymologie et l'emploi classique mettent l'accent sur le caractère adventice de l'action[11]. Mais l'emploi moderne, tout en gardant en partie cette idée, ne définit pas les modalités d'écriture. On définit l'épisode par rapport à l'histoire, non par rapport au discours, comme un segment d'action. Dans les *Trois Contes* le meilleur exemple d'épisode, non pas le seul, bien sûr, est celui de l'affrontement de Félicité et du taureau. C'est bien un épisode scénique, dans la mesure où le narrateur essaie de réduire, toutes proportions gardées, l'écart entre le temps du narré et celui de la narration. La place d'un épisode, chez un écrivain aussi soucieux de plan que l'était Flaubert, indique son importance dramatique. La technique flaubertienne, de ce point de vue, est ici plus théâtrale que dans les romans. Par exemple, au chapitre II d'*Un cœur simple*, le temps s'étire inégalement de l'enfance de Félicité aux environs de ses vingt ans. Trois ou quatre scènes singulières sont esquissées sur un fond d'itération, mais la plus développée, celle du taureau, est au centre du chapitre. (Il en est ainsi pour les trois chapitres centraux, le premier et le cinquième ayant d'autres fonctions.) C'est proprement un récit d'actions, presque sans paroles, encore que Félicité n'ait jamais tant donné d'ordres et de conseils en si peu de lignes. Une formule temporelle ouvre le récit scénique (« Un soir d'automne... ») qui se clôt avec netteté (« et la grosse bête, toute surprise, s'arrêta »), tout en renouant avec la continuité narrative (« Cet événement, pendant bien des années, fut un sujet de conversation à Pont-l'Evêque »). En l'occurrence, Flaubert emploie une technique classique, très proche de la narration épique.

D'autres épisodes, moins tranchés, sont plus originaux. Ils mêlent en une page toutes les techniques narratives à la disposition de Flaubert. Ainsi, au début du chapitre II d'*Un cœur simple*, deux scènes résument le roman d'amour de Félicité : la première rencontre avec Théodore à la fête de Colleville, qui renouvelle en quelques lignes le bal à la Vaubyessard et l'éblouissement d'Emma Bovary ; la deuxième rencontre avec Théodore et le premier baiser. Ici doit être ramassée en quelques lignes la conversation amoureuse pré-

---

11. Voir encore Stendhal, à propos de la Fausta : « 32 pages d'épisode, c'est long » (*La Chartreuse de Parme*, exemplaire Chaper).

liminaire, que Flaubert pouvait donner directement dans *Madame Bovary*. Il se sert tantôt du résumé (« Aussitôt il parla des récoltes et des notables de la commune »), tantôt du discours indirect libre (« car son père avait abandonné Colleville pour la ferme des Ecots »), tantôt du discours indirect et des citations (« il l'aborda d'un air tranquille, disant qu'il fallait tout pardonner, puisque c'était *la faute de la boisson* »), tantôt enfin du style direct, mais Flaubert choisit alors les propos les plus inexpressifs (« Ah ! dit-elle », ou bien : « Elle reprit en souriant que c'était mal de se moquer. « Mais non, je vous jure ! », et du bras gauche il lui entoura la taille »). Tous ces propos préparent à l'action : « elle marchait soutenue par son étreinte ; ils se ralentirent ». Le temps de la narration aussi ; il s'immobilise, formant une sorte de stase descriptive, dont la fonction n'est qu'accessoirement poétique ou explicative. Nous vérifions la remarque de Proust, « ce qui était action devient impression » :

> « Le vent était mou, les étoiles brillaient, l'énorme charretée de foin oscillait devant eux ; et les quatre chevaux, en traînant leurs pas, soulevaient de la poussière. »

Il faut d'ores et déjà souligner que les descriptions que nous pourrions appeler proprement narratives ou « descriptions-récits » sont toujours, dans les *Trois Contes,* focalisées, c'est-à-dire faites du point de vue d'un personnage. Les sensations de mollesse, les lumières du ciel, les masses d'ombre, l'étouffement poussiéreux de l'été pénètrent Félicité, grammaticalement absente. L'emploi de l'ellipse narrative est systématisé. L'ellipse est à la technique narrative ce que l'omission est à la rhétorique. C'est à la fois une omission et une litote. Flaubert pratique alors une sorte d'économie dispendieuse ; la description remplace la mention du premier baiser (« Puis, sans commandement, ils [les chevaux] tournèrent à droite. Il l'embrassa encore une fois. Elle disparut dans l'ombre »). Le jeu des divers pronoms est un jeu optique : chaque être se résorbe dans l'ombre, en des points différents, écartés. Bien plus, il en va de l'écart grammatical, comme de l'écart topographique, comme de l'écart psychologique. Chez Flaubert le jeu des pronoms est le jeu même de la différence et de la solitude.

Il arrive que Flaubert ne puisse se déterminer à trancher entre le récit itératif et la scène singulière. Ou plutôt il lui arrive de présenter comme singulière une scène que l'on verrait plus volontiers s'étendre dans le temps et se répéter pour expliquer l'évolution psychologique du personnage. Il s'agit de la curieuse page d'*Un cœur simple*, au début du chapitre III qui enchaîne sur « A partir de Noël, elle mena tous

les jours la petite fille au catéchisme ». Le début est de forme
itérative :

> « Quand elle avait fait à la porte une génuflexion,
> elle s'avançait sous la haute nef entre la double ligne
> des chaises, ouvrait le banc de Mme Aubain, s'as-
> seyait, et promenait ses yeux autour d'elle. »

Ce dernier membre de phrase entraîne, selon le procédé
déjà analysé par A. Granville-Hatcher et précisé par
J. Rousset[12], une description focalisée : non pas l'église tout
entière, mais ce que Félicité voit de son banc. Par le relais
de cette description focalisée, nous voici soudain renvoyés
à la première leçon de catéchisme :

> « Le prêtre fit d'abord un abrégé de l'Histoire Sainte. »

On voit bien que si Flaubert avait juxtaposé directement la
partie itérative et la partie « singulative[13] », le contraste eût
paru abrupt et la position des parties inversée. La technique
de la focalisation, parce qu'elle indique le regard du personnage plutôt que le temps qu'il met à regarder, tout en
transformant une impression en action, une description en
narration (et vice versa), permet les transpositions de tons
ou celles de modes, les modulations, au sens à la fois musical
et narratif des termes. La focalisation peut avoir, nous le
verrons, plusieurs fonctions : elle a ici une fonction modu-
lante. Au reste Flaubert prend bien soin de clore cette scène
en la réintégrant dans l'itératif précédent :

> « Quant aux dogmes, elle n'y comprenait rien. Le
> curé discourait, les enfants récitaient, elle finissait
> par s'endormir. »

Les scènes romanesques, dans les *Trois Contes,* présentent
encore d'autres modalités, mais nous ne saurions ici être
exhaustifs. Il faudrait pourtant, en montrant la variété,
montrer aussi l'économie. Bien des scènes attendues sont
évitées, Flaubert en frustre le lecteur. Elles concernent
essentiellement l'aspect social, par exemple les scènes de la
vie de province, chères à Balzac. Flaubert, dans ses *Contes,*
ne musarde jamais.

* *
*

Pourtant les descriptions pourraient apparaître comme des
temps morts. Mais comme la plupart sont focalisées, elles ne
coupent pas le fil narratif, elles le consolident.
On objectera qu'un bon nombre sont faites par un narrateur

---

12. Cf. Anna Granville-Hatcher : « *Voir* as a modern novelistic device »,
Philological Quaterly, 1944, n° 2, pp. 354-371. — J. Rousset, *Forme et signi-
fication*, Corti, 1963, pp. 109-133 ; 13. Selon la terminologie de G. Genette,
un récit *singulatif* raconte une fois ce qui s'est passé une fois.

en position d'omniscience et qu'on ne saurait parler alors, en termes stricts, de focalisation. Si le narrateur est omniscient, il n'y a pas de point de vue; car c'est par un abus de terme qu'on parle du point de vue de Dieu, en se référant à la phrase de Flaubert : « L'artiste doit être dans son œuvre comme Dieu dans la création, invisible et tout-puissant, qu'on le sente partout, mais qu'on ne le voie pas » (18 mars 1857). De ce que Dieu connaît tous les points de vue, il s'ensuit qu'on ne peut lui en attribuer aucun. C'est donc abusivement qu'on a parlé de « vision par-derrière », selon la terminologie de J. Pouillon. Ce n'est pas « par-derrière » que se place le narrateur omniscient, c'est de toutes parts. C'est du moins la situation idéale du narrateur passe-murailles. Dans la réalité du texte, les choses ne vont pas tout à fait ainsi.

Une description « divine » montrerait simultanément toutes les parties de son objet. Or le texte est une continuité syntagmatique. Voilà donc le narrateur obligé d'étaler dans l'espace du texte ce qu'il voudrait présenter tout uniment. (Il en est de même des actions simultanées dont l'ordre textuel est tel que le « pendant ce temps-là » qui les relie devient un « après que je vous ai raconté », et il n'est pas indifférent de commencer par un épisode ou par un autre; il n'y a pas ici d'absolue réversibilité du texte.) L'étalement syntagmatique n'est pas la seule restriction imposée à quiconque décrit à la façon des romanciers du XIXᵉ siècle. (Les problèmes se posent en d'autres termes pour les romans modernes.) Un examen rapide et superficiel de tel roman de Balzac (soit la description de la maison Grandet ou celle de Mˡˡᵉ Cormon) montre qu'une géométrie dans l'espace s'y dessine tout naturellement. Chez Flaubert, et dans les *Trois Contes*, elle est beaucoup plus subtile et variée. L'œil du narrateur omniscient est beaucoup plus mobile et les mouvements ne sont pas de hasard ou de commodité narrative. Appelons commodité narrative le mouvement qui fait décrire l'extérieur d'une maison de bas en haut, puis l'intérieur de bas en haut, puis on redescend pour retrouver les personnages qu'on vient d'introduire dans le vestibule; c'est le cas dans *La Vieille Fille*.

Chacun des *Trois Contes* commence, à peu de choses près, par une description des lieux. La plus balzacienne est celle de la maison de Mᵐᵉ Aubain. On ne peut guère la dater que par un *terminus ad quem* : la mort de sa propriétaire, après laquelle disparaîtront des objets évoqués[14]. Une ligne pour

---

14. Seule difficulté : « deux couchettes d'enfants sans matelas ». Or les héritiers emporteront les deux couchettes « avec leurs matelas ». Est-ce étourderie de Flaubert ou mauvaise lecture de notre part ?

situer la maison au faîte d'ardoises. L'intérieur est décrit de
bas en haut et dans l'ordre d'entrée dans les pièces. Quand
cet œil s'arrête à la chambre de Félicité sans la décrire, cette
suspension, cette réticence narrative dramatise la description,
l'insère dans la trame de l'action. Le visiteur est un régisseur
narratif. Mais justement nous suivons l'œil du visiteur que
nous croyons être celui du narrateur. Or de brusques citations nous font imaginer qu'il pourrait s'agir à la limite de
la première visite de Félicité (mais les couchettes « sans
matelas » contredisent le jeune âge des enfants) :

> « Au premier étage, il y avait d'abord la chambre
> de « Madame », très grande, tendue d'un papier à
> fleurs pâles, et contenant le portrait de « Monsieur »
> en costume de muscadin. » (C.S., p. 4.)

« Monsieur » et « Madame » sont plutôt du langage de la
servante. On peut objecter qu'un peu avant il était écrit :
« Un vestibule étroit séparait la cuisine de la *salle* où
Mme Aubain se tenait tout le long du jour... » On ne sait à
qui attribuer le vocable de salle : à Félicité ? au bon peuple
normand ? à une sorte d' « archi-visiteur » ? Peu importe en
un sens, le remarquable est que des citations viennent soudain focaliser la description dans un chapitre écrit tout
entier sur le mode de l'omniscience. C'est une restriction de
champ.
Une autre est obtenue par un procédé discursif, non plus
de citations, mais d'emploi du présent qui, outre qu'il introduit l'instance du narrateur, fait converger vers un regard
pour ainsi dire personnel ce qui devrait être décrit en soi :

> « Quand le temps était clair, on s'en allait de
> bonne heure à la ferme de Geffosses.
>   La cour est en pente, la maison dans le milieu ; et
> la mer, au loin, apparaît comme une tache grise. »
> (C.S., p. 10.)

Cette fois-ci la présence du narrateur est ouverte et affirmée.
Il n'est plus Dieu, mais un personnage fantôme parmi les
personnages.
Par rapport à la description de la maison de Mme Aubain,
la géométrie spatiale se complique dans *Saint Julien*[15].
Jamais, sinon dans *Hérodias,* Flaubert n'a tant évité ce que
l'on pourrait appeler l'à-plat du texte descriptif. Pour
décrire le château de Julien, plusieurs mouvements se
combinent. C'est d'abord une plongée en contre-bas des

---

15. Le problème est traité d'un point de vue stylistique dans l'article de
Svend Johansen « Ecriture et fiction dans *Saint Julien* », *Revue romane,*
t. III, fasc. 1, 1968.

quatre tours jusqu'au fond des douves (« pointes », « écailles », « rocs » accrochent en passant); puis un autre élan de la cour centrale vers une série d'enceintes de plus en plus extérieures, avec rappel du premier mouvement (« De longues gouttières, figurant des dragons, la gueule en bas ») : le carré s'inscrit dans des cercles successifs. Enfin un mouvement inverse fait pénétrer à l'intérieur : à partir de là, un certain désordre s'installe dans l'énumération, car les détails biographiques et thématiques l'emportent sur la vision descriptive. Une telle description se veut impersonnelle, non focalisée, comme l'ensemble du conte qui cherche à éviter toute focalisation interne. Le narrateur assume l'impersonnalité dans la mesure où il narre une légende dont les termes ont été fixés par la tradition. Mais il se produit sur le plan de la syntaxe narrative le même effet que sur le plan du discours. De même qu'il n'est pas de récit qui ne porte la marque de l'énonciation narrative, on l'a abondamment montré, de même il n'est guère de technique descriptive qui ne porte la marque d'un point de vue dans son organisation. De ce qu'aucune simultanéité n'est possible dans l'écriture, il s'ensuit qu'il n'y a que des degrés dans la focalisation descriptive. C'est peut-être une des raisons pour lesquelles les descriptions acquièrent facilement une valeur thématique et symbolique.

Un degré est nettement franchi quand la description est faite du point de vue d'un personnage, et non plus seulement du narrateur. C'est le cas non pas dans toutes les descriptions d'*Hérodias*, mais dans celle qui ouvre le conte. Elle est d'autant plus intéressante qu'y sont confrontées deux manières différentes. Les deux premiers paragraphes sont d'un historien et décrivent la configuration de la citadelle de Machae- rous. Les procédés utilisés pour décrire le château de Julien apparaissent encore plus nets : toujours une première vue surplombante (on peut comparer les deux premières phrases : « Le père et la mère de Julien habitaient un châ- teau, au milieu des bois, sur la pente d'une colline », et : « La citadelle de Machaerous se dressait à l'orient de la mer Morte, sur un pic de basalte ayant la forme d'un cône »). Le point fixé, l'œil parcourt systématiquement son objet en tournant autour, cette fois-ci dans un mouvement inverse de celui de *Saint Julien,* depuis les vallées, depuis la ville extérieure (« dans le cercle d'un mur ») en contrebas vers la citadelle (« par un chemin en zigzag ») avec angles, cré- neaux et tours (« qui faisaient comme des fleurons à cette couronne de pierres »), pour plonger soudain à l'intérieur du palais où le mouvement ascendant reprend vers la terrasse et le velarium. Il y a donc un double mouvement concen-

trique centripète et ascendant, exactement inverse de celui
de *Saint Julien,* compliqué d'une vive géométrie des formes :
cercles, angles d'un polygone pyramidal, zébrés de rochers
et de lignes brisées. Le regard du lecteur une fois arrêté sur
la terrasse, Flaubert, par une phrase de transition, fait assumer par Hérode la description qui suit. (« Un matin, avant
le jour, le Tétrarque Hérode-Antipas vint s'y accouder, et
regarda. ») Procédé classique certes, mais que Flaubert
renouvelle de deux façons. La première et la plus simple
consiste à orienter la description : du haut vers le bas, du
plus proche vers le plus lointain ; mais ici le mouvement est
justifié psychologiquement : Hérode scrute au loin le danger
qui le menace (les troupes du roi des Arabes) et le secours
qui n'arrive pas (l'armée romaine). Or, ce mouvement qui
engendre tout le récit se trouve à la fin du conte brusquement inversé. Hérodias apparaît à la tribune de la salle du
festin ; elle domine la table d'Hérode et délègue « du fond
de la salle » Salomé dont la danse, sur le plan horizontal
où se trouve Hérode, assure la passation des pouvoirs d'Hérode à Hérodias et emporte la tête de saint Jean. Cet aspect
médiateur de Salomé est accentué par le fait qu'après avoir
dansé, elle doit remonter auprès d'Hérodias pour prendre
ses ordres, puis redescendre demander la tête du prisonnier.
Salomé, dans son horizontalité, n'est qu'un espace de transition. Cette inversion des mouvements ascendant et descendant à l'intérieur d'un même texte se retrouve identique, et
l'on ne s'en étonnera pas, dans *Salammbô*[16]. Nous rejoignons
ici les études de Georges Poulet ; sur un plan technique,
nous serions amenés à compliquer ou à compléter ses *Méta-
morphoses du cercle :* on voit bien que les structures imagi-
naires qui inclinent un écrivain à construire son espace textuel de façon propre sont indépendantes des obligations
imposées par le sujet. Enfin cette inversion a valeur dramatique et non pas seulement picturale ; le danger guetté
au-dehors et au loin est en fait au cœur de la citadelle, dans
ses prisons souterraines : c'est le prophète enfermé et enfoui,
dont la tête, une fois coupée et sans voix, fera retentir au
loin la parole du Christ, prenant au pied de la lettre le
« pour qu'il grandisse, il faut que je diminue ». Cette tête,
toute métonymique, prendra en sens inverse le chemin de
la Galilée et permettra au message, comme au récit, d'essai-
mer. C'est pourquoi elle est si lourde.

La focalisation permet au regard et à la pensée de se dépla-
cer concurremment. Or Flaubert devait, dans cette descrip-

16. Cf. Jean Rousset, « Position, distance, perspective dans *Salammbô* »,
Poétique, n° 6.

tion initiale, procéder à l'exposition du récit, exposition doublement temporelle : rappel du passé et dramatisation présente. De ce point de vue, la technique est très proche de celle qu'employait le début de *L'Education sentimentale,* mais ici condensée et plus homogène. La marche du temps est marquée par un même brouillard matinal qui se déchire, les formes et les teintes deviennent plus aiguës : « barre », « dôme », « cube », blancheur neigeuse de la plaine aride, lapis-lazuli du lac. Les vingt-quatre heures du drame sont entamées. La focalisation interne assume l'information que le narrateur devrait seul nous donner. Par exemple, le regard d'Hérode part de Jéricho. (« Il songea aux autres villes de sa Galilée : Capharnaüm, Endor, Nazareth, Tibérias où peut-être il ne reviendrait plus. ») Un peu plus loin un discours indirect libre développe ses inquiétudes (« Agrippa, sans doute, l'avait ruiné chez l'Empereur ?... ») C'est dire que Flaubert, par de tels procédés, réintègre le personnage dans un domaine dont il semblait expulsé et fait tomber le reproche stendhalien, repris et justifié par Georges Blin : « S'il est vrai que le réel ne fait l'objet d'une vision qu'en tant qu'il fait l'objet d'une visée, le romancier peut se regarder comme exempté de la description : décrire, c'est le fait d'un idéal témoin, ou d'un homme qui pour un moment se retient de vivre ; quand elle coupe le récit, la description, loin d'aboutir à replacer le personnage dans son milieu, l'expulse donc tout au contraire de son contexte, qui est un contexte d'action ; elle le désintéresse de lui-même et l'oblige en tout arbitraire à entrer dans des fonctions de spectateur professionnel, ou, si l'on préfère, d'auteur délégué[17]. » Le plus souvent, dans les *Contes,* il n'y a plus de hiatus entre le personnage et la description. C'est dire aussi qu'en focalisant la description, Flaubert réintègre la narration, dans la mesure où il réintroduit une diachronie interne et avec elle la dramatisation. C'est pourquoi on ne saurait, comme le fait Lämmert inscrire toute description au nombre des modes intemporels, au même titre que les sentences[18]. Dès Flaubert la description commence à prendre cette fonction narrative envahissante qui est le propre de bien des romans modernes[19].

* * *

« De même que les objets ne prennent leur relief que par la vision des deux yeux, ou que les montagnes creusent

17. G. Blin, *Stendhal et les problèmes du roman,* Corti, 1953, p. 109 ;
18. E. Lämmert, *Bauformen des Erzählens,* Stuttgart, 1968, pp. 87-90 ;
19. J. Ricardou, « La description créatrice : une course contre le sens », *Problèmes du nouveau roman,* Ed. du Seuil, 1967, p. 91.

leurs perspectives quand le voyageur les voit de plusieurs points de vue différents, de même un récit, pour ne point paraître inconsistant, pour arrêter le jugement du lecteur, veut que l'auteur nous présente, à chaque occasion grave, deux ou plusieurs points de vue sur la scène et le héros. C'est par là que le roman, entre autres caractères propres, diffère du conte. Le conte est borgne. Un admirateur de Balzac et de Stendhal s'étonnera de voir que Flaubert, par exemple, n'intervient presque jamais, ne présente les événements que selon les réactions présentes des personnages. Aussi il donne à l'esprit la fatigue, l'éblouissement, la compréhension imparfaite que donnent aux yeux les objets vus de trop près : il fait loucher le jugement du lecteur. *Salammbô*, le chef-d'œuvre du flaubertisme, sinon de Flaubert, est un conte[20]. »

Le conte est borgne, dit Jean Prévost, il fait loucher le jugement du lecteur qui voit de trop près. Il y a, semble-t-il, un paradoxe dans ces propos métaphoriques. Voir de trop près, c'est s'obliger au strabisme, c'est-à-dire faire éclater le point focal auquel on s'était astreint. Cette étonnante divergence de vue (à rapprocher de l'optatif oblique que nous évoquions à propos d'*Hérodias*), émanant d'un unique foyer qui se voudrait l'œil de Dieu (« dont le centre est partout et la circonférence nulle part »), constitue une particularité fondamentale du mode narratif dans les *Trois Contes*. Non pas qu'on ne trouve ailleurs, dans les romans, des éléments d'analyse semblables, mais il y a ici effectivement des contraintes propres à la brièveté du récit, sinon au genre, contraintes dont Flaubert s'est joué, différemment, selon les contes.

Il n'est pas possible de traiter ici en détail cette question du « point de vue » ou de la « vision ». On peut simplement indiquer à grands traits quelques directions. Sur un parti pris effectif d'omniscience d'une part, d'impartialité de l'autre[21] (et nous maintenons le paradoxisme : parti pris d'impartialité), Flaubert opère un certain nombre d'infractions, soit des restrictions (focalisation interne ou externe), soit des extensions de champ, comme toutes les formes d'interventions du narrateur[22]. A vrai dire, on s'apercevra qu'il est difficile de distinguer les effets souvent conjugués de ces deux types d'infractions.

Contrairement à ce que dit Prévost, les interventions, non

---

20. J. Prévost, *La Création chez Stendhal*, Mercure de France, 1951, p. 251 ; **21.** Sur la distinction entre l'impassibilité, l'impersonnalité et l'impartialité qu'elle attribue plus proprement à la technique, cf. M. Bonwit, *Gustave Flaubert et le principe d'impassibilité*, University of California Press, 1950, plus particulièrement pp. 269-285 ; **22.** Mais toute intrusion, dans le cas de l'omniscience, revient à une restriction.

pas de Flaubert, mais du narrateur sont relativement nombreuses, quoique subtiles. Les plus évidentes, en effet, ne sont pas les plus prégnantes et nous avons un bel exemple dans *Saint Julien* de ce que l'emploi du *je* n'est pas un obstacle à la mise à distance et un encouragement à la subjectivité. En effet le conte se termine ainsi :

> « Et voilà l'histoire de saint Julien l'Hospitalier, telle à peu près qu'on la trouve, sur un vitrail d'église, dans mon pays. »

Ce *je,* auparavant implicite, avait été déjà perçu grammaticalement au cours du récit dans des expressions comme « notre père Adam » (S.J., p. 70). Il n'est pas indifférent que ce *je* ne soit franchement déclaré qu'à la fin du récit (et probablement ce fait est-il rare ; nous trouvons un *nous* inversement placé dans *Madame Bovary*). Il traduit un rapport très particulier du conteur à son conte, rapport de postposition, de subordination : la matière est donnée, la seule liberté du *je* est de la rapporter sans trop de commentaires et de variations. *Je* n'est pas une personne, il est une fonction, et bien entendu suppose le *tu*, le *vous* des lecteurs-auditeurs. C'est pourquoi l'on trouve dans *Saint Julien* l'adresse au lecteur (sous forme d'ailleurs voilée) que nous croyons lire dans une phrase comme : « C'est lui, et pas un autre, qui assomma la Guivre... » (p. 67). *Je* est somme toute une instance intermédiaire, si l'on se réfère au reste du conte, entre Dieu et la communauté des pécheurs, une sorte de récitant délégué. Donc il joue comme un *il*[23].
C'est pourquoi, contre toute attente, il y a si peu d'interventions du narrateur dans *Saint Julien,* si peu d'exemples aussi de focalisation interne. Le conteur parle, comme nous l'avions suggéré, au mode indicatif. Bien entendu, on ne peut pas ne pas être sensible à la rupture de ton entre la fin du conte proprement dit (« ... et Julien monta vers les espaces bleus, face à face avec Notre-Seigneur Jésus, qui l'emportait dans le ciel ») et la phrase conclusive déjà citée. Ce n'est pas simplement l'interprète, tel que le définit Platon dans le *Ion,* qui prête sa bouche, c'est l'artiste qui reprend modestement ses droits dans l'expression « telle à peu près ». Tout le travail est un travail de coloration, de « rendu », celui d'un artiste en miniatures ou en vitraux, ou encore d'un chroniqueur. Si bien que les traces de son passage sont à

---

23. On trouve ici la réciproque de la remarque faite par R. Barthes : « Il peut y avoir des récits, ou tout au moins des épisodes, écrits à la troisième personne et dont l'instance véritable est la première personne. » (« Introduction à l'analyse structurale des récits », *Communications,* n° 8, p. 20.)

peine à mettre à son compte, plutôt à celui de la petite et de la grande Histoire.

Les adjectifs évaluatifs, par exemple, qu'on peut le plus souvent rattacher à l'instance narrative personnelle, ne sont pas l'équivalent d'un jugement ; ils sont très souvent des citations : ainsi de « le *bon* seigneur », le « *bon* châtelain », « un vieux moine... lui enseigna à faire sur le velin des peintures *mignonnes* ». Le mot n'est pas tant du narrateur que du *bon* peuple qui est censé l'écouter. Les comparaisons qui pourraient être attribuées à la pensée du narrateur ont, elles aussi, ce parfum moyenâgeux et de circonstances. (« Avec son manteau de brocart et son béguin chargé de perles, il ressemblait à un petit Jésus », p. 55.) Une étude complète de toutes les comparaisons montrerait qu'elles sont sans grande originalité, tributaires des matériaux du récit ; leur plus grande richesse est d'ordre thématique (« l'archer... s'endormait comme un moine » ; « la chapelle était somptueuse comme l'oratoire d'un roi » et surtout l'avalanche des comparaisons finales : « Ses cheveux s'allongèrent comme les rais du soleil ; le souffle de ses narines avait la douceur des roses... une joie surhumaine descendait comme une inondation dans l'âme de Julien pâmé »). Cela revient à dire que l'image qui se forme dans ces points sensibles du récit (comme l'on parle de notes sensibles), où le ton est donné, où une voix se fait entendre, n'est pas celle du narrateur, non plus que celle du personnage central, mais celle de l'auditeur auquel est censé s'adresser le récit. *Saint Julien* est celui des *Trois Contes* qui rappelle le plus le caractère oral primitif de la lecture à haute voix. La focalisation porte sur l'auditeur, non sur le narrateur. Bien entendu cet auditeur n'est pas le lecteur réel, et tout le travail de Flaubert est de les mettre à distance l'un de l'autre, tout en gardant assez de signes de reconnaissance pour que l'un ne devienne pas étranger à l'autre.

Il n'en va pas de même dans les deux autres contes. Nulle part n'apparaît un *je*, mais inversement le *il* laisse deviner différents niveaux de *je*, dont celui du narrateur. Cette présence du narrateur peut être diffuse, insidieuse ou au contraire ouverte. Le degré zéro est signifiant autant que le degré plein. Pour prendre des exemples dans *Un cœur simple* où la présence du narrateur est plus forte que dans *Hérodias*, le degré zéro serait représenté par une phrase comme :

> « Les lattes du toit pourrissaient ; pendant tout un hiver son traversin fut mouillé. Après Pâques, elle cracha du sang » (p. 43).

Certes, grammaticalement, rien n'indique la présence du sujet de l'énonciation, si ce n'est la ponctuation et cette figure qu'est l'asyndète[24]. Qui se refuse aux jonctions causales ou consécutives, signale son refus, donc sa présence. Au reste la ponctuation ne saurait échapper au discours. Le narrateur, par exemple, semble assumer dans *Un cœur simple* la description de la chambre de Félicité comme un narrateur omniscient et impartial. Il énumère les objets qu'on y trouve :

> « puis un arrosoir et un ballon, des cahiers d'écriture, la géographie en estampes, une paire de bottines ; et au clou du miroir, accroché par ses rubans, le petit chapeau de peluche ! » (p. 39).

Le point d'exclamation vaut pour un commentaire. Même exemple, mais plus complexe dans *Hérodias,* car on ne sait si l'exclamation est à attribuer au narrateur ou aux spectateurs. Il s'agit des trésors que contiennent les chambres souterraines de la forteresse :

> « dans les suivantes, des fourches, des grappins, des échelles, des cordages, jusqu'à des mâts pour des catapultes, jusqu'à des grelots pour le poitrail des dromadaires ! » (p. 107).

On voit bien qu'il se produit alors une double focalisation émanant du narrateur et des spectateurs.

La marque du narrateur se fait sentir aussi dans le temps des verbes et, par excellence, dans le présent lié au *je* et au discours, dans la mesure où, comme le fait Benveniste, on oppose discours et récit. Il faut cependant exclure des présents pour ainsi dire atemporels, qui ont plus valeur d'aspect que de temps, ceux qui figurent une vérité générale ou scientifique et constituent un discours de l'histoire sur l'histoire, une sorte de méta-discours historique ; l'émetteur est alors un *je,* qui vaut pour un impersonnel (ainsi dans : « Antipas [...] s'informa de Iaokanann, le même que les Latins appellent saint Jean-Baptiste » (p. 93), ou bien dans : « Il se calma, en voyant des queues de brebis syriennes, qui sont des paquets de graisse » (p. 127) ; ou encore : « Plusieurs s'étonnaient qu'il ne répondît pas au nom de Jacquot, puisque tous les perroquets s'appellent Jacquot » (C.S., p. 31). En latin, ces présents échapperaient à la concordance des temps. C'est la *vox sapientiae* qui parle).

---

24. Même exemple dans *Hérodias,* p. 98 : « Quand on l'[Iaokanann] avait pris et lié avec des cordes, les soldats devaient le poignarder s'il résistait ; il s'était montré doux ; on avait mis des serpents dans sa prison ; ils étaient morts. »

Les exemples suivants sont plus subtils, où science et conscience sont conjuguées; dès lors commencent à se faire entendre, comme une basse continue, la voix et les commentaires du narrateur : « tout son individu lui produisait ce trouble où nous jette le spectacle des hommes extraordinaires ». (C.S., p. 9); « et, avec l'imagination que donnent les vraies tendresses, il lui sembla... » (p. 18). On entre dans le franc commentaire avec une phrase comme : « pour de pareilles âmes, le surnaturel est tout simple » (p. 28). Mais la plus vive présence du narrateur (et l'histoire littéraire, de son côté, nous apprend qu'elle est présence de l'auteur) est celle qu'on trouve dans ce présent déjà signalé par Gérard Genette[25], présent qui signifie pleinement l'ici et le maintenant de celui qui parle. Il est expliqué après coup dans *Un cœur simple* par des phrases comme : « Dans ce temps-là, ils [les bains de mer] n'étaient pas fréquentés » (p. 12). On l'a déjà rencontré dans la phrase « La cour est en pente... », on le retrouve dans « Elle fit un arrangement avec un loueur de voitures, qui la menait au couvent chaque mardi. Il y a dans le jardin une terrasse d'où l'on découvre la Seine » (p. 26). Ici l'afflux du souvenir personnel est si fort que le récit se perd au profit du discours. Il semble que ce soit au souvenir ému du voyageur qu'on doive attribuer les modulations temporelles de la phrase suivante : « Tous ces monts autour de lui [...] le troublaient; et une désolation l'envahissait au spectacle du désert, qui figure, dans le bouleversement de ses terrains, des amphithéâtres et des palais abattus[26]. » (H., p. 95.)

Certaines formes de commentaires et d'interventions du narrateur sont plus brouillées. Il n'y a que des différences de degrés et d'étendue entre un adjectif du type : « elle contracta l'habitude idolâtre de dire ses oraisons agenouillée devant le perroquet » (p. 42) et telle phrase exclamatoire comme « Félicité n'en comprenait pas le motif [...] tant son intelligence était bornée! » (p. 24). L'intervention d'un conditionnel et d'une subordonnée de condition dans une phrase du type : « Elle les (les yeux) baisa plusieurs fois; et n'eût pas éprouvé un immense étonnement si Virginie les eût rouverts » (p. 28), nous conduit au problème difficile des métaphores et comparaisons.

Une métaphore ou une comparaison, ou tel intermédiaire entre ces deux formes, suppose la présence d'un discours

_____

25. G. Genette, « Silences de Flaubert », *Figures*, Seuil, 1966, pp. 223-243; 26. Le travail d'identification de l'auteur au narrateur, voire au personnage, peut se lire dans la *Correspondance* : « Je *vois* (nettement comme je vois la Seine) la surface de la mer Morte scintiller au soleil », écrit Flaubert à Caroline, le 17 août 1876.

particulier, choisi, souvent organisateur du récit. A vrai dire, peut-être faudrait-il étudier toutes les figures à propos du mode narratif, dans la mesure où toute figure (nous l'avons vu pour l'asyndète) signale son émetteur. Si l'on insiste ici sur les comparaisons, c'est qu'elles sont souvent assez développées pour qu'on y voie bien la trace du narrateur ou de tel sujet de focalisation, et qu'elles sont clairement perçues comme un commentaire.

Un certain nombre de comparaisons sont visiblement dues au narrateur, particulièrement lorsqu'elles se trouvent dans des phrases au présent, comme celle déjà citée : « La mer, au loin, apparaît comme une tache grise » (p. 10), ou bien, ce commentaire (entendons, la comparaison), inutile au récit de l'affrontement de Félicité et du taureau : « un brouillard flottait comme une écharpe sur les sinuosités de la Toucques » (p. 11). Il y a relativement peu de comparaisons dans ces trois textes[27]; elles commencent à proliférer au même point, ou à peu près : à la fin, quand l'action atteint sa plus haute intensité dramatique. *Un cœur simple* : « Les mouvements de son cœur se ralentirent un à un, plus vagues, chaque fois plus doux, comme une fontaine s'épuise, comme un écho disparaît. » (p. 47). *Saint Julien* : « Alors le lépreux l'étreignit ; et ses yeux tout à coup prirent une clarté d'étoiles ; ses cheveux s'allongèrent comme les rais du soleil ; le souffle de ses narines avait la douceur des roses... » (p. 87). Dans *Hérodias* le flot est lâché lorsque s'éploie la danse de Salomé : « plus légère qu'un papillon, comme une Psyché curieuse, comme une âme vagabonde [...] Elle dansa comme les prêtresses des Indes, comm les Nubiennes des cataractes, comme les bacchantes de Lydie » (p. 129) et jusqu'à la fin de la danse, c'est une débauche de métaphores qu'on ne trouve pas du tout dans les notes des *Voyages* sur la danse de Ruchiouk-Hânem dont Flaubert se souvient ici, comme si, après s'être contenu tout le long du conte selon ses principes, il s'accordait de commenter et fleurir les moments d'émotion où l'on approche la mort du héros.

D'autres comparaisons, toujours assumées par le narrateur, ont une fonction plus nettement thématique et organisent le récit. Comme plus tard chez Proust, il en est d'origine nettement métonymique. Lorsque Félicité porte son perroquet à Honfleur pour le faire empailler, son chemin la conduit « au sommet d'Ecquemauville » d'où elle aperçoit la mer :

---

27. Demorest, dans *l'Expression figurée et symbolique dans l'œuvre de G. Flaubert*, appendice, table I, marque le pourcentage d'images par page : C.S., 1 pour 100 ; S.J., 2,36 pour 100 ; H., 2,36 pour 100.

> « Alors une faiblesse l'arrêta ; et la misère de son
> enfance, la déception du premier amour, le départ
> de son neveu, la mort de Virginie, *comme les flots*
> *d'une marée,* revinrent à la fois et, lui montant à la
> gorge, l'étouffaient » (p. 38 ; souligné par nous).

Il semble bien que ce soit la proximité de la mer qui ait
appelé la comparaison. En cette occurrence le commentaire
est double : du texte sur Félicité, du texte sur lui-même.
D'autres comparaisons sont si fortement thématiques qu'on
pourrait les considérer comme des sortes d'indications de
régie dont le narrateur ponctuerait son récit. Félicité porte
« un tablier à bavette, comme les infirmières d'hôpital »
(p. 5) ou bien la commode de sa chambre est « couverte
d'un drap comme un autel » (p. 39). Ces mots seront repris
et intégrés à l'action.

A vrai dire, il est souvent difficile de discerner si la comparaison est assumée par le narrateur ou par le personnage,
si donc on a une intrusion du narrateur ou un embryon de
focalisation interne. La chose est d'autant plus fréquente
que les critiques ont relevé la parenté entre les comparaisons
qu'on trouve dans la *Correspondance* et celles qu'on rencontre dans la bouche de personnages. S'il nous est dit :
« Les toits de paille, pareils à du velours brun [...] résistaient
aux plus fortes bourrasques » (p. 13) ou bien « Elle (la mer)
était brillante de soleil, lisse comme un miroir » (p. 14), on
ne sait à qui attribuer, du narrateur ou de la famille
Aubain, ce point de vue. Lorsque Félicité porte un regard
fervent et angoissé sur la cérémonie de la Première
Communion où « le troupeau des vierges portant des couronnes blanches par-dessus leurs voiles abaissés formait
comme un champ de neige » (p. 18), comme la scène est
décrite de son point de vue, rien n'empêche de lui attribuer
cette innocente poésie agricole, mais c'est peut-être le narrateur qui la parodie. Bien souvent la comparaison est faite
du point de vue du spectateur, mais assumée grammaticalement par le narrateur, ou reste dans l'incertitude. Lorsque,
dans *Hérodias,* la troupe des Romains découvre dans leur
grotte d'extraordinaires chevaux blancs : « Le Proconsul
resta muet d'admiration. C'étaient de merveilleuses bêtes,
souples comme des serpents, légères comme des oiseaux »
(p. 109), qui parle alors et commente la description ?

Nous nous retrouvons dès lors dans le problème de la focalisation, non plus seulement lié à celui de la description.
Dans ce procédé, les comparaisons sont le meilleur truche-
ment, et, de façon inattendue, le moins bavard, par lequel
le narrateur entre dans la pensée du personnage et s'incorpore à lui. Le plus court et le plus intéressant exemple est

le passage bien connu où Félicité vient d'apprendre la mort de son neveu. Elle s'assoit, abattue, près de la fenêtre ; des femmes passent, portant leur linge, qui lui rappellent sa lessive.

> « Elle jeta sur la berge un tas de chemises, retroussa ses manches, prit son battoir ; et les coups forts qu'elle donnait s'entendaient dans les autres jardins à côté » (p. 26).

Ces coups valent des cris si l'on met en face de ce texte celui d'*Hérodias* :

> « C'étaient les paroles des anciens prophètes. Iaokanann les envoyait, comme de grands coups, l'une après l'autre » (p. 113).

Mais surtout :

> « Les prairies étaient vides, le vent agitait la rivière ; au fond, de grandes herbes s'y penchaient, comme des chevelures de cadavres flottant dans l'eau. »

Flaubert avait écrit : « Le ciel avait une couleur toute blanche. » Il l'effaça, et nous sommes induits à penser qu'il a voulu rendre homogène la focalisation. Félicité, le nez baissé au ras du sol et de l'eau, ne lève jamais la tête et ne voit pas le ciel. La description se substitue au commentaire psychologique. De la pensée de Félicité, nous n'avons que ces « chevelures de cadavres » qui, par métaphore métonymique, désignent le cadavre du matelot Victor, son neveu. Flaubert a donné une extension considérable à la focalisation interne. Entendons par là ce que dit J. Pouillon de la « vision avec » : « partager avec le personnage la vision qu'il a des autres » (être ou objet). « Il [le personnage] est vu, dit encore Pouillon, non dans son intériorité, car il faudrait que nous en sortions alors que nous nous y absorbons, mais dans l'image qu'il se fait des autres, en quelque sorte en transparence de cette image. En somme, nous le saisissons comme nous nous saisissons nous-mêmes dans notre conscience immédiate des choses, de nos attitudes à l'égard de ce qui nous entoure et non en nous-mêmes[28]. » C'est pourquoi les points où la focalisation est intense sont ceux où le regard (physique ou intellectuel) s'attache aux objets ou aux êtres, généralement dans les moments d'émotion. La focalisation vaut pour un commentaire de cette émotion. Deux ou trois grands moments dans la vie de Félicité sont traités selon ce procédé. L'épisode déjà cité du premier

---

28. J. Pouillon, *Temps et roman*, Gallimard, 1964, p. 79.

rendez-vous, l'épisode du catéchisme, qui contient à peu près tous les effets qu'entraîne la focalisation, à partir de « et promenait ses yeux autour d'elle » (p. 17). Le regard de la femme assise se porte à droite, à gauche, devant elle, détaillant vitraux et statues. Le curé trace en abrégé l'Histoire Sainte. Dès lors le récit est semé des visions de Félicité, de plus en plus instantes, au point qu'on passe au discours indirect libre et enfin au monologue intérieur qui traduisent l'exaltation exceptionnelle de sa pensée. Dans ces moments, Félicité est souvent animée d'un besoin d'identification qui la fait sortir hors d'elle-même, vers l'objet ou la personne qui la fascinent. C'est bien là qu'on ne peut distinguer une technique et son effet de représentation. La focalisation interne, par la définition même qu'en donne Pouillon, implique un appel vers l'extérieur, hors du point focal. On la trouve, dans *Un cœur simple,* dans tous les moments où Félicité communique, de façon muette, avec autrui. La Première Communion de Virginie est décrite de la place où se trouve Félicité :

> « Quand ce fut le tour de Virginie, Félicité se pencha pour la voir ; et avec l'imagination que donnent les vraies tendresses, il lui sembla qu'elle était elle-même cette enfant ; sa figure devenait la sienne, sa robe l'habillait, son cœur lui battait dans la poitrine ; au moment d'ouvrir la bouche, en fermant les paupières, elle manqua s'évanouir » (p. 18).

De même dans la longue scène finale où Félicité, mourante, assiste de son lit, en pensée, à la procession de la Fête-Dieu qui s'avance vers sa maison. (« En songeant à la procession, elle la voyait, comme si elle l'eût suivie » [p. 45].) Jean Rousset a bien montré le rôle des fenêtres dans ce type de focalisation. Elles sont tantôt textuellement présentes, tantôt symboliques. En l'occurrence, lorsque la procession est encore lointaine, Félicité la reconstitue mentalement, selon son ordre traditionnel. La deuxième station est marquée par un bruit de fusillade qui parvient aux oreilles de Félicité, pourtant sourde. A la troisième station, « le clergé parut dans la cour. La Simonne grimpa sur une chaise pour atteindre à l'œil-de-bœuf ». Ici la focalisation est variable et la voisine prend le relais de l'imagination de Félicité. C'est qu'à ce moment les détails d'ornementation sont trop singuliers, trop propres à cette cérémonie-là pour que Félicité puisse en assumer la description. Le relais se fait de la Simonne à Félicité par l'odorat : « Une vapeur d'azur monta dans la chambre de Félicité. Elle avança les narines en la humant avec une sensualité mystique, puis ferma les paupières. » A ce point le mouvement qui portait Félicité hors d'elle-même vers le Saint-Sacrement s'inverse et elle incorpore, pour ainsi dire, en elle-même la divinité par cette aspiration d'une sensualité toute bovaryenne. Le mouvement d'identification a trouvé son but. Dès lors le narrateur reprend ses distances à l'égard du personnage.

Dans *Saint Julien* on retrouve de nouvelles variantes des fenêtres. Il y a peu de focalisation interne proprement dite, puisque le récit est conté sur un mode qui s'y prête mal. Pourtant dans un moment où l'action se ralentit, lorsque Julien, comme prisonnier de son palais de marbre blanc et de sa jolie femme, rêve d'activité : « vêtu de pourpre, il restait accoudé à l'embrasure d'une fenêtre, en se rappelant ses chasses d'autrefois ; et il aurait voulu courir sur le désert après les gazelles... » (p. 69). Au paragraphe suivant, on nous raconte ses rêves. L'équivalent de la fenêtre (souvent haute), c'est tout aussi souvent, comme dans *Madame Bovary,* le sommet d'une côte. Ce trait se retrouve dans *Un cœur simple,* toujours lié à des émotions (lorsque Félicité court dire au revoir à son neveu en partance, lorsqu'elle s'arrête dans sa course folle et revoit sa vie), mais aussi dans *Saint Julien,* quand Julien mendiant erre à travers le monde, coupé d'autrui, avide pourtant de chaleur humaine (« Quelquefois au tournant d'une côte, il voyait sous ses yeux une confusion de toits pressés, avec des flèches de pierre, des ponts, des tours, des rues noires s'entrecroisant, et d'où montait jusqu'à lui un bourdonnement continuel. Le besoin de se mêler à l'existence des autres le faisait descendre vers la ville » [p. 81].) Nous retrouvons le même mouvement vers autrui, cette même évasion de l'être, le plus souvent brisée en son point d'arrivée. Dans *Hérodias,* l'équivalent du sommet de côte, c'est la terrasse d'Hérode d'où il décrit toute la Judée. Enfin l'ultime avatar de la fenêtre, dans les *Trois Contes,* c'est le miroir. Au plus fort de son désespoir, Julien songe à se tuer. Un jour il se penche au bord d'une fontaine et y voit un vieillard si pitoyable qu'il pleure (« L'autre, aussi, pleurait. Sans reconnaître son image, Julien se rappelait confusément une figure ressemblant à celle-là. Il poussa un cri ; c'était son père ; et il ne pensa plus à se tuer » [p. 82].) Ici le même est pris pour l'autre, mais rien ne passe à travers le miroir, et l'homme demeure renvoyé à lui-même, penché sur cette béance qui n'ouvre sur rien. Pourtant ce mouvement d'application corps à corps, trait pour trait, du père au fils, préfigure le moment où Julien s'applique littéralement sur Jésus-le-Lépreux, « bouche contre bouche, poitrine contre poitrine », un peu avant le « face-à-face » final, où il connaît enfin l'entier bonheur du regard.

Marguerite Lips, dans son livre sur le *Style indirect libre* (1926), met en liaison inversement proportionnelle l'emploi du style indirect libre et de la description[29], en comparant, par exemple, les trois versions de *La Tentation*. En 1874 l'I' tend à se substituer à la description. Il semble qu'il faille corriger un peu cette appréciation. C'est dans la mesure où la description a changé de fonction et de technique qu'est apparue la nécessité de l'I', justement mêlé à la description, quand elle s'est focalisée et centrée sur les pensées du personnage.

L'I' est si répandu dans les *Trois Contes* qu'on peut seulement en donner quelques exemples en indiquant leur fonction, liée à la focalisation interne. Là où il y a peu de focalisation, comme dans *Saint Julien*, il y a peu d'I'. C'est un procédé qui empêche de contrevenir tout à fait au principe de l'impartialité, quand on adopte le point de vue d'un personnage. On peut reprendre à propos de son emploi chez Flaubert ce que disait Leo Spitzer dans *Pseudo-objektive Motivierung :* « L'auteur ne prend pas parti ; il énonce les motifs qui font agir ses personnages. Il ne dit pas si c'est lui qui parle, ou l'opinion publique, ou ses héros. Ainsi l'imagination du lecteur a libre cours ; il résout la question comme bon lui semble et ce choix lui donne l'impression d'entendre parler plusieurs personnes à la fois. » (Cité par M. Lips, p. 103.) Ce caractère indiscernable de l'instance narrative permet plusieurs types d'effet. Il s'établit deux types de relais, l'un entre le récit et le discours (schématiquement : Récit-Résumé au parfait → I → I' → D au présent ; l'autre entre le discours et le récit : Scène D au présent → I' → I → résumé au parfait). Bien entendu, il s'agit de schémas et toutes les variantes et lacunes sont possibles. Ce qui étonne, c'est la souplesse d'emploi. Dans tout discours indirect, même libre, le verbe subordonné porte la marque du mot déclaratif, ce qui explique des phrases étranges du type : « Quel bonheur !, s'écria-t-elle, que désormais Agrippa, l'ennemi de Tibère, fût dans l'impossibilité de nuire » (p. 104). L'incise « s'écria-t-elle » transforme le discours direct d'une scène au présent (si vif qu'un point d'exclamation fait de la principale une indépendante) en discours indirect soumis aux règles de la concordance (« fût » pour « soit »). On croit voir ici, se tiraillant l'un l'autre, le romancier et l'historien. Inversement, que reste-t-il de la catégorie du résumé opposée à celle de discours scénique,

---

29. Elle propose les sigles D pour discours de style direct, I pour le style indirect et I' pour le style indirect libre. Nous les adopterons pour plus de concision.

quand on examine ceci : « Le bon seigneur s'en privait, estimant que c'est un usage des idolâtres » (p. 52). On passe du parfait du récit à l'I qui se heurte aussitôt au présent du D. Ces deux exemples nous indiquent comment Flaubert cherche à brouiller les catégories du récit et à retrouver, dans *Hérodias* surtout, la souplesse expressive d'une langue comme le grec, par exemple.

> « Il [Hérode] eut l'idée de recourir à Hérodias. Il la haïssait pourtant. Mais elle lui donnerait du courage ; et tous les liens n'étaient pas rompus de l'ensorcellement qu'il avait autrefois subi » (p. 117).

Le premier membre de phrase est pur récit, le troisième de l'I', mais dans les deux autres la source d'émission est fortement brouillée. A quoi sert ce brouillage du point de vue du récit ? Dans la mesure où le personnage ne s'exprime pas directement, mais en paroles à moitié rapportées, son image se trouve en partie voilée. Ainsi tous les ordres de Julien après son crime et avant qu'il ne se retire du monde sont donnés à l'I' : il n'est déjà plus qu'une ombre. L'I' dispense le narrateur de commentaire : sa voix, impliquée dans celle du personnage, suffit à donner une sorte de caution narrative à son discours, tout en dénonçant linguistiquement l'énoncé. On peut dire alors du narrateur ce que Proust laisse entendre de Françoise rapportant à ses patrons les propos orduriers et blessants de telle servante voisine : au-delà des ragots, elle donne sur elle-même une information oblique par la vigueur même qu'elle met dans leur assertion. L'énonciation devient alors à son tour un énoncé. L'I' aide à réinsérer le discours, souvent sans aucune couture, dans le récit. On voit bien, dans la phrase suivante, la navette du monologue courir dans la trame narrative :

> « Elle [Hérodias] avait fait instruire, loin de Machaerous, Salomé, sa fille, que le Tétrarque aimerait ; et l'idée était bonne. Elle en était sûre, maintenant ! » (p. 129).

On comprend comment Flaubert est arrivé au véritable monologue intérieur. Voici le seul exemple, semble-t-il, dans les *Trois Contes* :

> « Elle [Félicité] avait peine à imaginer sa personne [celle du Saint-Esprit] ; car il n'était pas seulement oiseau, mais encore un feu, et d'autres fois un souffle. *C'est peut-être sa lumière qui voltige la nuit au bord des marécages, son haleine qui pousse les nuées, sa voix qui rend les cloches harmonieuses ;* et elle demeurait dans une adoration... » (p. 17 ; souligné par nous).

Flaubert, sans doute pour en atténuer le caractère abrupt, a encadré ce monologue dans un double commentaire narratif. Les autres monologues sont généralement un mélange de I, I' et D.

Une autre fonction de l'I et I' est d'économie, bien sûr, une économie qui dans *Hérodias* va parfois jusqu'à l'avarice. D'où le caractère elliptique de bien des phrases. (« Jonathas supplia le maître de les honorer d'une visite à Jérusalem. Il s'y rendrait probablement » [p. 106].) Bien des explications nécessaires à l'histoire sont données en I', comme en passant. Tel discours, comme le discours d'accueil d'Hérode à Vitellius et la réponse de celui-ci, est tout entier à l'I' qui permet de garder le pittoresque des paroles tout en les résumant. Quand Flaubert veut obtenir un grand effet dramatique, il garde le style direct : toutes les paroles de Iaokanann sont au D. Pourtant, par un effet de surenchère, l'I' peut avoir, comme dans l'exemple suivant, un plus grand effet dramatique que le dialogue direct :

> « C'est un malheur... qu'on vous annonce. Votre
> neveu... » Il était mort. On n'en disait pas davantage.

L'I' est ici un renforcement dramatique de la réticence. La focalisation externe a chez Flaubert beaucoup moins d'ampleur que l'interne. C'est une restriction du champ même du narrateur, elle ne se fait plus du côté du récité, mais du côté du récitant qui devient simple regard. En fait elle contrevient bien plus à l'omniscience. La focalisation interne opère par un glissement naturel du narrateur vers son objet ; c'est comme un mouvement de sympathie où l'on concentre son regard pour l'intensifier et mieux faire comprendre. Au contraire la focalisation externe est une restriction comme asséchée de toute compréhension, l'apathie du témoin n'est pas naturelle à un narrateur actif. Cette apathie, à vrai dire, est compensée par le choix rigoureux de matériaux neutres et frappants à cause de leur neutralité même. Car la focalisation externe complète exige qu'on ne fasse pas entendre la voix du narrateur. Il est difficile, par exemple, de décrire des gestes sans les interpréter[30]. Mais parfois Flaubert arrive au terme de son ascèse grammaticale, en épurant sujets et verbes :

> « ... les chevaux trottaient, l'âne galopait ; tous
> enfilèrent un sentier, une barrière tourna, deux gar-

---

30. C'est pourquoi des phrases comme « pour le satisfaire (ou naïvement peut-être) il proposa de l'épouser » (C.S., p. 7) ou bien « par oubli ou endurcissement de misérables » (C.S., p. 26), bien que présentant une restriction de l'omniscience du narrateur, ne sont pas de véritables traits de focalisation externe. Le « ou », le « peut-être » appartiennent au discours délibératif du narrateur.

çons parurent, et l'on descendit devant le purin, sur le seuil même de la porte. » (C.S., p. 13.)

Cette phrase est très proche de la technique romanesque dite « américaine » et comme la transposition écrite d'une séquence filmique sans paroles.

Comme la focalisation interne appelle une ouverture vers l'extérieur, la focalisation externe n'étant qu'une focalisation interne contrariée peut, dans son parti pris de silence, amener le lecteur, qui s'identifie au témoin perplexe, à questionner l'intériorité du personnage. Au reste Flaubert le dit bien : devant le fiacre qui filait à travers les rues de Rouen, stores baissés, « les bourgeois ouvraient de grands yeux ébahis[31] » ; or de ce fiacre sort une nouvelle femme, tout entière à redéchiffrer. Il y a dans *Saint Julien* un passage semblable, avec même valeur dramatique, lui aussi placé en fin de chapitre et traité en focalisation externe. Julien a tué ses parents, il a transmis ses dernières volontés et s'apprête à disparaître :

> « On enterra les morts avec magnificence, dans l'église d'un monastère à trois journées du château. Un moine en cagoule rabattue suivit le cortège, loin de tous les autres, sans que personne osât lui parler. [...] Après l'ensevelissement, on le vit prendre le chemin qui menait aux montagnes. Il se retourna plusieurs fois et finit par disparaître » (p. 79).

Ce moine, c'est bien sûr Julien, devenu étranger à lui-même, étranger aussi au narrateur qui se retire pour ainsi dire de son personnage et parle en pur témoin. La focalisation externe est souvent une façon pour le narrateur de prendre ses distances pour mieux retrouver ensuite le personnage, comme renouvelé par cette absence.

* **

Ces quelques remarques peuvent certainement apparaître d'une technicité desséchante. Elles ne vont pas non plus sans émiettement. Le propos est aride qui oblige à passer au crible chaque ligne du texte, plusieurs fois sous plusieurs aspects. Pourtant nous voudrions n'avoir pas fait une simple description, mais, si possible, une lecture, à un niveau particulier, parmi les nombreuses lectures possibles[32]. De l'étroit point de vue que nous avons choisi, il nous apparaît que tous les éléments analysés forment un système du texte, les varia-

31. *Madame Bovary*, Ed. Garnier, p. 228 ; **32.** Cf. les distinctions suggestives de T. Todorov, in « Comment lire ? », *N.R.F.,* 1er octobre 1970.

tions de tel modifiant tel autre. Il y a des systèmes du texte propres à Flaubert, propres aux *Trois Contes,* propres à chacun des trois contes, et pourtant rien ne leur appartient d'une manière exclusive. Les techniques romanesques sont à tout le monde (elles ont leur histoire, leur poétique), l'art à chaque écrivain, peut-être à chaque œuvre. Il n'est pas facile de traiter généralement du particulier, particulièrement du général, sans rester dans l'entre-deux, c'est-à-dire dans le vide.

JUGEMENTS SUR LES « TROIS CONTES »

Je viens de dévorer vos *Trois Contes*. Dire lequel je préfère m'est impossible. Je les aime également tous les trois. Vous divulguez la vie moderne et vous reconstituez celle qui fut. Telle est votre magie que, grâce à vous, je connais *Hérodias* et *Julien* aussi bien que Félicité. Vous êtes un évocateur et un voyant; de plus vous avez ce qui manque à la plupart de vos cadets : une érudition sans bornes. Il est très facile de faire fi de cette revêche, mais l'acquérir, bernique! [...] Ah! troubleur que vous êtes! où diable avez-vous pris ce rutilant pinceau dont vous brossez vos toiles, les petites comme les grandes, et cette sobriété que certains latins vous envieraient? Être à la fois Chateaubriand et Stendhal, et de plus Flaubert, voilà qui roule et vous nous roulez. Merci!

L. A. Cladel,
Lettre à Flaubert du 29 août 1877.

Je n'ai pas besoin de vous dire avec quel plaisir j'ai relu *Hérodias* et lu les deux autres contes qui l'accompagnent. Cela fait une admirable et exquise trilogie où le savant trouve son compte tout autant que le poète. Ces trois êtres si divers qui se tiennent par la main font la chaîne du passé au présent; toute l'histoire humaine est là, et vos trois illuminés m'ont tout l'air de s'éclairer au même rayon, à travers les siècles. Vous avez prouvé, une fois de plus, que vous êtes passé maître dans la biologie des choses mortes et l'exégèse des choses vivantes.

Clermont-Ganneau,
Lettre à Flaubert du 13 mai 1877.

Vous avez été plus grand peintre ailleurs peut-être, mais nulle part vous n'avez été plus grand poète. Vous n'avez pas vu seulement les choses extérieures en les rendant avec le relief que l'on appelle le trompe-l'œil; vous avez vu des âmes et vous les avez fait voir.

A. Sabatier,
Lettre à Flaubert.

A mon avis, le chef-d'œuvre est *Hérodias*. *Julien* est très vrai; mais c'est le monde imaginé par le moyen âge, et non le moyen âge lui-même; ce que vous souhaitiez, puisque vous vouliez produire l'effet d'un vitrail; cet effet y est; la poursuite de Julien par les bêtes, le lépreux, tout le pur idéal de l'an 1200. Mais *Hérodias* est la Judée 30 ans après J.-C., la Judée réelle, et bien plus difficile à rendre, parce qu'il s'agit d'une autre race, d'une autre civilisation, d'un autre climat [...] Ces 80 pages m'en apprennent plus sur les alentours, les origines et le fond du christianisme que l'ouvrage de Renan; pourtant vous savez si j'admire les *Apôtres*, son *Saint-Paul* et son *Antechrist*. Mais la totalité des mœurs, des sentiments, du décor ne peut être rendue que par votre procédé et par votre lucidité.

H. Taine,
Lettre à Flaubert du 4 mai 1877.

En ce volume, l'auteur transporte dans des régions absolument dissemblables cette puissance active de reconstituer la vie d'un être disparu, que cet être soit une reine, une servante, un cénobite. Il excelle, comme les réalistes, à rendre éloquents les moindres objets, le paysage, le temps; mais parmi tous ces accessoires qui ont une indiscutable importance, il met quelqu'un qui se meut dans cette atmosphère, une créature animée à laquelle se rapportent tous ces témoins inanimés.

Drumont,
la Liberté (23 mai 1877).

Étonnamment variés, car ils parcourent tout le cercle des âges, les *Trois Contes* qui mettent en scène, l'un une pauvre servante de Pont-l'Évêque, à moitié idiote, l'autre un chasseur qui devient héros, puis saint, le troisième, cette Salomé qui tient dans ses mains la tête de Jean-Baptiste et que les poètes adorent à jamais, ne sont pas exactement des contes détachés; ils sont unis au contraire par un lien étroit, qui est l'exaltation de la charité, de la bonté inconsciente et surnaturelle.

Banville,
le National (14 mai 1877).

L'auteur ne se contente pas d'être un peintre, il est aussi un musicien; la plume a trouvé, par des phrases incidentes, par une ponctuation qui lui est propre, par des adverbes sonores, le secret de rendre le son des voix, le bruit du vent, le galop des chevaux, le timbre des cloches, le cri d'un mourant.

le Moniteur (28 avril 1877).

Malheureusement, ce n'est pas une manière, ce sont des paysages, des scènes entières, des visages connus qu'ils nous rappellent, ces *Trois Contes* ! Les mêmes dessins sur les mêmes fonds, les mêmes tableaux dans les mêmes cadres; et ceci c'est la marque d'une invention qui tarit.

Brunetière,
Revue des Deux Mondes (15 juin 1877).

La mort de Félicité, comme la mort de Julien, c'est l'achèvement d'une vie qui a mérité d'être. Les puissances qui sont présentes à leur lit de mort sont les puissances de lumière, exactement le contraire de cette puissance des ténèbres que Flaubert a tenu à placer, sous la figure de l'Aveugle, près d'Emma Bovary, comme un symbole de sa damnation, de sa vie perdue. Car la vie de Félicité et la vie de Julien sont, au contraire, des vies gagnées. Et gagnées aux deux extrémités de la nature humaine, ces extrémités que le triomphe du christianisme consiste à comprendre pareillement.

A. Thibaudet,
Flaubert (1922).

Si les *Trois Contes* s'opposent par le sujet, le style n'en est pas moins tranché : *Un cœur simple* est une grisaille dont l'atmosphère fait songer aux toiles de ce maître [...], Boudin, l'admirable peintre des *Régates* de Trouville. *Saint Julien* a le chaud coloris d'un vitrail, et la phrase aux contours nets semble sertie dans une monture de plomb. Les vapeurs de la mer Morte enveloppent certaines pages d'*Hérodias*, et d'autres brillent comme les gemmes de la femme du Tétrarque.

René Dumesnil,
Introduction à l'Édition des *Trois Contes* (1936).

Entre les trois récits qui forment les *Trois Contes*, il paraît d'abord difficile d'établir un lien, si l'on s'en tient à l'extérieur du sujet [...]. Mais n'y a-t-il pas, dans ce triptyque aux volets si étrangement disparates, une même volonté de dominer la réalité pour faire de l'art, sans consentir à mettre une différence essentielle entre la terne vérité de tous les jours et l'orgueilleuse vérité de l'histoire ?

Édouard Maynial,
Introduction à l'Édition des *Trois Contes* (1950).

Le roman flaubertien n'est ni autobiographie, ni création de personnages : ni sentiment, ni imagination. Vérité d'observation ? Pas davantage. Il est pénible effort pour constituer un monde, pour former une sorte de cristal capable de refléter la vie selon tous ses aspects, et dans sa profondeur. Non pas monde créé au sens balzacien, ou monde raconté : mais monde reflétant. C'est ainsi que l'on peut comprendre l'objectivité flaubertienne, et qu'on lui voit la plus vaste postérité : Flaubert est l'un des maîtres de Kafka, et de Proust.

Gaëtan Picon,
Histoire des Littératures, t. III, 1958.

On a donc tort d'opposer à un Flaubert romantique un Flaubert réaliste. Chacun de ses romans a une unité de style qu'il appelle la « couleur » et qui comprend aussi bien la construction du roman, sa durée, ses personnages et leur rôle que le vocabulaire, les images, la syntaxe et le rythme des phrases. Sans qu'il soit possible ici d'analyser en détail tous ces aspects, nous tenterons de souligner leur homogénéité pour définir la qualité particulière de l'art de Flaubert, plus impressionniste au fond que réaliste.

F. Joxe-Vernier.
Histoire de la littérature française, t. II, A. Colin, 1970.

Plus que toute autre en France, l'œuvre de Flaubert a suscité une réflexion théorique sur les formes romanesques : il semble donc légitime d'examiner en retour comment son œuvre réfléchit la théorie qu'elle a en grande partie inspirée. Une des questions soulevées, et des plus fécondes, a été celle du mode narratif, c'est-à-dire des modalités selon lesquelles peut s'opérer, dans et par le discours, la représentation narrative[1]. Les études de Percy Lubbock, de Jean Rousset, les réflexions et la pratique d'Henry James ont indiqué le chemin. Nous voudrions, en nous inspirant d'eux, avancer quelques éléments de recherche à propos des *Trois Contes*.

On ne saurait épuiser en si peu de pages la façon dont Flaubert répartit et traite les scènes, les résumés[2], les descriptions, non plus que les infinis détails de la position narrative (ou « point de vue ») qu'il adopte. Mais on se propose de comparer ce qui semble comparable, afin de mettre en évidence ce qui, dans tout le sens du terme, est incomparable.

Raymonde Debray-Genette.
in *Littérature*, nº 2, mai 1971, Paris, Larousse.

---

1. La notion de *mode* recouvre ici à la fois celles de *mode* et d'*aspect*, telles que les utilisait Tzvetan Todorov, dans *Communications*, nº 8 : modalités de « perception » et d' « exposition » de l'histoire par le narrateur, dont la distinction nous paraît insoutenable *(note de l'auteur)* ; **2.** Le terme de *résumé* n'est pas satisfaisant. Il traduit l'anglais *summary*. Il implique la brièveté et l'abstraction dans l'exposé des faits, mais il n'éclaire pas sur les modalités de cet exposé. On ne saurait pourtant lui substituer celui de « récit » qui tend par trop à devenir un terme ambigu. A moins de parler de *récit synthétique*, mais le terme opposé de *récit analytique* n'est pas éclairant *(note de l'auteur)*.

QUESTIONS SUR LES « TROIS CONTES »

UN CŒUR SIMPLE

1. La maison de Mme Aubain. Minutie et netteté de la description. Vérité de l'évocation : le caractère hétéroclite de l'ameublement; le voisinage des splendeurs passées et de la gêne présente; l'étouffement de la vie sous le poids des souvenirs accumulés.

2. Le portrait de Félicité : l'art de choisir les détails les plus marquants et de les ordonner par rapport au trait fondamental du personnage. — On comparera avec le portrait de Catherine Leroux dans *Madame Bovary* (II, VIII).

3. Distinguer les principales étapes de ce bref roman d'amour. Montrer ce que la rapidité du récit et la brutalité du dénouement confèrent de dramatique à l'épisode.

4. Les occupations de la société provinciale, et les différents types humains dont elle se compose. N'y a-t-il pas là un véritable tableau de mœurs ?

5. L'art de la narration dans cet épisode : la sobriété dans le pathétique et la précision du détail.

6. L'évocation de la campagne normande : les routes, la réception de la mère Liébard, la ferme.

7. Le séjour au bord de la mer, comme on le concevait il y a un siècle; marquer les différences avec les habitudes actuelles.

8. L'art du raccourci chez Flaubert d'après cet « abrégé de l'Histoire sainte ». Les trois plans successifs : les colères du Très-Haut; la vie du Christ; le climat de l'Évangile. La triple réaction de Félicité : crainte, pitié, tendresse.

9. Comment Flaubert procède-t-il pour mêler intimement la peinture de ses personnages à la description de la cérémonie ?

10. Le chagrin de Mme Aubain et celui de Félicité : moins apparent sur le moment, celui de la servante n'est-il pas, au fond, plus durable et plus cruel ?

11. On notera la justesse de l'expression « orgueil maternel », et l'on relèvera, dans tout le chapitre, les indications qui font apparaître en Félicité une mère frustrée.

12. Flaubert peintre de la vie maritime dans ce paysage.

13. La puissance imaginative de la vieille servante. On rapprochera du passage où Félicité s'efforce à une représentation concrète de la personne divine.

14. N'y a-t-il pas ici une imperceptible satire sociale ? Préciser les sentiments de Flaubert à l'égard de la bourgeoisie de son temps.

15. Le mépris de Flaubert pour les demi-savants : on comparera l'attitude de l'avoué Bourais avec celle du pharmacien Homais dans *Madame Bovary*.

16. Distinguer les différentes manifestations par lesquelles s'exprime le désespoir de la pauvre servante.

17. La mort de Virginie. Pourquoi succède-t-elle immédiatement à celle de Victor ? Ne constitue-t-elle pas, par le soin avec lequel elle est composée, comme une courte nouvelle à l'intérieur même du conte ? Et Flaubert, en dépouillant son récit de tout effet facile, n'y donne-t-il pas un exemple saisissant de son art de conteur ? — On comparera avec la mort de Virginie dans le roman de Bernardin de Saint-Pierre, et avec les funérailles d'Atala, l'héroïne de Chateaubriand.

18. Ces deux épithètes, « bestial » et « religieuse », à première vue contradictoires, n'expriment-elles pas à merveille les deux aspects essentiels du caractère de Félicité ?

19. Flaubert voulait faire d'*Un cœur simple* le « récit d'un homme sensible » (cf. Introduction). Montrer que tout ce passage répond parfaitement au dessein de l'écrivain.

20. Flaubert avait accumulé une énorme documentation pour écrire ce chapitre sur le perroquet. Montrer que, cependant, il ne dépeint jamais l'oiseau en naturaliste, mais l'intègre à la vie des autres personnages du conte.

21. Ces derniers mots « un fils, un amoureux », ne justifient-ils pas tout l'épisode du perroquet ?

22. Montrer que la chambre de Félicité s'est peu à peu transformée en une espèce de musée sordide, où sont pieusement rassemblés les souvenirs de tous ceux qu'elle a aimés.

23. Ce passage doit-il être interprété comme une satire de la religion ? Ne sert-il pas, plutôt, à préparer le dénouement ? N'y a-t-il pas d'ailleurs du fétichisme dans les sentiments religieux de Félicité ?

24. On précisera le caractère balzacien que donne à tout ce passage l'évocation des questions d'intérêt.

25. La fin de l'oiseau : ce qu'elle a de misérable, et de parfaitement accordé à la fin même de Félicité.

26. Noter le caractère joyeux, vivant, coloré, tapageur même, de toute la scène, qui, par effet de contraste, rend plus poignante encore l'agonie quasi solitaire de Félicité.

27. Flaubert protestait quand on le rangeait parmi les « pontifes » de l'école réaliste : montrer comment il a su, dans ce paragraphe final, associer étroitement le fantastique et le réel.

LA LÉGENDE DE SAINT JULIEN L'HOSPITALIER

1. L'art de brosser un décor. La description des lieux, l'impression de paix et de richesse qu'ils dégagent. La couleur féodale. — Comparer avec les pages des *Mémoires d'outre-tombe* évoquant le château de Combourg.

2. Les occupations d'un châtelain et d'une châtelaine au moyen âge. Les indications qu'on en peut tirer sur le caractère des deux personnages.

3. Les prédictions. En quoi elles préparent la suite de l'action et le dénouement lui-même. L'introduction du surnaturel dans le récit.

4. L'évocation de la vie médiévale : l'éducation d'un jeune chevalier; le sens de l'hospitalité; les pèlerinages; les beuveries.

5. Les premières manifestations de cruauté, et les réactions qu'elles provoquent en Julien : le progrès dans le sadisme.

6. Pour écrire ce passage, Flaubert s'était entouré d'une documentation précise et détaillée. Montrer que, cependant, il utilise son érudition toute fraîche avec tact et sobriété : non point en spécialiste avide d'éblouir, mais en écrivain pour qui l'emploi du terme technique est un *moyen*, non une fin.

7. Flaubert animalier : comparer la peinture du perroquet de Félicité (dans *Un cœur simple*) avec celle du faucon de Julien.

8. Les effets dégradants de la passion : montrer qu'elle ravale peu à peu le chasseur au rang d'une brute sauvage.

9. Une nouvelle étape dans la sauvagerie : la cruauté gratuite.

10. Les deux massacres. Montrer que le premier est évoqué par une série de meurtres, le second par un effet de masse.

11. Relever les détails qui, dans l'épisode final de la grande chasse, rendent particulièrement odieuse la férocité de Julien. — Le merveilleux dans la prophétie du grand cerf.

12. Dans la *Légende dorée*, Julien s'enfuit sitôt entendue la prédiction sinistre. Étudier par quels moyens (obsession et présages) Flaubert a rendu cette fuite plus inéluctable encore.

13. Le chevalier errant. Ses exploits fabuleux. Son action de justicier. — Comparer avec le portrait d'Éviradnus, dans la célèbre pièce de *la Légende des siècles*.

14. Le caractère fascinant de cette apparition. On la rapprochera de celle de Blanca dans les *Aventures du dernier Abencérage* et de celle de Salammbô dans le roman de Flaubert.

15. La description du palais mauresque et celle du château fort où fut élevé Julien. Le monde arabe et le monde chrétien.

16. L'obsession de la chasse et la résistance aux tentations. La conjuration fatale qui pèse sur le héros.

17. Un autre élément de la fatalité : l'arrivée des parents de Julien, leur acharnement à retrouver leur fils, l'accueil qui leur est fait.

18. Le chasseur maudit : comment se manifeste l'inanité des efforts de Julien.

— La peinture des animaux : la justesse du trait servant à caractériser la démarche de chacun d'eux.

— Les éléments du fantastique : comparer avec la chasse décrite par Victor Hugo dans « la Légende du beau Pécopin et de la belle Bauldour » (cf. *le Rhin*, xxi).

19. Le parricide : montrer qu'il est le résultat d'un concours de circonstances où l'on peut voir effectivement « la volonté de Dieu ».

— Le mélange du réel et de l'irréel dans la description du meurtre.

20. Comment s'exprime la malédiction qui pèse sur le pauvre ermite ?

21. Une utilisation dramatique du thème de Narcisse.

22. La vie du passeur : relever les traits qui, matériellement et moralement, en font la plus terrible des mortifications.

— La présence du remords : comparer avec la pièce de *la Légende des siècles* intitulée « le Parricide ».

23. L'association du réel et du merveilleux dans la description de la tempête.

24. L'art du *crescendo* dans la composition de la scène.

— L'expression de l'horrible dans la peinture du lépreux.

25. Le miracle final. Les deux plans sur lesquels il s'opère : celui du corps et celui de l'âme. Flaubert, peintre de la transfiguration et de l'extase.

— Comparer la mort de Félicité et celle de Julien.

HÉRODIAS

1. Le double effet tiré de la multiplication des noms propres : précision topographique et jeu des sonorités.

2. Taine jugeait fort obscure cette évocation de la situation politique en Judée. Ne pourrait-on penser, au contraire, qu'elle s'accorde parfaitement avec la complexité même de cette situation ?

3. La couleur biblique et les souvenirs de l'Écriture sainte dans ce passage.

4. Hérodias : retracer son histoire et analyser son caractère. Montrer que le personnage mérite bien la définition qu'en donnait Flaubert : « Une sorte de Cléopâtre et de Maintenon. »

5. L'atmosphère en Judée à l'époque de Tibère : les querelles dynastiques et les haines de race.

6. L'apparition de Salomé. Ce qu'elle a de mystérieux et de lointain. Effet produit sur Antipas.

— Comparer avec l'apparition de Salammbô, au début du célèbre roman de Flaubert.

7. Les différents procédés utilisés par Flaubert pour retarder l'introduction directe de Iaokanann dans le récit. Ce que, pourtant, nous savons du personnage, de sa vie, de son caractère, de son influence dès la fin du chapitre premier.

8. L'humilité d'Antipas devant le proconsul : ce qu'elle indique sur la puissance romaine, même dans les provinces les plus reculées de l'Empire.

9. Preciser l'attitude des prêtres et du peuple juifs à l'égard de l'occupant romain.

10. Aux yeux de M. Édouard Maynial, cette description des chevaux « évoque un bas-relief assyrien ». Justifier cette comparaison.

11. L'inspection du château : ce qu'elle nous révèle sur le caractère à la fois soupçonneux et cupide des Romains.

12. Le jeu des contrastes dans l'évocation de la fosse et du prisonnier qu'elle renferme.

13. Pourquoi le personnage de Jean nous est-il présenté essentiellement comme « une voix » ?
— Les souvenirs bibliques dans les prédictions et les invectives de Iaokanann : ne font-ils pas de lui une sorte de figure synthétique du Prophète ?

14. Quel est le trait dominant du caractère d'Hérode, tel que ce caractère se dessine dans les dernières pages du chapitre ?

15. Relever les principaux éléments contribuant à créer la *couleur locale* : précisions architecturales, taches de couleur, détails vestimentaires, variété des mets, multiplicité et diversité des convives.
— Comparer avec le célèbre festin de *Salammbô*.

16. Les discussions sur Jésus et sur le Messie : ce qu'elles enseignent sur l'atmosphère religieuse en Judée à l'époque évangélique.

17. Comparer le portrait d'Aulus Vitellius dans Suetone et dans Flaubert.

18. Comment s'exprime « l'antagonisme intime du Juif et du Latin », dont Taine admirait la peinture dans Hérodias ?

19. Marquer les différences entre l'apparition d'Hérodias et celle de sa fille Salomé.

20. La couleur orientale et l'art du *crescendo* dans la peinture de la danse de Salomé.

21. Comparer la scène décrite par Flaubert avec le célèbre tableau de Gustave Moreau : *l'Apparition*. (Ce tableau fut exposé au Salon de 1876.)

22. Ce dénouement, apparemment macabre, n'est-il pas une porte ouverte sur l'espoir ?

SUJETS DE DEVOIRS

Narrations, dialogues, portraits :

— Une commère de Pont-l'Évêque vient d'apprendre que Félicité, grâce à son courage et à son sang-froid, a sauvé Mme Aubain et ses enfants du taureau qui les poursuivait. Elle se précipite chez une voisine pour lui conter, non sans embellir un peu les choses, l'action héroïque de la pauvre servante.

— Après son mariage, Paul est venu à Pont-l'Évêque présenter sa jeune femme à sa mère. Après déjeuner, on visite ensemble la maison de Mme Aubain.

— Portrait de Mme Aubain.

— Les parents de Julien ont recueilli des pèlerins qui reviennent de Terre sainte. Ceux-ci, pour remercier leurs hôtes d'un soir, font le récit de leurs aventures.

— Julien, devenu passeur, fait traverser le fleuve à un jeune gentilhomme qui lui vante les plaisirs de la chasse. Fort de son propre exemple, il le met en garde contre une passion qui peut devenir sanguinaire.

— Développer un des épisodes de la vie d'Élie rapportés par Flaubert, par exemple l'hospitalité que reçut le prophète chez la veuve de Sarepta.

— On supposera que Flaubert, lors de son voyage en Orient, s'arrête, pendant une journée, à Machærous. Il en profite pour visiter la citadelle avec M. Du Camp, son compagnon de route.

— Portrait du proconsul Lucius Vitellius.

Lettres :

— Après avoir lu *Un cœur simple*, le fils de George Sand écrit à Flaubert pour lui dire combien sa mère eût aimé ce petit conte, dont d'ailleurs elle avait suggéré l'idée à l'écrivain.

— Paul vient d'entrer comme pensionnaire au collège de Caen. Il écrit à sa sœur Virginie pour lui dépeindre sa vie nouvelle, et lui exprimer l'espoir qu'aux prochaines vacances ils pourront retourner à la ferme de Geffosses et même, peut-être, à Trouville.

— Flaubert écrit à Charpentier, qui avait publié les *Trois Contes*, pour lui signifier son refus de laisser paraître une édition illustrée de *la Légende de saint Julien l'Hospitalier*. Tout au plus consentirait-il à une reproduction du fameux vitrail qui l'a inspiré.

— Rapport du proconsul Lucius Vitellius à Tibère, après la réception qui lui a été faite à Machærous.

— Taine, venant de lire *Hérodias*, avait écrit à Flaubert : « C'est aussi fort, et plus allégé que *Salammbô*. » — L'écrivain lui répond pour le remercier d'avoir si bien fait ressortir la différence essentielle entre le roman et le conte.

Dissertations :

— Après avoir lu les *Trois Contes,* le naturaliste G. Pouchet déclarait à Flaubert : « L'embarras est de jeter la pomme à vos trois fantaisies. » — Vous essaierez de déterminer laquelle vous préférez, en justifiant votre choix.

— Commenter et discuter cette affirmation de Th. de Banville : « Les *Trois Contes* sont unis par un lien étroit, qui est l'exaltation de la charité, de la bonté inconsciente et surnaturelle. »

— Commenter ce jugement de Fourcaud sur les *Trois Contes :* « Qui connaît Flaubert l'y retrouve entier, et qui ne le connaît pas l'y apprend. »

— Romantisme et réalisme dans les *Trois Contes.*

— Flaubert portraitiste dans les *Trois Contes.*

— Flaubert animalier dans les *Trois Contes.*

— Flaubert paysagiste dans les *Trois Contes.*

— Poésie, peinture et musique dans les *Trois Contes.*

— L'érudition dans l'art, d'après les *Trois Contes.*

— Le sens du surnaturel dans les *Trois Contes.*

— L'art de la nouvelle chez Mérimée et chez Flaubert.

— Flaubert peintre de la province dans *Madame Bovary, l'Éducation sentimentale* et *Un cœur simple.*

— Commenter et discuter ce jugement de Brunetière : « On retrouvera, dans *Un cœur simple,* ce même et profond mépris du romancier pour ses personnages et pour l'homme. »

— A l'époque où parut *Un cœur simple,* un critique, étudiant le personnage de Félicité, écrivait que c'était « Germinie Lacerteux transplantée dans le pays du cidre ». Que faut-il penser de ce rapprochement entre l'héroïne de Flaubert et celle des Goncourt ?

— Commenter cette opinion de J. Lemaitre sur *la Légende de saint Julien l'Hospitalier :* « La *Légende de saint Julien l'Hospitalier* est un bijou gothique d'une rare perfection. Chaque page évoque l'idée d'un vitrail ou d'une enluminure de missel. »

— Commenter ce jugement de Sarcey sur *la Légende de saint Julien l'Hospitalier :* « C'est une fort belle étude sur l'homme dominé par la passion du sang. »

— D'où vient l'obscurité que beaucoup de critiques ont reprochée à *Hérodias ?* Ce grief est-il vraiment justifié ?

— A. Thibaudet trouve qu'il y a « du bric à brac » dans *Hérodias.* Que veut-il dire au juste ?

— Commenter ce jugement de J. Lemaitre : « *Hérodias* est à peu près à *Salammbô* ce qu'*Un cœur simple* est à *Madame Bovary.* »

TABLE DES MATIÈRES

Mame Imprimeurs - 37000 Tours
Dépôt légal Octobre 1972. - N° 24353. - N° de série Éditeur 15638.
IMPRIMÉ EN FRANCE. *(Printed in France)*. - 870 053 I. Mars 1990.